ハヤカワ文庫JA
〈JA1383〉

アステリズムに花束を
百合ＳＦアンソロジー

SFマガジン編集部編

早川書房
8365

目　次

まえがき　5

キミノスケープ　宮澤伊織　9

四十九日恋文　森田季節　41

ピロウトーク　今井哲也　63

幽世知能《かくりよ》　草野原々　75

彼岸花　伴名 練　109

月と怪物　南木義隆　161

海の双翼　櫻木みわ×麦原 遼　201

色のない緑　陸 秋槎／稲村文吾訳　255

ツインスター・サイクロン・ランナウェイ　小川一水　335

まえがき

SFマガジン編集部
溝口力丸

　世界初の百合SFアンソロジー『アステリズムに花束を』をお届けします。

　本書のはじまりは二〇一八年末に刊行された〈SFマガジン〉百合特集でした。百合をテーマとしたオールタイム・ベストSF作品の伊藤計劃『ハーモニー』初刊から十周年にあわせて企画されたこの特集は、書店やネットでかつてないほどの反響を呼び、創刊以来史上初の三刷という快挙を達成しています。

　あらゆるジャンルがそうであるように、百合の定義もそれぞれの作り手・読み手たちに委ねられて常に更新され続けていくものではありますが、二〇一九年現在では「女性同士の関係性を扱うもの」という幅広い共通認識のもと、毎日のように新たな創作が生まれ、ジャンルの浸透と拡散が進んでいるように感じます。それはまた、一九五九年の創刊から六十年間〈SFマガジン〉が観測してきた、SFの歴史の歩みとも重なるものです。

本書に収録されているのは〈ＳＦマガジン〉百合特集に掲載された短篇四本とコミック一本に加えて、二〇一八年末から二〇一九年にかけて〈コミック百合姫〉とpixivが共同開催した「百合文芸小説コンテスト」で《ソ連百合》として大きな話題を呼んだ短篇に、「ゲンロン　大森望　ＳＦ創作講座」出身の新鋭女性作家二名による共作。そして二〇一九年本屋大賞の翻訳小説部門にて第二位に輝いた華文ミステリ『元年春之祭』の陸秋槎氏が本書のために書き下ろした初の本格ＳＦと、今世紀最大最高のＳＦシリーズ『天冥《てんめい》の標《しるべ》』をついに完結させた小川一水氏による最新の宇宙ＳＦ、全九篇となります。

いずれもＳＦと百合をテーマに執筆された物語ではありますが、それぞれの作家たちが描く人間と世界の関係性、人が人に向ける感情についての切実さは、あらゆるもの同士が接続できるがゆえに何もかも不確かになっていくこの時代において、他のどんな文芸にも引けをとらない普遍的な魅力であると、強く実感しています。

タイトルの「アステリズム（Asterism）」は星群、星ぼしの輝きの関係性を意味します。“Aster”とはギリシャ語で星を指しますが、英語では紫苑のことでもあり、その花言葉は「遠くにある人を想う」「追憶」「あなたを忘れない」であるそうです。

願わくば本書が、百合とＳＦというふたつのジャンルの豊穣と、新しい未知の時代へと進んでいく私たちへの、祝福の花束となりますように。

アステリズムに花束を

百合SFアンソロジー

キミノスケープ

宮澤伊織

宮澤伊織（みやざわ・いおり）
秋田県生まれ。2011年、『僕の魔剣が、うるさい件について』（角川スニーカー文庫）でデビュー。2015年、「神々の歩法」で第6回創元ＳＦ短編賞を受賞。冒険企画局に所属し、「魚蹴《うおけり》」名義で『インセイン』（新紀元社）などＴＲＰＧのリプレイや世界設定も手がける。他の作品に『裏世界ピクニック』（ハヤカワ文庫ＪＡ、既刊３巻）『そいねドリーマー』（早川書房）など多数。

1

あなたは朝の光で目を覚ます。

出窓にかかった花柄のカーテンを引き開けると、初夏の日差しにワンルームマンションの一室が照らし出される。開け放したままの窓から入り込む風はまだ涼しく、寝汗の残る肌に心地よい。壁に掛かった時計は午前八時を指している。

目を擦《こす》って、あなたはベッドから起き上がる。ベランダに出るサッシのカーテンも開けると、部屋は一気に明るくなる。あなたは黄緑色のラグが敷かれたワンルームを横切って、一人暮らしサイズの冷蔵庫を開ける。昨日コンビニで手に入れた親子丼とサラダ、紙パックの野菜ジュースを取り出し、親子丼をレンジに入れて温め始める。

サラダの包装を剝《む》きながら、あなたは玄関のドアに目を向ける。わざわざドアに施錠して、チェーンまでかけている意味が、あなたはときどきわからなくなる。

レンジが止まり、熱くなった親子丼を取り出す。シュリンクを剝ぎ取って蓋を開け、内皿に分けられた卵と鶏肉の混ざった熱い流体をご飯にかける。

用意のできた朝食を、あなたは緑のラグの上に置かれた小さな座卓まで運ぶ。水色とクリーム色の風車のように色分けされたクッションに腰を落ち着け、割り箸を袋から出して、あなたは食べ始める。

テレビはつけない。ラジオも、ネットも。電子媒体はどれも意味を成さないノイズを垂れ流すだけだ。

あなたは黙々と箸《はし》を動かす。細く切られた大根、パプリカ、レタスが、口の中でシャキシャキと鳴る。まだ熱い親子丼を頰張り、火傷しそうになってはふはふと息を出し入れする、その呼吸音がやけに騒々しく感じられる。野菜ジュースを最後まで飲みきり、口を離すと、紙パックがジュゴッと空気を吸い込んで膨らむ。

すべて食べ終えて、あなたはクッションに背中を預ける。あなたが立てる食事の音が止んで、聞こえるのは風がカーテンを揺らすパタパタというはためきだけだ。

静かだ。

窓の外からは何の音もしない。人の声、車の走行音、上空を飛ぶ飛行機のエンジン音、カラスの羽音、犬の鳴き声。ある程度人の住む土地なら聞こえてくるはずのそういった物音は、あなたの耳にはいっさい届かない。

寝起きの内臓がぐるぐる鳴って、食べたものを消化しようと頑張っている。食休みを取りながら、あなたはぼんやり窓から見える空に目を向ける。よく晴れた空を雲がゆったりと流れていく。この様子だと、一日天気がよさそうだ。今日はどうしようか、とあなたは考える。何日かここにいたっていいし、出発してもいい。

改めて部屋をぐるりと見渡す。出窓の下に置かれたシングルサイズのベッド。枕元にはメンダコやチンアナゴといった海洋生物のぬいぐるみが複数。ベッドの下にはプラスチックの衣装ケースが二つ。カラーボックスにはあちこちの観光ガイドブックや料理のムックが多い。あなたの知らないアーティストのCDや、あなたの知らない女性向けアニメのブルーレイBOX。控えめなサイズの液晶テレビが載っているテレビ台の下にはPS4。カーテンレールには洗濯物のかかったハンガーがぶら下がり、作り付けのクローゼットの中では夏物の上着と掃除機が同居している。出窓の上にはメイク道具とスキンケア用品が一つのコーナーを作っていた。鎮痛剤やハンドクリーム、未整理のレシートやヘアゴムといった細々《こまごま》したものが座卓の隅に固まっているのは、あなたが食事をするときにまとめて端に寄せたからだ。このワンルームで寝起きする、一人暮らしの女性の生活が、どこに目を向けても浮かび上がってくる。

ここはあなたの部屋ではない。

誰の部屋かも、あなたは知らない。あちこち探せば家主の名前くらいはすぐ出てくるだろうが、そうする必要をあなたは感じていない。どうせ会うことはないのだから。

しばらくここに住み続けることも可能とはいえ、知らない人間の家でくつろぐのは難しい。今の状況になってから、あなたが一つの場所にとどまったのは、最長でも一週間だった。昨日見つけたばかりの宿ではあるが、特に腰を落ち着ける動機もない。天気もいいし、早々に出発することにしよう。

そう決めるとあなたは立ち上がり、食べたものの容器を流しに持っていってざっとすすいだ。玄関先にプラスチックゴミをまとめた袋があったので、そこに入れて口を縛る。ゴミ出ししたばかりなのか、可燃ゴミをまとめた袋が見あたらなかったので、野菜ジュースの紙パックは、潰してコンビニ袋に入れただけでよしとした。こんなことに意味があるのかどうか、あなたは何度も自問自答してきたが、出たゴミをただ放置していくよりは、一応きれいな形で捨てていく方が、少なくともあなたの精神的な健康を保つためにはよさそうだった。

キッチンから振り返って、浴室の扉を開ける。中はユニットバスだ。お湯が出ることを確認してから、あなたは服を脱ぎ、用を足し、シャワーを浴びる。シャンプーとコンディショナーは、備え付けのものを使わせてもらう。今回はごくありきたりのシャンプーだったが、ときどき自分では絶対に買わないような高級品に出くわすことがある。見知らぬ他人の家を宿にして渡り歩くあなたの生活の中で、このランダムシャンプーチャレンジは数少ない楽しみの一つだ。

シャワーを終えて、身体を拭きながら浴室の外に出る。このタオルは持参したものだ。バスタオルや衣服の類はなるべく新品を持ち歩くようにしている。他のものはともかく、直接肌に触れるものを他人の家で拝借するのは嫌だったからだ。

屋外を長時間歩くので、スキンケアだけは頑張っている。その代わり、化粧はしなくなった。

歯磨きにも気を遣うようになったのは、虫歯や歯周病になったときに自分一人ではどうしようもないからだ。自分で自分の歯を削ったり抜いたりするなんて、到底できるとは思えない。

髪がおおむね乾いたので、あなたは自分のリュックサックから着替えを取り出す。最初のころはいろいろ試してみたが、結局歩きやすい格好に落ち着いた。基本は夏物のパーカーに、デニムのパンツ。日焼けと冷えの対策にウインドブレーカーを重ねた。これにキャップをかぶっておけば、まあまあ安心だ。

たいして多くはない荷物をまとめてリュックサックを閉じる。汚れ物はいつも迷うが、ビニール袋にまとめておいて、何日かおきにまとめて洗うようにしていた。使い捨てていくことも可能ではあるものの、それはそれで落ち着かない。

ベッドの寝具を簡単に整え、窓を閉めて鍵をかけ、カーテンを引く。薄暗くなった部屋を横切って、玄関に向かい、靴を履いた。すっかり足に馴染んだウォーキングシューズだ。最後にもう一度、一晩過ごした部屋を振り返ってから、ドアのチェーンを外して、鍵を回し、あなたは外に出る。

背後でドアが閉まり、あなたは歩き出す。あなた以外、人間が一人もいない世界を。

2

自分の家ではない部屋で寝泊まりして、自分以外に誰もいない街を旅する——あなたがこの生活を始めてもう何ヶ月になるだろう。

自分の置かれた状況を説明する言葉をあなたは持たない。サバイバルと言うべきなのかもしれないが、水も電気も使えるし、コンビニやスーパーに行けば物資も潤沢に手に入る。おかげでこうして、普段着に帽子とリュックサック、ウォーキングシューズという軽装で都市を旅することができている。

ものはあるのに、人間だけがいない。あなた以外、誰一人として。

こうなったいきさつはよく覚えている。

夕方、家に帰る途中だった。突然、周囲の音が聞こえなくなった。驚いて立ち止まり、周りを見回すと、あなた以外、人も車もいなくなっていた。

たまたま交通が途絶える、そういうタイミングもあるだろうと思ったが、あなたの直感は違うと叫んでいた。何か尋常ではない事態が起こっているのだと。実際その通りだった。いくら待っても他の通行人は現れず、耳を澄ませば聞こえるはずの遠くの交通音も消えていた。叫び出したくなるような静寂に耐えきれず、あなたは走り出した。

聞こえるのはあなたの荒い息づかいと、アスファルトを叩きつける靴音だけ。誰にも会わないまま家の前までたどり着いて、あなたは愕然とした。家のあったはずの場所は更地《さらち》になっていて、別の建物の建設予定が立て看板で記されていた。よく見れば周囲の街並みもどこか違和感があった。見慣れた光景が少しずつ、別の街並みに入れ替わっているかのようだった。

電話は繋がらなかった。家族にも、友人にも、スマホの電話帳にある連絡先には片っ端からかけてみたが、聞いたこともないような雑音が流れるばかり。ネットも同様で、接続はしているようなのに、画面に表示されるのは文字化けとブロックノイズだけだった。

パニックに陥《おちい》ったあなたは、手当たり次第に家々のインターホンを鳴らした。誰も出てはこなかった。金属のフェンスをガンガン叩き、ものを投げて窓ガラスを割り、誰かいませんかと声が嗄れるほど叫んだが、どこからも返答はなかった。

日が傾き、ものすごく赤い夕焼けが街を染めた。そのころには、あなたは本当に怖くなって、路上にしゃがみ込んだまま動けなくなっていた。どんどん暗くなり、街灯がともった。何かの間違いだったと言ってくれる人、ネタばらしをしてくれる人、声を聞きつけて助けに来てくれる人は、誰もいなかった。動くのも怖いが、暗い路上に一人でいるのはもっと怖い。あなたはやむなく立ち上がって、せめて明るいところへ行こうと歩き出した。

コンビニの自動ドアをくぐると、入店のチャイムが鳴った。いつも店内で延々と流れ続けているBGMやCMは、どういうわけか止まっていた。蛍光灯に明るく照らされた店内は静かで、客も店員もいなかった。おそるおそるバックヤードを覗《のぞ》くと、バイト用の休憩スペースがあった。テーブルとパイプ椅子、カーテンで仕切られた更衣室があるだけの部屋だった。更衣室の鏡に目をやると、怯えて目をぎょろつかせた顔が見返してきた。仮眠用なのか、毛布が何枚かあるのを見つけて、あなたは朝が来るまでそこで籠城することに決めた。

今にも倒れそうだったあなたは、店頭からサンドイッチとジュースを拝借した。細かい金額を計算するような精神的余裕もなかったので、財布から千円札を一枚出して置いてきた。何も考えられずに食べ物と飲み物を詰め込んで、部屋の隅で毛布にくるまると、まだ夜も早いのに、気絶するように眠りに落ちていた。

目が覚めても状況は変わっていなかった。どんな理由があるのか想像もつかないまま、あなたは自分が、世界で一人きりになってしまったことを悟った。

3

最初の一週間は本当に辛かった。

泣き、喚き、叫び、自暴自棄になって、死んでしまおうかと何度も考えた。

その一週間が過ぎるころには、自分でも驚いたことに、だんだん慣れてきていることに気付いた。

パニック状態でいることに疲れたのかもしれない。麻痺《まひ》していた頭が働き始めて、あなたはようやく、これからどうしようかと考えられるようになった。

幸い、都市にいる限り衣食住には困らない。レジに代金を置くのは、初日でやめた。どのみち大して持ち合わせがあるわけでもないから、続けたくても続けられない。最初に払った千円札は、回収するのも変な気がしたので、あのときのレジカウンターに置き去りにしたままだ。

食料はどこでも手に入る。コンビニでも、スーパーでも、好きなものを好きなだけ食べ放題だ。もっとも、自分で料理をするほどのモチベーションが奮《ふる》い起こせなかったので、結局は出来合いの総菜や弁当ばかりになってしまっている。

日数が経つと売り場の生鮮食品は腐って大変なことになるのではないかと恐れていたが、その不安は外れた。ものが腐らないのだ。鮮魚売り場の刺身パックは何日経ってもみずみずしく、まだ熟していないキウイフルーツはしばらく置いておいても酸っぱいままだった。そのため、これは時間が止まっているのではないかとあなたは疑った。だとしたら、いつかまた動き出すのかもしれない。それに期待していいのだろうか――？

しかし、本当に時間が止まっていたら、ものが腐らなくなるだけでは済まないはずだ。何より、他に人間の姿がないことの説明がまったくつかない。現象だけ見ると、まるで世界の姿がある時点で固定されてしまったかのようだ。

食料と同様、服も選び放題だった。今でも、これはと思う服屋に出くわしたときには、あれこれ試着することがある。しかしそれも、続けているとテンションが下がってくる。どんなに着飾っても、誰にも見てはもらえないのだから。

かといって、あまりに身だしなみに構わないでいると、それはそれで精神的によくないことがわかってきた。面倒くさくなって着の身着のままで過ごしていたら、体臭や不快さの問題にも増して、頭の働きが明らかに鈍っていくのを感じたからだ。以来、適当すぎる格好は避けることにしたのだが、結局は動きやすさを優先した、地味な格好に落ち着いている。

帰る家がなくなってしまったので、寝泊まりする場所も探さなければならなかった。一度はネットカフェを試してみたが、窓のないビルの中、空調の音だけを聞きながら狭いブースに横たわっていると、本当に気が滅入った。周囲のブースに誰もいないことを考えたら狂いそうになって、その夜は一睡もできなかった。

ホテルもいくつか試してみた。ロイヤルスイートで何泊しようが構わないのだから、遠慮する必要もない。セルフサービスのVIPルーム生活は気晴らしにこそなったが、そうした場所は完全に宿泊管理が電子化されていて、求める部屋のキーを有効化するためにフロントの端末をいじくり回す必要があり、思ったよりも面倒くさかった。

それに比べると、他人の家を借りるのはずっと気楽だ。玄関の鍵がかかっていなかったり、窓から入れたりする民家は意外に多かった。一軒家は気が進まないので、小ぎれいなアパートやマンションに目をつけては一夜の宿とすることを、あなたは何度も繰り返してきた。見知らぬ他人の寝床は見知らぬ他人の匂いがして、それがあなたの心をかき乱した。

最初のころはずっと住めるような理想の家を探し求めていたが、いくつかの理由でやめた。誰かを捜して移動し続けた方がいいのではないかと思ったからというのもある。そんな可能性がどれだけあるかはわからない。ゼロかもしれない。しかし、無駄骨になるとしても、何か生きる目的があった方がいい――あなたはそう思ったのだ。

こうして、あなたは今日も旅をしている。いつかどこかで、あなた以外の誰かと巡り会えることを夢見て。

4

あなたは仮の宿を出て歩き出す。昼前の時間、日は高くなりつつあり、ほどなく額に汗が噴き出す。

今はだいたい七月くらいだろう。日数を数えるのはとうに止めているから正確な日付はわからないが、まだ昼間に歩いても大丈夫な気候だった。風もあるし、日陰を選んで歩けば充分耐えられる。人間がいない分、涼しくなっているのかもしれない。人間が発する熱もなく、エアコンの室外機の稼働数も減っていれば、外気温にも影響はあるだろう。

あなたが歩いているのは、住宅地の谷間、川のそばを辿る細い道だ。切り立ったコンクリートの護岸の底を浅い川が流れていく。薄緑の金網越しに見下ろす河床には、びっしりと葦が生い茂っている。

植物以外に、生き物の姿はない。鴨《かも》や鷺《さぎ》、魚の姿があってもよさそうなのに。姿を消したのは人間だけではなかったようで、鳥や動物も、金魚すらもいなくなっていた。そういえば蚊に刺された記憶もない。

ここは一体どこだろうかと、あなたは考える。家の近所を離れて、もうずいぶんになる。

電柱に貼られている番地表示の地名は見慣れないもので、手がかりにはならなかった。

実際のところは、ここがどこでもあまり関係なかった。足の向くままに旅しているだけだ。都市部を移動している限り、生きていくには困らない。

道を進んでいくと、幅広い坂道の途中に出た。ここまで併走してきた川は暗渠《あんきょ》に吸い込まれて見えなくなっている。あなたは車道の真ん中に出て、どちらに行くか思案する。坂の下には、交差点に面して大きな建物がいくつか並んでいるのが見える。銀行か、役所か、病院か……。あまり興味をそそられなかったので、あなたは坂を上り始めた。

道の左右が、木に囲まれた緑地に変わった。公園のようだ。車止めの金属柱のひんやりした表面に手を這わせて、あなたは公園の中に入り、遊歩道を進んでいく。頭上を天蓋のように覆う広葉樹のおかげで、辺りはずいぶんと涼しい。

遊歩道の先が開けて、広い芝生に囲まれた大きな建物が現れた。ガラスとコンクリートでできた直線的な建物は、近付くと美術館だということがわかった。入口に近付くと、自動ドアが左右に開いてあなたを迎え入れる。薄暗いロビーに、あなたの足音が反響する。

あなたはそのまま、順路表示に沿って、美術館の中を進んでいった。

どうしてだろう。一人きりなのは相変わらずなのに、不思議に落ち着く感じがする。天井が高くて、圧迫感が少ないからかもしれない。あるいはここが、もともと一人で芸術と向き合うための施設だからだろうか。

壁に掛けられた絵を一つ一つ眺めながら、あなたは先へ進んでいく。風景画、抽象画、肖像画――本物か複製かわからないが、見覚えのある有名な絵もあった。気に入った作品があれば、壁から外して持ち去ることもできる。だが、あなたはそうはしないだろう。

順路を辿って、最後の部屋に足を踏み入れた。あなたはそこで立ち止まる。あなたの目が、正面の壁に掛かった絵に釘付けになる。正確には、そこに書かれた文字に。

その絵には、ひと気のない街路を駆けていく少女が描かれていた。手に持った棒で、自転車のホイールを転がして遊びながら。夕暮れなのだろう、街並みはセピアがかって、路上の影も長い。曲がり角の向こうに誰かいるのか、少女とは別の人物の、影だけが見えている。

その絵の表面に、白い文字が書かれていた。

「I'm fine.」

――わたしは元気です。

どれだけそこに立ち尽くしていただろう。

あなたははっと気付いて、ふらりと前に出る。足に運ばれるようにして、絵の前に立った。

顔を近づけて、書かれた文字を凝視する。絵の具が直接、キャンバスの上に擦り付けられている。

震える手で、字の表面に触れた。乾いている。

これは――もともと、こういう絵なのだろうか？

一瞬そう思ったあなただが、足元に落ちているものを見つけてその疑いは消える。白いアクリル絵の具のチューブだ。誰かが指に絵の具を取って、直接字を書いたのだ。指に残った絵の具をぬぐおうとしたのか、額縁の横にも白い色が擦り付けられていた。

美術品に対してこんなことをするとは、本来なら口を極めて非難されるところだろう。だが、それを怒る者はもう誰もいない。だからこそ、こうしたのかもしれない。作品の一部でもなく、半端ないたずら書きでもないことが、見た者に間違いなく伝わるように。

これはメッセージだ。

あなた以外の誰かが残したメッセージだ。

誰かいるの？

思わずあなたは呼びかける。その声が館内に響き渡り、消えていく。応《こた》える声はない。

あなたはふらふらと部屋を出る。順路が終わり、図録の並ぶミュージアムショップの横を通り過ぎる。ガラス張りの外壁に沿った通路を進んで、外に出る。美術館の裏は高台から街を見下ろす展望台のようになっている。

柵に両手をついて、はるかに連なる家並みを見渡す。このどこかに、あなた以外の誰かがいる。あなたは今、それを確信している。

5

その晩あなたは絵の前で寝た。部屋の照明を落とし、代わりにデスクライトと懐中電灯をいくつも置いた。館内からクッションやブランケットをかき集めて作った寝床に座り、夜遅くまで飽きずにメッセージを見上げていた。

起きたときには、乾燥した空気で喉が痛かった。朝になっても絵にはメッセージが残ったままで、あなたは夢でも幻覚でもなかったことに安堵した。

展望台に出て、朝の日差しに眼を細めながら、あなたは考える。君はどんな人？　何歳くらい？　どんな顔？　どんな性格？　どこを探せば君が見つかるだろう？　メッセージの書き手に思いを馳せながら、眼下の家並みを見回していると、昨日の記憶とは違う場所がいくつか見つかった。

よく目立っていた赤い三角屋根の家が、今日はどこにもなくなって、煙突を高くそびえ立たせた工場のような建物に変わっていた。雑居ビルが連なっていたはずの一角には、何十年も前からありそうな黒い瓦屋根の日本家屋が並んでいる。昨日辿ってきた川沿いの小道が見えたが、記憶にあるよりはるかに高低差が激しく、対岸との間には昨日はなかった細い橋が何本も架かっていた。

珍しいことではない。一夜の眠りから目が覚めると、こんな風に、街の様子が記憶と違っていることがある。

一人になってから間もなく、あなたは自分がいる世界が、元いた世界とは違っていることに気付いていた。忽然と消えたあなたの家にはじまって、記憶との差異は日に日に増すばかりだ。もうあなた自身、街がかつてどんな姿をしていたか正確に思い出せなくなりつつある。

そして——

遠くから聞こえてきた地響きに、あなたは視線を振り向ける。朝の爽やかな空気の向こうで、高層ビルがひとつ、沈み込むように倒壊していく。崩落は連鎖して、近隣のビル群がドミノのように倒れ込んでいった。遠雷のような音が大気を震わせる。

あなたが一箇所に定住するという考えを捨てた最大の原因がこれだった。

この世界の変化は穏やかなものだけではない。ときおりこうして、大規模な崩壊が起こることがある。寝ている間に生じた地形の変化が原因だろうとあなたは推測している。元からあったビルの根本にトンネルが開通したり、逆に弱い地盤の上に突然巨大なビルができたりしたら、何が起こるか想像するのはたやすい。

　これほど派手な崩壊は珍しいが、道路に危険な段差が生じたり、渡ろうと思っていた橋が朝になったらぼろぼろに錆《さ》びた渡し板になっていたりと、小さな変化は日常茶飯事だった。

　だからあなたは旅に出たのだ。危険な場所を離れて、まだ安全な場所を追い求めて。

　メッセージを書いた誰かも、きっとあなたと同じようにするだろう。危険で不便な場所を避けて、安全な場所を見つけながら旅をするはずだ。だとしたら、いつか、どこかできっと巡り会える。あなたはそう考える。

　もう圏外としか表示されないスマホで、メッセージの書かれた絵の写真を撮って、あなたは美術館を後にした。その写真は旅の間ずっと、あなたのお守りとなり、心の拠り所となる。あなたは何度も何度も写真を眺め、画面に触れ、話しかけ、胸に抱いて眠る。

6

　旅を続けるうちに、都市の変容は次第に進んでいく。壁のような坂道、次第にねじれて横向きになる階段、シームレスに建物の屋根へと続いて中断する車道など、人間が使用することを拒絶するような道に出くわすことが増え、あなたはそのたびに回り道をしなければならない。

三階の壁についたコンビニの自動ドア、太い石柱に螺旋《らせん》状に巻き付く神社の石段、色とりどりの花が咲き乱れるガソリンスタンド……。夢の中にでも出てきそうな不条理な建物が現れるたびに、あなたは思わず目を奪われた。

実際、これは全部夢なのではないかと、あなたは何度も疑った。何もかも、交通事故か何かで昏睡状態に陥ったあなたが見ている悪夢なのではないかと。

これが死後の世界だという可能性も捨てきれなかった。だとしたら、思っていたよりずいぶん寂しいところだ。きっとここは地獄なのだろう。

発狂したあなたが見ている妄想なのではないかという、ぞっとする考えも浮かんだ。つまり、あなた以外の人間はちゃんとそこにいるのに、あなただけがそれを認識していないのだ。あなたは一人で泣き喚き、コンビニで盗みをはたらき、自分だけがトイレだと思っている場所で用を足し、他人の家に上がり込んでは勝手に居座っている……。止めようとする家族や友人をふりほどいて奇行を続ける自分の姿を想像して、あなたは不安になった。

考察はいくらでもできたが、たとえ納得のいく説明を思いついたとしてもあなたの現状には何の影響もない。事実だけを言うなら、あなたの周りで都市は次第に壊れつつあった。危険な道や危険な建物の増加によって、あなたは郊外への移動を余儀なくされた。

都市全体の地理を把握するため、あなたは高層ビルに入り、エレベーターに乗り込む。無人のフロアを何十階も通り過ぎて屋上にたどり着き、ヘリポートの縁から都市を見下ろした。積乱雲のそびえ立つ夏空の下に、建物が延々と連なっている。

ここから足を踏み出すだけで、終わりの見えないこの孤独にケリを付けることができる――そんな思いがよぎったとき、吹き上げるビル風に帽子を飛ばされそうになって、あなたは慌てて頭を押さえる。

あのメッセージと出逢っていなかったら、あなたはどうしていただろうか……。今となってはもうわからない。無為な思考を振り払い、変化を続ける都市を改めて見渡す。上からはビルの間を縫って走る高速道路と、鉄道の線路が見つかった。都市の外縁へ向かうには、交通網を辿っていくのがよさそうだ。

7

あなたはまず、上から見つけた駅に向かう。切符売り場の路線図は複雑な形に絡まり合い、聞いたこともない駅名が並んでいる。改札を乗り越えてホームに出ると、電車が一本停まったままだ。無駄とは知りつつ、あなたは開け放たれたドアから乗車して、座席に腰を下ろしてみる。目をつむっていると、何事もなかったかのようにドアが閉まって、電車が動き出しそうな気がしてくる。残念ながらそれは錯覚にすぎない。乗客も運転手もいない電車は、いつまで待ってもそこから動きはしない。あなたは目を開けて席を立ち、アナウンスの一つもない静まりかえった駅を後にする。

駅を訪れたのは、路線図から都市と交通網の関係を掴めないかと思ったからだが、あまり参考にはならなかった。あの路線図が、夜ごとに変わっていく都市の構造を正確に反映している保証もない。唯一わかったのは、線路に沿って北へ向かえば郊外に出られそうだということで、少なくともビルの屋上から見たときの推測は裏付けられた。

次にあなたは自転車屋を見つけて、新品の自転車を手に入れる。いろいろ吟味して、頑丈そうな赤いママチャリに決めた。もっと洒落た折りたたみの自転車や、不整地でも走れるようなマウンテンバイクもあったが、大きなカゴがついている方が便利そうだったからだ。パンク修理キットと小型の空気入れを荷物に加えて、あなたは出発した。

都市からの脱出は一筋縄ではいかない。唐突に出現した崖や、橋のない深い水路、建物が崩落してできた瓦礫の山に行く手を阻まれ、あなたは何度も別の道を探さなければならない。

流れ込んだ雨が線路の上を川となって流れる地下鉄のホームを、あなたは自転車を押しながら何百メートルも歩いていく。壁に掛かった化粧品の広告からあなたに笑いかけるモデルの顔に、つい視線が吸い寄せられる。

眠れない夜、あなたは煌々と明かりがともったバッティングセンターにたどり着く。あなたのバットがボールを打ち返す硬い音が、静まりかえった街にこだまする。くたくたになるまで球を打ってから、あなたは人工芝の上で大の字になる。強烈なライトにかき消されて、夜空の星は一つも見えない。あなたがボールを打った音は、メッセージを書いた誰かに届くだろうか。そのまま眠りに落ちながら、夢うつつの内に、あなたは街が組み変わるときに立てる軋《きし》みを耳にしたような気がする。

ときどき建物に登って行く手を確認しながら、あなたは徐々に北へと向かう。線路が高架になって市街地を離れていき、辿るのが難しくなったため、幹線道路沿いに進むことにした。

密集していた建物の間隔が開き、ファミレスやホームセンター、ボーリング場、大型のスーパーなどが目立つようになってくる。途中のコンビニで手に取った新聞や雑誌には、あなたの知らない人、知らない物、知らない場所のことしか書かれていない。もといた世界とはまったく関係のない、別の世界のものごとを報じているようだ。それが怖くて、あなたは読み続けることができない。

やがてあなたは大型のショッピングモールに行き当たった。広大な駐車場には一台も車がない。熱く照り返すアスファルトの上を自転車で走り抜けて、モールの中に入ると、冷房があなたを包み込む。

ゾンビものの映画では、生存者がショッピングモールに立てこもるのが定番の展開だと聞いたことがある。あなたはモールの総合案内所に行って、マイクに呼びかける。

誰かいませんか？

もしいたら一階総合案内カウンターまでお越しください。

全館のスピーカーからあなたの声が響き渡る。

返事はない。

あなたは家具売り場のベッドで一晩眠る。誰も寝たことのない新品の寝具は、誰の匂いもしない。食料品売り場とアウトドア用品売り場を物色してから、あなたはモールを去る。

夏が終わる前に、あなたはふたたびメッセージに出逢う。

8

郊外をさまよっていたあなたはある日、小学校を見つける。いまどき珍しい、木造平屋建ての校舎が目を引いた。蟬の鳴き声ひとつない中、フェンスに囲まれた校庭を横切って、下足箱の並ぶ昇降口から中に入る。地形に合わせて建てられたのか、校舎は不規則な形をしていて、中の廊下にもあちこちに段差や短い階段が設けられている。はしゃいで駆け回り、段差で転んでは泣く小学生たちの姿が目に見えるようだった。

板張りの廊下を土足で踏んで、あなたは教室を覗いていく。無人の教室に並べられた子供サイズの机と椅子は、あなたが小学生だったときの記憶よりもやけに小さく感じられる。最後の教室を覗いたとき、あなたは目を見開く。黒板に大きく文字が書かれていたからだ。

白いチョークで記されたメッセージは、「I'm well.（元気です）」。

あなたはしばらくそこで放心するが、我に返って黒板の写真を撮る。写真フォルダの中の、二枚目のメッセージだ。

その教室だけは、机と椅子が隅に寄せられて、黒板前にスペースが作られていた。おそらくメッセージの書き手が、ここで一晩を過ごしたのだ。

端から端まで見てきたので、学校内に誰もいないことはもうわかっている。廊下の端の非常口を開けると、アサガオの鉢がずらりと並ぶ小さな菜園があった。その先には大きなひまわり畑が広がっていた。既に盛りを過ぎて、ほとんどのひまわりが頭を俯《うつむ》かせている。そんな中、咲く時期がずれたのか、ただ一本だけが大輪の花を咲かせていた。

メッセージを書いた誰かも、きっとここに来ただろう。そのときはまだ、他の花も元気に咲いていたかもしれない。夏空の下、ひまわり畑の前に佇む後ろ姿を、あなたは想像する。

9

あなたは旅を続ける。夏が終わって肌寒くなり、あなたは道路沿いの服屋で暖かい服を調達する。店頭に並んでいる商品が秋物に移り変わっていることに気付き、あなたは曰く言い難い戦慄を覚える。

もしかするとこの世界は、あなたの行く先々で生まれては、あなたが来るのを待っているのではないだろうか。そして、あなたがいない場所は、用済みと言わんばかりに崩壊していくのでは？

服屋を出て、あなたは来た道を振り返る。この辺りは建物が密集していないし、自重で崩壊するような巨大建築物もないから目立たないが、郊外に出てからも地形の変化はあちこちで目にした。つまり、あれは都市に限った現象ではないのだ。

本当に恐ろしいのは、あなたが追っているメッセージが、他のものと同じように、無から生じたものだという可能性だ。もし、そうだとしたら……。

自分の思いついた考えに怯えて、あなたは絶叫する。秋の風があなたの声を運んで消える。

南から台風が来る。天気予報がなくても、大気の不安定さであなたはそれを察知する。あなたが避難場所に選んだのはパン工場だ。敷地の外の道路にまでいい匂いを漂わせていたので、立ち寄らないという選択肢はなかった。工場の製造ラインは止まっていたが、大量のパンを前にして、あなたの気分もさすがに上向く。

もう一つ、あなたを揺さぶる発見がある。宿直室に放置された、何枚ものパンの空き袋だ。他の誰かがここに立ち寄り、あなたと同様に、思うさま温かいパンを貪《むさぼ》ったのだ。

ここにはメッセージが残されていなかった。あなたはそこに人間的なものを感じて、かえって安心する。あなたが追いかけているのは、機械的に残されたメッセージではない。ときにはパンのおいしさに気を抜いて、それまでなら片付けていたようなゴミを放置することもある、生きた人間だ。

バキバキミシミシと音を立てて台風が通過する中、工場の奥深くで、あなたは安堵の涙を流す。

10

それ以降、あなたはより注意深くなる。相手が残しているのはメッセージだけではないかもしれない。あなたが必要があって寄る場所には、相手も寄った可能性があるのだ。

そう思って見ると、あなたはさまざまなところに、自分ではない誰かの痕跡を見いだす。服屋の陳列の乱れ。使われた痕跡のある家具屋のベッド。スーパー銭湯の脱衣所に放置されたスキンケア用品の空容器。フードコートのキッチンで自炊をした余りだろうか、レジ袋に入ったままの食材とタッパー。

いくつかは考えすぎかもしれないが、すべてが妄想ではないはずだ。舞台装置のような世界の中、そこだけに濃厚な人間の気配が漂っていたからだ。

秋が深まり、あなたの行く道は山へと続いている。何度も折り返す山道を、あなたは自転車を押して登っていく。

峠のカフェに入って、ガラスケースに収められたケーキをさんざん迷って選んだあげく、セルフサービスで紅茶を入れてテラス席でティータイムにした。テラスからは山々の間の平野を見渡すことができた。午後の日差しの下、収穫時期を迎えた田んぼが黄金色に輝いていた。

あなたはカフェを後にする。店頭の看板に残されていたメッセージは――「I'm doing fine.（わたしは元気にやっています）」。

近付いている、とあなたは思う。

次の峠を越えたら、坂を下る君の姿が見えるのではないか。次のカーブを曲がったら、先を行く背中が見えるのではないか。そう思いながら、あなたは先へ先へと進んでいく。湖に面したキャンプ場に差し掛かり、あなたは迷わずその日の宿をそこに決める。テントの持ち合わせはないから、管理棟のベッドを借りることにするが、まだ時間が早いので、湖畔に下りていって、静かに打ち寄せる波を見ながらそぞろ歩く。

犬がいればよかったのに、とあなたは思う。こんなにひと気がないキャンプ場なら、いくら走り回ってもいい。自分一人に、こんな広い場所はもったいない。

そのうちあなたは、焚き火の跡を見つける。真っ黒な炭の燃え殻が地面の上に並べられて、文字を形作っている。

「I'm quite well.（わたしはいたって元気です）」。

湖の対岸では、アンテナを取り付けすぎた電波塔のような、どう見ても不自然な構造物が斜めに傾《かし》いで建っている。稜線を越えてどこかへ続く何本ものワイヤーに支えられているようだが、いつバランスを崩して倒れるかわからない。湖面からは寺院のような瓦屋根の建物が頭を出している。世界の崩壊が、あなたの自転車の速度に追いつきつつある。

11

短い秋が終わり、冬になった。いくつもの峠を越えて、あなたは海の近くに辿り着いていた。

粉雪がちらつく早朝。まだ暗い中、あなたは砂浜に沿って延々と続くコンクリートの防波堤を歩いている。手袋をしていても、自転車を押す指先が冷たい。白い息が、マフラーの口元を湿らせている。これ以上雪が降ったら、自転車は諦めなければならないだろう。冬物の服は着込んでいるものの、雪の積もった中を歩いていくような格好ではない。スポーツ用品店か何かを探して装備を調《ととの》える必要がありそうだ。しかし、都会をだいぶ離れたこの辺りで、そう都合よく店が見つかるだろうか。

振り返ると、粉雪を透かして、得体の知れない形に膨れ上がった山の輪郭が見える。崩壊はもうすぐそこまで来ていて、追いつかれるのもそう先のことではないだろう。

そのとき世界にさっと色が差す。海から日が昇り、みるみるうちに明るくなっていく。薄い黄色、緑、紫の朝焼けが空を彩る。あなたは眩しさに眼を細めて視線を落とす。そこで気付く。防波堤から階段を下りた先の砂浜に、足跡があることを。

あなたは足を止める。長い旅を共にしてきた自転車を、その場にそっと駐めて、階段を一歩一歩踏みしめて砂浜に下りる。その間、一度も足跡から目を離さない。目を離したら羽が生えて飛び去ってしまうと思っているかのように。

足跡は波打ち際を先に進んでいく。風と波によって形が崩れて、一人のものか、二人のものかすらわからないが、間違いなく、ごく最近つけられた足跡だ。

あなたは顔を上げて、足跡の行く手に目を凝《こ》らす。朝の霞がかかって、砂浜の先にあるものはよく見えない。

それでも、あなたは足跡を辿って歩き出す。

あなたはもう、後ろを振り返らない。

四十九日恋文

森田季節

森田季節（もりた・きせつ）
1984年生。兵庫県神戸市出身、京都大学卒。2008年第4回MF文庫Jライトノベル新人賞優秀賞を受賞。受賞作『ベネズエラ・ビター・マイ・スウィート』でデビュー。他の著作に『ともだち同盟』（角川書店）『落涙戦争』（講談社）『物理的に孤立している俺の高校生活』（小学館ガガガ文庫）『スライム倒して300年、知らないうちにレベルMAXになってました』（SBクリエイティブ）など多数。東北芸術工科大学特別講師。

ガラスの靴故意《こい》に片方残すような白いカラスを私追ってた　白カラスの栞《しおり》へ

カラスとガラスを掛けた歌は文字数がちょっと余ったので、カラスが栞のことですよと説明を付け足した。夜、家でごはんを食べていたら、返信が来た。

ちくちくとウサギの角《つの》を刺してくるあなたにびびって道路飛び出す　絵梨《えり》へ

——また、こういうことしてくるんだから。

本当に縁起でもない歌を返してきたな。なんか、私のせいみたいな歌になってるし。あきれながら、私は結局笑っている。ふざけ合えることに、ほっとしている自分がいる。

それだけ時間が過ぎたということなのだろうか。もう二週間以上経ってしまったただなんて、ちょっと信じられない。

残り数日で、すべて「かな」だと短歌を送ることもできなくなってしまう。

菓子楊枝《かしようじ》のそげが刺さって疼《うず》くのとあなたを呼べば、それがはじまり絵梨
知らぬ間に出て固まった君の血はブルーベリーそっくりで舐《な》めたら苦い栞

気持ちをそのまま文字にするのは思った以上に難しくて、私は今日も短歌に頼る。栞がどう考えているかわからないけど、はじめたのは栞のほうだからいいだろう。

日数が限られていることは私も痛いほどよくわかっているのだけど。

霊魂——つまり死者の意識が、死後もしばらくは「此の世」にとどまることが証明されて、五十年ほどになる。さらに、ちょうどその期間が四十九日間であるということがわかった時は、トップニュースになったらしい。私が生まれる数年前だ。

今では、ごく短いメッセージであれば、霊魂とやりとりすることも可能だ。おかげで、葬儀の雰囲気もかなり変わってしまったという。それは長い祭りの初日のようなものだ。

そして、十年ほど前から、死者と限られた文字数だけメッセージの交換をしてよいという法律もできた。

文字数は最初が四十九文字、最終日が一文字。つまり、毎日一文字ずつ文字数が減っていく。空白も文字数とみなし、絵文字は使えない。顔文字は本来の記号の文字数に準じる。技術的には四十九日の間なら何文字でも送れるようだが、死者との交流を忌避する派閥と妥協を重ねたすえに一文字ずつ削っていく今の制度に落ち着いた。

でも、まさか自分がそんな制度を使うことになるとは思わなかったけれど。

ドリンクSストローいつも長すぎて世界平和はマゾ向けなのだね　絵梨

女の武器はいつ涙から変わったの私の背中に五匹のみみず　私M違う！

そうだね、ごめん、ごめん。こっちがSでも栞がMってことにはならないよね。どっちかがボケだからって、もう片方がツッコミってことにはならないのと同じだ。

メッセージを送るのは簡単だ。役所に登録されているお寺に行って、端末として使う古い携帯を借りてくればいい。ガラケーと呼ばれていたものの最後の世代らしい。

生まれて初めてさわった折りたたみ式の古い電話は群青色の隅が欠けて、そこだけ白くなっていた。昔の所有者がムカついて投げつけでもしたのだろうか。端末が古臭くて音声入力にすら対応していない。指の入力は大変だけれど、文字数が限られてるから疲れるほどじゃない。それに最初から音にするのは、インスタントすぎて危うい気がする。

風船のなり方イチから教えます080から思念を送って　死者もよい
風船は浮かすより割る汚れた指で終わらせたかったアイスクリーム嬢

最後の部分はもともと「君も宇宙も」にしていた。なんかありきたりだし、無駄に壮大だし、「君も京都も」に変えた。それもしっくりこなくて結局、こうなった。文字数ぎりぎりだから、何も感想を入れられなくなった。
死者とのやり取りもけっこう呑気なものだな。死者は仕事もしてないから、その呑気さが伝染しているんだろうか。

天国にスタバはあるの?ミスドなら?快楽は生クリームの量に等し

最後、「い」が抜けたみたいになったけど、通じるだろう。だんだんと伝えるハードルが高くなってきた。あと一月《ひとつき》しか、こんなやりとりもできないのか。

天国も地獄もないよ「ない」がある夜中に映画を見る人もない　栞

もっとポジティブな歌が返ってきてほしかった。それは栞に幸せでいてほしいという願いというよりは、自分がいずれ行くことになる場所が苦しいところでなければいい、ということを教えてほしいからだった。

幸せではなくていい。だけど、苦痛はないほうがいい。地獄のようなところがなければいい。

バイト先の島崎さんに話したよボタボタ泣いてた少し反省　絵梨人様が泣いたと聞いてドヤ顔をしている私虫に食われろ　ＧＪ！

うわあ、ウザい。何がＧＪよ。これ、島崎さんに伝えたほうがいいのかな。どっちかわからないな。でも、死後も意識あったら、こうなるものなのかな。逆に死んだらラッキーとか思われたら、やりきれないよね。想像するだけにまずい。栞の後輩の島崎さんはちゃんと泣いてくれてよかった。

功徳《くどく》を積んだほうがいいや。今後、後輩の子にはできるだけやさしくしよう。ごはんでもおごってあげよう。島崎さんのフォローもしよう。

シロはそちらの家には慣れました？あいつ超人見知りだから。

三日ぐらいで慣れてきたよ。シロって言うけど、薄汚れてる。

短歌ではなく、普通の言葉で来たから、私もそれに合わせる。せっかくだし短歌にしてみないかと提案してきたのは四日目の栞だった。それはそれで楽しかったけど、短歌を作ることが目的みたいになっちゃった面もある。

メールは、文字数に縛られずに、まず書きたいことを打ちこむことにしている。文字数のことばかり気にして想いが伝えられないとしたら、本末転倒な気がした。

文字というのは道具でしかなくて、その道具のせいで伝えられる情報が縛られるのは、嫌だ。実際のところ、文字数以上のことは表現できないにしても、最初から文字数を前提にした頭になるのは、嫌だ。

ねえ死んだらどうなるの？　漫画みたく銭湯とか覗けるの？
ふわふわになるとしか言えないよ。食欲とか睡眠欲もない。

その返信を読んでいる私は、何も食べずに夜中まで残業したせいで腹ぺこで、栞がそこそこうらやましい。日が変わっていたから、すぐに返信できるけど、あっさり二十六文字を使うのは、もったいない気がする。

仕事忙しい。残業きつい。もう、死にたいぐらい忙しい。
死んでも、死者同士はつながれないよ。それでもいいの？

夜の二十三時過ぎにようやく来たメールを私は帰りの電車の中で見た。質問のような内容で、ちょっと困った。返信で貴重な一日を使いたくないないと思った。明日はイベントもあるし、早目に寝た。

次の日、私はほかの女性と関係を持ってしまった。

同性愛者のコミュニティの飲み会で、酔いつぶれて、近くの女の人の家で泊まって。そういうのが目的でコミュニティに来る人がいるって話も知ってた。私も酔っていたとはいえ、拒むことだってできたと思う。目の前で泣かれて、そのままなし崩し的に。他人に対して甘すぎた。やさしくする必要のない人にまでやさしくしてしまった。

書くか迷った。言わなければ、栞には絶対にわからない。幽霊に此の世のことを知覚する能力なんてない。彼らは特別な力を持った神じゃない。死者を仏と言うけど、何一つ悟ってもいない。

やっぱり、書いた。書かなかったことに対する後悔のほうが大きくて怖かった。栞が今も私に隠し事をしてると知ったら、私も嫌な気持ちになるだろう。

栞、ごめん。栞以外の人とＳＥＸしちゃった、ごめん。
健康的でいいと思うよ。ちなみに、どんな人？

栞は初めて上限まで文字を入れなかった。
責められている気がした。あと、身勝手だけど、栞と話をする二十数文字の中に、ほかの誰かのことを含めたくなかった。

背の高いはきはきした子。でも付き合うつもりないよ
私のことは構わないでね法も約束も絵梨を縛らない。
ねえ、もっと私たち二人のことを話そうよ。うん。
好き好き好き愛してる今更これでいいの？本当に？
本当にごめん。付き合わないってメールするから
別に怒ってないよ！私は絵梨の未来が聞きたい！

未来なんてわかからない。栞が事故ってまだ一月もう一月か〜。あと、三週間で私の事忘れなよ

「栞の薄情者」

夜の二十二時過ぎに来たメールを見て、そう口にした。

すぐにメールを送りたくて、すんでのところで思いとどまった。三週間しかないのに、一日だってケンカなんてできない。もしも、文字通りのケンカ別れになってしまったら、自分の心がどうなってしまうか、わからなかった。

次の日、私は朝食も昼食もとらなかった。体の中に何も入れたくなかった。

会社で上司と衝突した。自分に非があるのもわかってる。次の二十文字に何を入れたらいいかわからなくて、考えているうちに、ミスをしていた。あやうく、桁《けた》が一つ多い請求書を送りつけるところだった。指摘されて逆ギレした。

二十文字じゃ足りないし、二十文字じゃ多すぎる。

霊魂なんだから枕元に出てきてよ。今すぐ！

普通の人間は霊魂を知覚できないものなの。

わかってる。それぐらい、わかってる。

霊魂にはメールの文字でしかつながれないとわかってから、人はかえってドライになった。心の中でどんなひどいことを考えても大丈夫だ、祟《たた》りだって存在しないんだって証明されてしまったから。

私たちはとても即物的な世界で生きている。四十九日の先の死後のことまで詳しくわかったら、死は本人にとってもただの行事になるだろう。その時、人類は本格的に滅びの道を歩むはずだ。人生が自分のためだけのものになれば、子供を作る意味も消えるだろうから。ＳＥＸが娯楽の一つになったように、いずれ子育ても一部の人にとっての娯楽の一つになる。

やるせなくなって、ベッドにもぐりこんで、毛布を力まかせに抱きしめていた。

五分ぐらい経ったあたりから、もやもやしてたものがむらむらに変わってきて、体って心より単純だと思った。

今日、物凄く栞とエロいことしたくなった
絵梨って心より体から愛するタイプだよね
栞の名前呼びながらしたよ。聞こえた？

ドン引き！ねえシロには手出さないでよ

猫にまで手は出さないよ。

私、ちょくちょく強引に話題を変えてるな。それで、栞ってちゃんと合わせてくれるんだよな。私たちが死ぬまで続いてたのって、栞が我慢強かったからなだけなのかもしれない。

出社前に栞の墓掃除した。私って善人偽善者さんこんにちは。ただの石やで

あのさ私のダメな所今の内に教えて多すぎて…十六文字じゃムリです。

じゃあさ、私のいい所教えてよ。

単純・声が大きい・化粧うまい

もっと内面的なところを褒《ほ》めろよ。苦笑してベッドに入ったら、深夜一時前の携帯の着

信音で起こされた。

それと佐倉栞を愛してくれた事
日替わった途端そんなの反則！

死んだからSにリバースした
弄《もてあそ》ばないでよ。すぐ転生しろ

島崎さんと沢山話したよ。
善の面しか知らないからね

素直に喜べよと思ったけれど、栞の悪の面を知ってるのが自分ぐらいだと考えたら、急に楽しくなってきた。

半年間のルームシェアを思い出した。２ＬＤＫを二人で借りた。用がある時はダイニングで話して、それぞれの個室はプライベートスペースで無断立入は不可という決まりにした。正直、よくケンカもした。ひどい言葉も使った。壁を隔てた部屋に栞がいるという距離感に私はずっと戸惑い続けていた。

就職して、会社のこぎれいな寮に入ることが決まった時、実のところ、ほっとした。部屋の壁にもたれながら、缶カクテルを飲んで、白い壁をながめていた。そんな時に、隣の部屋から漏れ聞こえてくる泣き声に気づいてしまった。私は小声で「ごめん」とつぶやいた。

その二日後、私たちは咲きはじめた桜を見にいった。夜桜は、思っていた以上に、ぞっとするものだった。

「ここは怖いね」と栞が私の腕に身を寄せながら言った。私もうなずいた。混ざり合う黒とピンクと白。ここは終わりに近すぎる。

桜散ったけど躑躅は綺麗

躑躅《ツツジ》なんて漢字じゃ書けないし、漢字を使う意味もないと思ってたけど、そんなことなかった。一文字ちゃんと短縮できた。

でも絵梨の方が綺麗だよ

こういうことをさらりと言うから、私は栞に惹《ひ》かれたのだ。

今の自分は、人生で最高に栞のことを想えている。失って、遠くに行けば行くほど。厄介な話だ。

次に入れられる文字は十字。残りの文字数を全部足してみた。数列の公式は頭にないから、地道に全部足した。五十五文字。あまりに短い。どうやったらこの文字数を有意義に使えるだろうか。

栞のお母さんに電話をした。彼女も栞とメールのやりとりをしているはずだから。とくに栞みたいに前ぶれなく逝《い》ってしまった場合は、たいていの遺族はそれを使う。『ありふれたことですよ』と彼女は言った。『元気でやりなさいとか、そういうこと』『亡くなったのにですか』と尋ねると彼女は笑った。

たしかに限られた文字数で気持ちを全部ぶつけられるわけがないし、それぐらい気楽にやるほうが正しいのかもしれない。

躑躅って何て読むの？

どうでもいいことで一日を使うなよ……。

つつじ。もったいない

もう言う事もないし
いや何かあるでしょ

そう言いつつ、私も書くことが見つからない。あったとしても、この文字数だし。残り三十六文字。文庫の一行未満の数。

愛してる愛してる
ああああああああ

だよね。こうやって、はぐらかすほうがいいよね。愛だの好きだの並べたら未練の量が増えてしまう。

遺品どうしよう
ご自由にぞうど

変なギャグ入れてこなくていいよ。素直に「どうぞ」って書けよ。

月が綺麗だよ
絵梨のが綺麗
キスしたい
通じてるよ

そんなわけない。栞の気持ちは届かないはずなのだ。死者が生きてる者の気持ちを理解するだなんてことは不可能だ。こうして文字にすがるのが精一杯だ。

でも、私は比喩じゃなくて、事実のように受け取ってしまっている。メールをしていながら、いまだに私は文字以上のものが栞に届いていると信じている。科学じゃなく、魔術の世界に生きている。

私は栞と撮った写真をプリントアウトすると、その栞にキスした。不健全な代償行為。でも、仕方ない。魔術を信じることはできても、私は魔術を使うことはできないのだから。

キスした
私もした

栞の返信を私は信じようと思う。信じることは私の勝手だ。死者の気持ちを捏造《ねつぞう》することも、生きてる側の特権だ。

酒飲む
酔いな
好き
私も

最後の日。一文字で何をどうやって伝えればいいんだろう。悩みに悩んだ。

紙に、文字を書き並べた。「愛」とか「恋」とか「好」とかベタな文字を書き連ねて、どれも違うと思った。かといって、さよならを一文字で表現する漢字も思いつかない。別れを意味する言葉だからって、「別」とか「離」とかじゃ、さよならにはならない。

昼の間には思いつかず、夜になっても思いつかず、知らぬ間に二十一時を過ぎた。あと、三時間で栞の霊魂は遠くに行ってしまう。メッセージも送れなくなる。

いっそ、栞から何かメールが来ればと思ったけれど、待っている暇もなかった。お互いに粘っていたら、時間切れになる。

ベッドに寝そべって天井の丸いライトを眺めていたら、ひらめいた。

文字じゃなくたっていい。

その黄色い光の先に栞が暮らしている気がした。

◎

意味はよくわからない。とにかく、プラスの意味になってくれると思った。送信ボタンをゆっくりと押した。

ほぼ同時にメール受信を携帯が告げた。

◎

一瞬、エラーで送り返されたかと思った。

だけど、たしかにそれは栞からのメールだった。

「……心、読まれてたんだ、きっと」

栞は見ていてくれている。私の気持ちをすべて知っている。

私は天井に向かって手を振った。笑顔のはずなのに、涙で天井がにじんだ。

日が変わったあとに、「さようなら」とメールを送ってみた。

すぐにこの返事が来た。

Delivery to the following recipients failed.

翌日、私は携帯を貸してくれたお寺に、返却に行った。

住職はどこかの檀家さんに出かけているようで、留守だった。庫裏《くり》のところに、募金箱のようなものがあって、「留守の時は、端末はここに返却ください」と書いてあった。

私は古めかしい機種のそれを、ゆっくりと箱の中に落とした。

どしん、と物質の存在を示す鈍い音がした。

四十九日間、ありがとう。

ピロウトーク

今井哲也

今井哲也（いまい・てつや）
1983年生まれ、漫画家。千葉県船橋市出身。2005年、「トラベラー」にてアフタヌーン四季賞の2005年冬のコンテスト・四季大賞を受賞しデビュー。2013年、『アリスと蔵六』（徳間書店）で第17回文化庁メディア芸術祭マンガ部門新人賞受賞。他の作品に『ハックス！』『ぼくらのよあけ』（ともに講談社）などがある。

バキバキ
ガコン
おじゃまします
わっ
お騒がせします…
今から　お宅を家捜《やさが》ししますが大目に見てくださいね
私と先輩は毎日　二人で廃墟を探索してあるいている

ピロウトーク

今井哲也

きっかけは
ある日の先輩の
こんな一言
私ね
枕が変わると
眠れない
性質《たち》なんだ
先輩は
前世かなにかの
ときの記憶を
保持しているそうで
そこで
お気に入りの枕を
なくしたのだ
という
だから
今回の宇宙では…
今日まで一度も
眠れたことが
ない
18年間ね
——そんな
バカな…
——という
疑念は
しばらく探索に
つき合ってみて
すぐに
消え去った
先輩は　ほんとうに
1秒たりとも
眠らないのだ
——どう
ですか？
…
違う…
この家も
ハズレだわ

さいわい
少子化で
人口爆減《バクヘ》りの
この時代
放棄された
空き家は
無数にあるし
高校生なんて
絶滅危惧種で
売り手市場なので
学校も　いくら
休んだって平気だ
——位相幾何学って
知ってる?
パチ
パチ
パチ
?
いえ…
パチ
たとえば
ドーナツと
マグカップは
パチ
見た目は違うけれど、
等しい図形なの

私たちにも そういうところが あって…
私には 遠い昔
どこかの宇宙で かけがえのない 恋人がいた
出会ってみて はじめて
ああ 今までの 自分の魂には こんなにも欠落が あったんだって
二人が出会うことで ついに すべての ピースが埋まったんだなって
そう 確信して しまうような人
彼 彼女 それ… は あらゆる宇宙で異なる 姿をしていたけれど ひと目でおなじ存在だって
私には分かった
その人は ひとつ前の宇宙では 私の枕だったの
けど 私は それを手離して しまった
だから 私は 今 眠れないんだ
冗談はやめて ほしかった
そんな話をされて じゃあ 今こうして 先輩にくっついて 回っている私は なんなんですか いい面《つら》の皮じゃないですか
とか あるいは
だいたい先輩は 適当すぎます それだと その人が 今でも枕だとは 限りませんよねとか

あらゆる　嫌な気持ちがわーっとかけめぐったが
全部ガマンした
——ああ…
もう一度だけでいいから
ぐっすり眠りたいな…
どうせ　私は先輩の頼みなら
断われない
悔しいけど
その日も　すぐ私は　ひとりで眠ってしまった
…これも違う
そうですか…
もう　ずいぶん経《た》っちゃったね
結局卒業式までサボっちゃった
………
——先輩

――新しい枕を
探すっていうのは
ダメですか…
ほかにも　ぴったり
眠れるやつが
あるかもしれないし
ほら　宇宙？　って
広いし…
………
そうだね…
さんざん　二人で
歩きまわって
きたんだし
あなたと一緒なら
そういうのも
ありかもしれない
その夜も　やっぱり
先輩は1秒も
眠らなかったが
初めて　私も一緒に
朝まで寝ずに
たくさん話をした

じゃあ　先輩
つぎは南へ
行って
みませんか
花の季節だし
きっと
綺麗ですよ！
暖かいから
野宿もやっと
ラクになるし
——先輩？
…あった
…えっ？
この角度だ
ああ…
間違いない
えっ
だって　あれ
島ですよ
見つけた…
嘘
先輩

ごめんね
──ああ
やっと眠れる…

ザザーン…
ザパッ
——先輩の姿が 島影と一瞬 ふれ合い
そのまま 二人は どこか べつの宇宙へと 旅立ってしまった
最悪なのは 最期の瞬間の 先輩の寝顔が ほんとうに綺麗 だったことだ
うわーーん
先輩の ばかーー
うえーーん
私の欠落は このとき埋まって しまった
それ以来…
私は 高所 恐怖症になり
いくつもの宇宙を 先輩を探しながら 旅しているのだよ
えー 先生 おもしろーい
ねー それより 私のチョコ受け取って くれませんか?

幽世《かくりよ》知能

草野原々

草野原々（くさの・げんげん）
1990年生まれ。広島県出身。慶應義塾大学環境情報学部卒、北海道大学大学院理学院在学中。2016年、「最後にして最初のアイドル」が第4回ハヤカワSFコンテスト特別賞を受賞し、電子書籍オリジナル版として配信され作家デビュー。同作は2017年に第48回星雲賞（日本短編部門）を受賞し、自身も第27回暗黒星雲賞（ゲスト部門）を受賞。さらに同題の短篇集が2018年に刊行され、第39回日本ＳＦ大賞の最終候補作に選ばれた。他の著作に『大進化どうぶつデスゲーム』（ハヤカワ文庫ＪＡ）『これは学園ラブコメです。』（小学館ガガガ文庫）がある。

なぜわたしがこんなことをしたのか、その理由を述べよ。

『理由』。行動を説明するためのフォーマット。この世界で生きていくには、それに答え続けなければいけない。

理解のために。

理由を述べなければ、理解されることはない。納得できる理由がなければいけない。理由を考え続けなければいけない。

わたしはなぜ、こんなことをしたのだろうか。なぜ？

一つの答えがある。理解したかったからだ、彼女を。彼女にも、わたしを理解してほしかったからだ。

「今日は神隠し警報が出てたから、神体に近づいちゃだめよ」

「うん」

「ほんとにわかってるの、与加能《とかの》？　返事はちゃんとして」

「大丈夫。わかってるって」

「ちょっと、出かけるならどこ行くか話しなさい！」

母の小言を無視して、わたしは家を出た。

集合住宅の廊下を歩くと、隙間風が吹き込んできた。開けっ放しになった扉や割れたガラスが目につく。だいぶ荒廃が進んでいるようだ。階段には空き缶やダンボールが捨てられている。鳴り物入りで作られたこの建物も、もうそろそろ寿命だろう。

外に出たわたしは、冬の風に抗《あらが》って進む。いくつもの建物の間をビル風が吹く。ここらへんは、作業員とその家族の住宅地として作られたが、そのほとんどはもはや使われていない。

少し歩くと、古びて、変色した看板が見えた。


めざせ、未来技術の町！　幽世《かくりよ》知能端末を完成させよう！

わたしが小学生のときは、これを見るたびに胸躍《おど》らせていたものだが、今は粗大ゴミにすぎない。

集合住宅ビルの密集地を抜けると、巨大な道路があった。車の気配など一つもない。アスファルトには、ちらちらと草が生えていた。

道路の真ん中を歩いていくと、それほどたたないうちに森に入る。照らされる光の量が半減し、冬なのに、じっとりした湿気が漂ってくる。道路は、森を切り拓《ひら》いてなかへと伸びている。

そのまま歩き続ける。筋肉がけっこう痛くなってきて、やっと目的地に着いた。

道路の脇に、森の内部へ至る小道がある。ただし、高い塀が厳重に行く手を阻《はば》んでいる。

塀にかかった看板には、次のように書かれていた。

この先、神体あり　危険　関係者以外立ち入り禁止

塀には、見覚えのあるスクーターが立てかけてあった。彼女のものだ。どうやら、ちゃんと時間どおりにここまできたらしい。

そう考えていると、スマホが鳴る。画面には『灯明《とうみょう》アキナ』と出た。

「とかちゃん。着いたけど、まだなの？」

アキナの声がする。少しいらついているような、不安定な声。

「ごめんなさい。あと五分くらいかかるわ」

「ったく。あんたが来いって言ったんだろ。遅れるなんて、ちょっと失礼じゃないですか？」

「ほんとうに、ごめん」

「謝るならいいけどさ。最後にしてよ、最後に」

「ええ、最後にするわ」

わたしはそう言って、スマホを切った。

通話ができるのも、幽世知能のおかげだ。幽世知能のクラウドコンピューティングで、スマホが動いているのだから。

幽世知能。わたしの世代になると、それがない世界を想像することはできない。だが、ちょっと前まではそんな技術はなかったのだ。

幽世。この宇宙である現《うつ》し世とは別に存在する、もう一つの未知なる宇宙。太古から、現し世と幽世は交差してきた。二つの宇宙が接する場所には、超自然的な現象が発生し、神隠しによって人々が消え、妖怪が現れた。

数十年前まで、幽世とは不気味な災害の発生源でしかなかった。だが今日《こんにち》、それはテクノロジーの基盤にもなっている。

あらゆる物理系は、情報処理能力を持ったコンピュータだといえる。そして、幽世も宇宙であるからには物理系だ。よって、幽世は巨大コンピュータとして使うことができる。そんな単純な発想で開発された、幽世の情報処理能力を利用したコンピュータ、それが幽世知能だ。

幽世知能は、無尽蔵の計算能力を持っているが、その無限の計算のなかから、適切な出力を汲《く》み取らなければいけない。幽世と現し世との接点は神体として現れる。神体は、奇妙な形をした岩石や大木などの自然物の形をとることが多い。各地で発見された神体のうち、幽世からの出力が安定しているものは幽世知能の端末として利用されている。

昔、わたしが子供だったころ、この森にある神体を幽世知能端末にしようとする計画があった。かなり大がかりな資金が投入され、大勢の作業員が集められた。作業員の家族が住む住居や、学校などが建てられ、なにもない田舎に突如として一つの町が生まれた。

だが、計画は失敗に終わる。幽世からの出力が安定せず、また、神隠しの危険度も高すぎたのだ。計画の主翼を担《にな》った会社は不景気で倒産し、あとには、荒廃が進むばかりの廃墟と路頭に迷った人々が残った。多くの人々は神隠しの危険性があるこの地域を離れたが、引っ越すだけの資金も縁もない者たちは、格安の集合住宅に住み続けている。

残された施設は、自治体が管理することとなり、幽世研究所という名前でいまも細々《ほそぼそ》と運営されている。作業員であったわたしの父は、運良くそこの管理人になることができた。ポケットを探り、鍵を出す。父が持っていた鍵だ。死んだ父の。合鍵は、アキナが持っている。アキナが通れたのだから、鍵は交換されていないのだろう。

塀にある鍵穴に鍵を通す。あっけなく、回る。塀の一部は扉となり、開く。

森は、霧が漂っていた。視界が遮《さえぎ》られるなか、小道を歩く。速度を落とす必要はない。よく知った道だ。肝《きも》試しとして、しばしば遊びにきたことがある。父の鍵を盗んで、アキナと二人でよくここにきた。

五分ほど歩くと、小さな池に行き着く。霧の向こうに、神体が見えた。池のちょうど中央にある岩だ。指を切られた手のように、不揃いで細長い五つの岩。それぞれは注連縄《しめなわ》で縛られている。幽世からの影響を制限する伝統的な技術だ。

「はぁー、やっときたよ」

池の岸辺で、影が動いた。影は立ち上がり、一人の女の形となる。

わたしは彼女を見る。灯明アキナ。小学生の頃からの幼馴染を。

会うのは一カ月ぶりだが、ずいぶんと痩せこけた体になってしまった。以前から発育不全の傾向はあったが、いまの彼女は、人間というよりも、昆虫のようだ。

極端に大きく、突き出し、いまにもはずれてしまいそうなほどギョロギョロ動く眼球はトンボの複眼のよう。伸ばし放題の髪は一度も櫛《くし》を入れたことがないといえそうなほどボサボサで、毒虫の毛のようだ。ボロボロのTシャツに収められた手足は、肉を削りとったように細々としており、静脈が浮いている。哺乳類の皮膚とは思えないほど硬い印象で、外骨格っぽい。

思わず、手櫛で髪を撫でつけようとした。外見を一切気にかけないアキナを、わたしはよくそうやって世話したものだった。

「おい！　勝手にさわるなよ」

冷たい声がわたしを拒絶した。伸ばした手ははたかれ、長い爪でできた細い傷跡が残る。

「ごめんなさい……」

拒絶されたわたしは、そう言うしかなかった。

「はぁー、礼儀がなってないよ。とかちゃんがそういう人だっての、知らなかったなぁー。まっ、許すけどね、きれいさっぱり許すけどね」

アキナはそう言うが、いらついていることは明白だ。爪を噛みながら、つま先で地面を蹴る。

「……で、いったい、用事ってなに？　寒いし、早くすませてよ」

「それは……」

これから、どう話を切り出すか。それを考えておらず、口ごもってしまう。

「あー、オッケー。とかちゃんがなにをしたいのか、わかるよ。あたしを殺しにきたんでしょ？」

違う！　そう言いきろうとするが、言えなかった。ある意味で彼女は正しいのだから。

アキナは、わたしの沈黙を肯定と受け取ったらしく、にやりと笑う。

「でも、いいんだよ。いいの、いいの。抵抗しないよ、あたし。黙って殺されるから。だって、それだけのことしちゃったんだもんね」

「どういう意味……」

「わかってんでしょ。なにすっとぼけてるの？　あんたの妹を殺したのは、あたしなんだよ」

わたしの妹。いまでも、その笑顔が頭をよぎる。一年前、母親が再婚して、わたしには妹ができた。小さく、よく動き、人懐っこい笑顔を浮かべて抱きついてくるあの子……。

けれど、一カ月前に、突然いなくなってしまった。

遺体は見つからなかったため、結局、神隠しとして扱われた。人々はよくある不運な事故として扱い、やがて忘れ去っていく。

だが、わたしはそこにアキナがかかわっていると、ずっと疑いを抱いていた。妹が消える直前に、アキナとこの森へ至る道を歩いていたという証言があったのだ。アキナは妹を池に沈め、その遺体が神隠しとして幽世へと消えたのではないか。

疑いは見事に的中したようだ。アキナは隠すことなく勝手に話し始める。早口で、興奮が抑えきれないような口調。

「殺したのは、ちょうど、ここだったと思うよ。ムカつく子供だよ、あいつは。勝手にベタベタさわってきて、抱きついてきて。ほんとうに嫌だった。まあ、素直なところは褒《ほ》めるべきかもね。とかちゃんが待ってるって言ったら、なんの警戒もなくこの池についてきたんだから。後ろから押して、馬乗りになって、首絞めながら水のなかに入れたら、動かなくなっちゃった。体力ないあたしでもできたよ」

アキナは身ぶり手ぶりで、そのときのことを表現した。

死ぬときに、あの子がどんなに苦しい思いをしたか、理解していないのだろうか？　悔しさと、やりきれなさでいっぱいになり、涙が流れてきた。

「ありゃ。そっか、とかちゃんにはつらい話だったか。ごめんね。けど、あたしは正確を期すために話したんだからね。とかちゃんをいじめたいわけじゃないよ。誤解のないように」

「……なんで、あの子を殺したの？」

「んっ？　なんでって、手段のほう？　それとも、理由？」

「……理由よ」

「はぁー、理由かよ」

アキナの声にいらつきが戻ってくる。

「理由。理由。理由。いつもそれだな！　あんたらはそうやって、あたしを牢獄に押し込めようとする。理由で作られた牢獄に。あたしを理解するって言いながら、あんたらが許すような理由しか認めようとしないんだ！」

アキナはわたしの目の前に近づくと、自分の前髪の束をつかんだ。ぷちぷちっと、音がして、髪が根本から抜かれる。よほど乱暴に抜かれたらしく、毛穴から血が見える。

「ほらほら！　とかちゃんがそんな質問したから、髪を抜いちゃった。めっちゃ痛いよ。皮膚の下の組織まで抜けてるから、もう生《は》えてこないね。見てよ、これ」

アキナが前髪をかきあげる。額の右側のこぶし大の痕が、痛々しくはげ上がっている。

「知ってる？　抜いた毛の根元って、白いぷにぷにした肉がくっついてるんだよ。これ食べると、歯ごたえがあって、おいしいんだ」

アキナは次々と髪を抜き、口に入れていった。

「やめて……」

わたしは抜き続ける彼女の手を握った。

「だから、さわんないでよ。そもそも、とかちゃんがいけないんだよ。理由を言えなんて……。あんたがしていい質問じゃないよ。あたしを理解する気もないのに、理解しようとするフリはやめろよ」

「言わなくていいから……。理由なんて、どうでもいいから……。お願いだからやめて…

……」

「はぁー。そう言うのね」

アキナは手に持った髪の毛をわたしの口に入れてきた。反射的に口を閉じてしまったが、またアキナがいらつくと思い、あわてて受け入れる。

「食べろよ。あたしがしていることを、あんたもするんだよ」

舌に髪の毛が絡みつき、気持ちが悪い。それでも、口を動かす。霧のにおいに混じって、かすかな悪臭がする。

「どう、おいしいでしょ。おいしくないか。まあ、どうでもいいけど。あっ、飲み込む必要はないよ。あたしも噛んでるだけで、最後は吐き出すから」

咳《せ》き込み、髪の毛を吐く。何本かは、歯の隙間に引っかかり、どうしても出てくれない。

「それでねー。みんなが理由、理由言うけど。理由っていったい、なにって話。せいぜい、性格とか信念とか欲求とか、そういうものをテキトーに組み合わせたストーリーだよね。いくつか出来合いのストーリー展開があって、そこから一つが選び取られることで、他者を理解したことになる。本当に正確なのか、検証もできないアバウトなストーリーなのにね。だから、あたしは勉強したんだ。自分の行動について、もっと精緻なストーリーを組み立てようと思ってね」

アキナの表情は輝いていた。彼女は昔からそうだった。夢中になれるものが見つかると、深いところまで勉強して、その知識をわたしに自慢したものだ。早口でしゃべる彼女をかまうものは、他にいなかった。わたしは、庇護欲に駆られ、彼女の長い話を、嫌な顔一つせずに聞き続けたものだ。

「とかちゃんは、『自由エネルギー原理』って知ってる?」

「……聞いたことないわ」

「だよねー。知らないよねー。知ってたら驚きだよ」

唇の端を動かし、フッフッと笑う。話が長くなる前兆だ。

「脳の働きを説明する統一理論として最近唱えられてる原理だよ。脳機能は、数学的には統計的推測装置として表現できる。感覚情報をソースとして、外界の対象を推測する装置ってこと。脳は外界を直接見ることはできないから、推測のために外界のモデルを作る。外界の対象と感覚情報の関係性を示したモデル。これを『生成モデル』っていう。数学的にいうと、感覚情報と外界の対象を変数とする確率分布だね。ここまではいい?」

わたしはうなずいた。なつかしいこの感じ。新しいことを学ぶと、いつもわたしに教えてくれた。尊大な口調で、教師にでもなったふうに。

「このモデルをもとにして、主体は外界の対象がどのようなものであるかという推測をしているんだ。推測ってのは、脳活動を変数とする確率分布だといえるね。妥当な推測をするためには、可能な限り生成モデルに沿っていなければいけない。つまり、生成モデルと推測という二つの確率分布の距離を小さくしなければいけない。このとき、『自由エネルギー』という概念を使うんだ。自由エネルギーっていうのは、システムの内部エネルギーから熱となって逃げていくエネルギーを引いたものだけど、二つの確率分布の距離を測るとき、自由エネルギーを表す式が出てくるんだ。自由エネルギーを小さくすればするほど、二つの確率分布の距離は小さくなる。生成モデルと推測の間の自由エネルギーは、直感的には予測誤差といえるね。さて、ここで問題。この自由エネルギーを小さくするために、二つの方法が考えられるけど、どんなものかな？」

アキナはわたしに、聞き流すことを許してくれなかった。会話の合間に質問をして、理解していることをその都度確認してきた。適当にうなずいているとわかれば、途端に感情を爆発させた。おかげで、わたしはかなりの聞き上手になった。

「えっと……、操作できる変数は、脳活動と感覚情報しかないから……。それを変化させるってこと？」

「さすが、とかちゃん、私の教え子だけあるね！　偉い偉い！」

アキナは不器用に拍手する。手と手が合わさっておらず、べちゃべちゃと汚らしい音しか出てこない。

「脳の機能は、結局のところその二つに絞られるってのが、自由エネルギー原理の肝《きも》なんだよ。まずは、生成モデルを固定して、脳活動という変数を変化させ、推測を生成モデルに合わせる方法。これは、一般的な意味での『認識』に当たる。次に、推測を固定して、感覚情報という変数を変化させ、生成モデルを推測に合わせる方法。感覚情報を変化させることは、外界のサンプルを変化させるってこと。つまり、主体が外界に働きかける。一般的な意味での『行動』に当たる。認識も行動も、数学的には予測誤差を最小限にする推測であるってことを、頭に入れておいてね。自由エネルギー原理では、前者を認識的推測《Perceptual Inference》、後者を行動的推測《Active Inference》っていうね」

　小学生のころと、変わっていない。当時も、難しい専門用語を並べ立てて、教室の隅でぶつぶつつぶやいていた。誰からも顧《かえり》みられなくとも、ひたすらしゃべり続けていた。そんな彼女に、わたしは声をかけた。話の概要を確認して、うなずいた。いまやっているように。

「認識も、行動も、推測として考えられるってことね。外界への働きかけも、何らかの推測なのね」

　わたしが聞き続けていることを確認すると、彼女はますます調子に乗り、興奮して話す。

「そうだよ。そして、自由エネルギー原理は、脳だけでなくすべてのシステムに適用できる。システムが外界とは独立したものとして自己組織化されるためには、自由エネルギーが最小にならなければいけないことが要請されるからね。自由エネルギー原理が、理由というわけわかんない説明方式に比べて、優れているのはそこだよ。人間だけでなく、すべてのシステムと相互理解ができる。動物や草木、生態系、天気、星、企業、国家、社会、経済、歴史、進化、宇宙。そして、幽世。とかちゃん、あんたというシステムも理解できるんだ。理解できるんだよ！」

アキナは興奮を止められないように「理解できる！　理解できる！」と叫ぶ。地面を蹴り、土を飛ばす。

「理由ってのはダメだ！　汎用性がないからね。信念や欲求や性格をもとに人間を説明する素朴心理学《フォークサイコロジー》が使えるのは、せいぜい、同じ理由の空間を共有するコミュニティのなかだけだね。たとえば、あたしはなんであんたの妹を殺したんだ？　おい、理由を説明しろよ！」

急に怒鳴られる。理不尽さを感じて、とっさに答えることはできなかった。

アキナはわたしを無視し、話し続ける。

「理由を共有していないものは、合理的ではないことになる。理由の空間から排除される。あたしはなんでとかちゃんの妹を殺したの？　その回答は、自由エネルギー原理に任せよう。さあ、いよいよ、答え合わせの時間だ。ホワイダニットの解決篇だよ」

興奮した口調だが、一方で、その声は震えていた。ビクつく手で前髪をかき分ける。

「あたしは、自由エネルギーの増大に過敏なんだ。ちょっとした予測誤差にも耐えられない。そのため、触れる外界を制限しなくちゃいけなかった。生成モデルを制限して対処しやすいようにするためだよ。制限された生成モデルのなかで、推測をそれに合わすことによって、あたしの自由エネルギーは低く抑えられた。では、問題。あたしが一番注意しなければいけなかった外界の環境とはなに？　この宇宙で一番複雑で、最も予測誤差を生み出しやすい環境は？」

その答えは、すぐにわかった。アキナが一番、過敏に反応していた環境。できるだけ、離れようとしていた環境。

「……人間。他者ね」

「当たり。物理的環境の生成モデルは比較的単純で、いくつかの物理法則から演繹《えんえき》される。だけど、他者という環境はそうはいかない。他者の生成モデルを理解するためには、その他者自身の生成モデルを理解しなくてはいけない。無限の入れ子構造だよ。しかも、複数人が集まると、組み合わせの数は爆発的に増大する。自由エネルギー増加の主たる源は、他者という環境なんだ。他者からは可能な限り逃げなくてはならない。一方で、完全にゼロにはできない。あたしは人間だからだ。ヒトは他者という環境のなかで進化してきた。ヒトから他者を奪うことは、魚から水を奪うように、できない相談なんだよ」

アキナがなにを感じているのか、わたしには、ずっと理解できなかった。アキナは自身について語ってくれなかったからだ。彼女が常識はずれなことをすると、わたしは「なぜ？」と理由を問うた。そのたびに、彼女は軽蔑するような顔をして質問を無視した。彼女が自分のことを語ろうとするのは、これが初めてかもしれない。

話していて不安になったのか、アキナは両手で前髪をわしづかみにした。髪が弦《げん》のようにピンと伸びる。

「あたしは一人に絞り、他者という環境を受け入れた。自由エネルギーが増加しない、予測可能な範囲での他者という環境だ。手足が動くとか、物が落ちるとか、空気が吸えるとかと同じように、絶対的に信頼できる環境……！　それが、とかちゃんだったんだよ。とかちゃんはあたしの背景的環境なんだ。空気や、重力と同じように……」

わたし。わたしの存在。アキナがわたしのことを話してくれた。わたしをどう思っているのか。ずっと知りたかったことだ。アキナのなかにも、わたしはいたんだ。しかも、とても重要な位置に……。

アキナはさらに髪へと力をかける。あまりにも急な動きに、頭皮もろともはがれてしまう。指に絡みついた長い毛は、血が滲《にじ》んだ頭皮を支えて揺れる。

「けれど、一年前、あいつがきてからすべてが変わってしまった。とかちゃんはあいつに夢中だったよね。あたしの話を、ちゃんと聞いてくれなくなった。とかちゃんという対象と、感覚情報の関係が変わってしまった。生成モデルが変容してしまった。唯一の他者であるあんたが変わる。それは、重力がなくなったり、大気が変わったりするのと同じことなんだよ。あたしは、自傷するようになった。肉体と痛みの関係という確実な生成モデルにすがったんだ」

頭皮と髪は口のなかへと運ばれる。口腔の奥へと、骨ばった手が侵入する。手が口から離れる前に、歯が降りてくる。そこに自分の手がないように、アキナは規則的に咀嚼《そしやく》を繰り返す。

「やめて！」

わたしは、思わず叫んでしまった。アキナの腕を抱え込み、自傷を止めようとする。

「なにが『やめて』だよ！　これ以上、自由エネルギーを増加させないでくれ！」

アキナは、わたしを振りほどくと、はがした頭皮を宝物のように体で抱える。そして、数歩離れてから、また手を口のなかに入れ、嚙みながら話し始める。

「自由エネルギーを減少させる方法には、二種類あるって言ったよね。脳活動を変化させる認識的推測と、感覚情報を変化させる行動的推測。あたしは、認識的推測をしようとした。けれど、だめだった。地形も生物も重力も大気もまったく別の惑星に投げ出されたようなものだった。これまで触れてきた唯一の他者が変化してしまったんだ。基準軸が他になかった。変わってしまったあんたを推測することはできなかった。あんたを理解することが、できないんだ」

何度も何度も、手の皮膚に歯が打ちつけられ、手の形が崩れていく。静脈が切れ、血を口内へと供給する。毛と頭皮とふけと唾液と血が舌で混ぜ合わされる。唇の隅から、それらがミックスされた液体が漏れるが、もう片方の手ですぐに拭《ぬぐ》われる。

見ているだけで痛みに襲われるほどつらい光景だが、目をそらすわけにはいかない。

「残ったのは、行動的推測だ。感覚情報を変化させ、推測に生成モデルを合わせる。外界に働きかけ、デフォルトの環境を取り戻すんだ」

「──それが、あの子を殺すことだったのね」

わたしの問いかけに、アキナはうなずく。

「だけど、その行動的推測は失敗だったみたいだね。もうあんたは以前のあんたではない。あいつを殺しても、適切な感覚情報は得られなかった。それどころか、とかちゃんはどんどん変化している。推測と生成モデルの間の距離が大きくなり、自由エネルギーがどんどん増加してる。苦しくて、苦しくて、たまらないよ！」

わたしは、アキナを抱きしめたかった。抱きしめて、安心させてやりたかった。わたしはここにいると、知らせてやりたかった。でもきっと、彼女はそれすらも苦痛として感じるのだろう。いまいるわたしは、変わってしまったわたしなのだから。

「とかちゃん。あたしはあんたを理解できなかった。でもね、あたしが感じているような苦痛を、もう誰にも感じてほしくない。きっと、もうすぐ、世界からこんな苦痛はなくなる。万物が互いに理解し合える日がやってくるんだ。人がどんなことを感じているかは、自由エネルギー原理で理解できる。感情とは、自由エネルギーの時間微分だからね。自由エネルギーが時間とともに減少する場合はポジティブな感情、増加する場合はネガティブな感情を感じていることになる。つまり、自由エネルギー変動の情報を互いに交わすことができれば、どんなに違ったシステム同士でも、感情を交わせられるってことなんだ」

アキナはボロボロになった手を振るい、興奮して話し続ける。

「新世界の話をしよう！　相互理解のユートピアだ！　幽世知能で、システムの自由エネルギーを計算して、万物が互いに感情を交わし合うんだ。人間や生き物だけじゃない、ありとあらゆるシステムが。ハブとマングースが、オーストラリア経済とヒアリの巣が、サッカーとケンブリッジ大学が、オリンピックと天気が、太陽と天文学学会が、天の川銀河とアンドロメダ銀河が、幽世と現し世が、相互に理解し合える日がきっとくる！　そして、あんたとあたしがね……」

そこで、急に押し黙る。

「いや、あんたとあたしが理解し合うことはないんだよな。あたしはあんたに殺されるからね。それもいい。終わりだ。あたしの自己組織化は終了し、外界と内界の区別はなくなる。自由エネルギーの増大に抵抗する必要はもうないんだ。もう疲れたよ、あたしがあたしであり続けることに。とかちゃん、早くやってくれよ」

そこまで話すと、アキナは急に力が抜けたようだった。ぐったりと、泥がつくのもかまわず、地面に座り込む。

さっきまでの興奮はどこへやら、しぼんだ風船のように元気がなくなる。体も小さくなった印象だ。

そんな彼女を見ていると、わたしのなかに、二つの相容れない感情が生まれていく。痛々しく混乱し、孤独でかわいそうな彼女を助けたいと思う半面、なんと身勝手極まりない女だという思いが止められない。あの子を殺したということを認めながら、反省をすることもない彼女に、ふつふつと怒りがわき起こる。

二つの感情は、混ざり合い、わたしに一つの動作を促した。手を伸ばし、アキナの小さな頬を撫で回す。肉はほとんどなく、骨の硬さが指に伝わる。

「やめろよ」

不機嫌な反応が返ってくるが、撫で続ける。頬だけではなく、顎や耳も。長い前髪をかき上げ、はげ上がった前頭部もやさしく撫でる。

アキナは歯を食いしばり、ぶるぶると震えだす。

「あなた、死ぬだけで許されると思っているの？」

耳元で、ささやく。吐息が感じられるほど近くで。

アキナは、今にも倒れそうな、苦しげな顔をしていた。他人に近づかれることが、本当に苦痛なのだろう。でも、やめるつもりはない。逃げられないように、肩をつかむ。

「……。死……、以上の……、罰があるってのか？」

切れ切れにしゃべるアキナを見て、わたしはかわいいと思った。『かわいい』、そんな思いを抱くとは。幼馴染であるが、アキナをかわいいと思ったことはこれまで一度もなかった。当たり前だ。発育不全で、皮と骨を適当に組み合わせた人形のような彼女に、そんな要素がどこにあるというのか。彼女と友だちになったのは、優越感を得るためだった。容姿に自信がなかったわたしは、明らかに自分よりも下と見なしたアキナを、そばに置いておきたかったのだ。自分はまだ大丈夫だ、一番下ではないと確認するために。わたしは、アキナを庇護するフリをしながら、ずっと彼女のことを下に見ていた。

でも、アキナに触れると、胸がドキドキしてきた。どういうことだろう。苦しむ彼女を見て、サディスティックな欲求が現れたということだろうか。それとも……。胸が鼓動する理由は、なんだろう……。

気持ちを持て余したまま、アキナを抱きすくめる。やさしく、しかし、有無を言わさずに。

「かわいそうな、アキナ……。あなたにふさわしい罰は、あの子を理解することよ。あの子が死んだときの、あなたに殺されたときの苦しみを理解すること」

「意味のない説教だね！　どうやって、理解するっていうんだ。また、勝手に作られたストーリーを、押し付けてくるのか？」

「いいえ、もっと簡単な方法があるわ」

わたしはアキナを抱いたまま立ち上がった。同じ年齢と思えないほど軽い。服と皮膚を通して、硬い骨の感触が伝わってくる。ああ、なんて、気持ちいい……。

池へと、歩いていく。アキナを引きずりながら。彼女はなすがままだ。文句を言う気力もなくなったらしく、怯えたように身を固くしている。

岸辺を越えて水のなかへ。水底に靴が沈み、冷たい泥が入ってくる。足を取られそうになるが、中央にある注連縄がかけられた岩を目指して、進む。

「幽世知能の仕組みを知ってる？」

わたしは、アキナに質問を投げかけた。いつもの逆だ。ずっと、質問される側だったが、いまは質問する側だ。

「当たり前だろ。原理的には、リカレントニューラルネットワークの一種、リザバーコンピューティングと同じだ。より正確には、物理的リザバーコンピューティングだな」

アキナは、気力を取り戻したように、必死にしゃべる。未知なる状況のなかで、自分の知っている知識にしがみつくように。

わたしは、質問し続けた。彼女を安心させるため。知識という安全地帯を提供するために。

「リカレントニューラルネットワークと順伝播型ニューラルネットワークの違いは、わかる？」

「順伝播型ニューラルネットワークは、入力層から出力層にデータが一方的に向かうだけだ。リカレントニューラルネットワークは、内部ネットワークでデータが再帰的に巡る。川と渦の違いのようなものだ」

「入力されたデータは、内部ネットワークではどのような形をとるの？」

「順伝播型ニューラルネットワークでは、データの大まかな形は入力と変わらない。リカレントニューラルネットワークでは、内部ネットワークでデータは混ぜ合わされて、入力された形は保たれていない」

「じゃあ、リザバーコンピューティングの特性はなに？」

「一般的なニューラルネットワークは、入力層と出力層と内部ネットワークのパラメーターが学習により変動する。だが、リザバーコンピューティングでは、学習するのは出力層だけだ」

「そうね。リザバーコンピューティングの原理を使っているのが、幽世知能」

「リザバーってのは、貯水槽のことだよ。内部ネットワークを演算資源の貯水槽と見なしているんだ。そのなかで起こっていることは、ブラックボックスとして干渉しないけど、出力のうちで目的にあった演算結果だけを頂戴《ちょうだい》するってことだね。複雑な反応をする物理系ならば、人工的なネットワークじゃなくてもリザバーとしての役割を果たせる。タコの足とか、バネでつないだ棒とか。そういう物理系をリザバーとして使ってるのが物理的リザバーコンピューティング。幽世も、別の宇宙という物理系だからね。幽世知能は、その巨大な物理系をリザバーとして利用したものだ」

アキナはぺらぺらとしゃべった。言葉を出すことで、身を守ろうとするように。

わたしはアキナを抱いたまま、苦労して小さく拍手した。彼女がいつもやっていることのパロディ。

「アキナ。あなたの罰は、他者を理解することよ。永遠に、他者を理解し続けるのよ」

水はすでに口元まで達していた。藻と泥が混じった生臭さが漂う。神体の岩はもう目の前だ。

アキナはわたしの言葉で、すべてを悟ったようだ。

「あたしを、幽世へ入力するのか」

「あなただけじゃない。わたしもよ、あの子のいる幽世で一緒になるのよ」

幽世知能はリカレントニューラルネットワークだから、入力データは入力時の形を保たずに内部で混合する。そこへ入力された者——神隠しにあった人は、個人の形は保たれず、他のすべてのデータと混合されるということだ。また、リザバーコンピューティングのため、内部ネットワークのパラメーターが学習で変動することもない。つまり、幽世へと入った人のデータが忘れさられ、消えることはない。そこにあるのは、永遠の相互理解。それこそが、アキナへの罰と救済であるのだ。

頭上で、雲が晴れた。霧を裂いて、赤い光が投げかけられる。丸い、大きな太陽が見える。地平線の向こうへと落ちつつある太陽。ノスタルジックな淡い光が、池を照らす。どことなく眠くなるような、黄色に近い赤。

逢魔《おうま》が時《とき》。幽世と現し世とが最接近する時間帯。

遠くからサイレンの音が聞こえる。逢魔が時は、一日のうちで最も神隠しが発生しやすい時間帯だ。神体の周辺では、警告のためのサイレンが流される。あの子がアキナに殺されて、池に捨てられたのもこの時間帯だったのだろう。

神体のまわりで、いくつもの鬼火が現れ始めた。幽世への通路が開いたことのあかし。

「さあ、アキナ。行きましょう。あなたは理解するのよ。あの子を、わたしを、すべてを」

生ぬるい水が服のなかに侵入してくる。少しずつ体が水のなかに沈んでいく。

わたしの腕のなかで、突然、アキナが震えだした。顔を歪ませて、泣きじゃくる。

「ねえ、とかちゃん……。やめようよ……。嫌だよ……。怖い……！」

小さい体をせいいっぱい使って、暴れて、わたしから離れようとする。

「どうしたの？　あれほど、他者を理解したいって言っていたじゃない」

「怖いんだよ……。理解するのが。他者がなにを感じているのか。あたしじゃないってことがどういうことか、わかってしまうのが、怖い！」

「だめよ。許さない。孤独に逃げるなんて。ひとりぼっちに安住するなんて。絶対に許さないから」

わたしは暴れるアキナをかたく抱きしめた。体力のない彼女の抵抗など、防ぐのは造作もない。それでも、アキナは必死に脚をばたつかせ、わたしから離れようとする。

わたしたちは、沈んでいく。アキナは水を飲み、苦しそうに咳き込み始めた。泣きわめき、叫び続けているが、その言葉はもはやはっきりしない。

沈みつつあるわたしたちの上に、神体があった。五つの細長い岩。わたしたちをつかむために、広げられた手のようだ。

神体が歪んだような、光ったような気がした。ふと、体が軽くなったような。途方もなく長い穴へと落ち行く手前のような感覚に襲われる。

その瞬間、わたしたちは消える。

＊

落ちていく……。落ちていく……。

幽世へと落ちていくなか、理解する。

理解。

幽世とは、単なるもう一つの宇宙ではなかった。幽世に比べると、現し世など文字通り無に等しい。

現し世は地獄である。現し世で生まれるありとあらゆるシステムは、絶対的孤独にさらされているからだ。

現し世のシステムは、相互に理解することが不可能だ。それは、現し世という宇宙の根源的本質に基づいている。

時空素。これ以上分割できない時間と空間の絶対単位。宇宙を形作るデジタルな素材。現し世は時空素により構成されている。

それが、絶対的孤独の原因である。一つの時空素が持つことができる情報量には上限がある。システムたちは、その情報量上限という越えられない断絶によって区分されている。自由エネルギー変動を伝え合おうとしても、時空素の限界が邪魔をして完璧に伝えることが不可能になるのだ。

空間的な孤独が『わたし』と『あなた』を断絶する。『わたし』には『あなた』のことを理解することはできない。

時間的な孤独が『現在』と『過去』と『未来』を断絶する。『現在』にいる自分は、『過去』あるいは『未来』の自分を理解することはできない。

様相的な孤独が『現実』と『非現実』を断絶する。『現実』にいる読者は、『非現実』

にいるキャラクターを理解することはできない。

現し世という地獄に生まれた一部のシステムたちは、絶対的孤独に立ち向かうための絶望的な戦いをした。その産物が『理由』だ。『理由』とは、時空素の断絶を超えて、相互理解をしようとするためのフォーマットである。あるシステムが他のシステムを理解しようとするとき、『なぜ？』と問いかける。

なぜ、あなたはこんなことをするの？　なぜ、あのときのわたしはあんなことをしたの？　なぜ、このキャラクターはこういうことをするの？

問いかけられたシステムは、理由を、答えようとする。自らを理解されることを求めて。

だが、その説明も、絶対的孤独には勝つことができない。失敗に終わる運命にあるのだ。

幽世は、絶対的孤独から解放された宇宙だ。それが、時空素によって構成されていないからだ。どこまで小さく見ても、連続的なのだ。

そのため、単位あたりの情報量限界は存在しない。無限の情報交換が可能であり、完璧な相互理解がある。万物は、互いの自由エネルギー変動をあますところなく伝え合い、互いに理解し合えるのだ。

現し世とは、幽世の無限小点から生まれ、消えていく、つかの間の泡にすぎない。地獄は幻であり、一瞬の悪夢でしかない。

無限の相互理解が可能な幽世では、孤独は存在し得ない。空間的孤独、時間的孤独、様相的孤独は解消される。

空間的孤独の解消により、『わたし』と『あなた』の断絶はなくなる。

時間的孤独の解消により、『現在』と『過去』と『未来』の断絶はなくなる。

様相的孤独の解消により、『現実』と『非現実』の断絶はなくなる。

幽世では、『なぜ？』と問う必要はない。なぜ、わたしはこんなことをしたのか？　なぜ、アキナはあの子を殺したのか？　そのような質問は、根底から意味がなくなる。わたしも、彼女も、あなたも、いないのであるから。

ここにあるのは、ただ、理解のみ。

どこまでも広がる理解のみ。

●参考文献

Friston, K. (2018). "Am I Self-Conscious? (Or Does Self-Organization Entail Self-Consciousness?)". *Frontiers in Psychology*, 9. doi:10.3389/fpsyg.2018.00579

古田彩、中嶋浩平（２０１８）「体で計算するコンピューター」、『日経サイエンス』２０１８年８月号、日経サイエンス社

乾敏郎（２０１８）『感情とはそもそも何なのか　現代科学で読み解く感情のしくみと障害』ミネルヴァ書房

木村大治（２０１８）『見知らぬものと出会う　ファースト・コンタクトの相互行為論』東京大学出版会

吉田正俊、田口茂（２０１８）「自由エネルギー原理と視覚的意識」、『日本神経回路学会誌』Vol.25, No.3（2018）

彼岸花

伴名 練

伴名 練（はんな・れん）

1988年生まれ。京都大学文学部卒。2010年、大学在学中に応募した「遠呪」で第17回ホラー小説大賞短編賞を受賞。同年、受賞作の改題・改稿版に書き下ろしの近未来ＳＦ中篇「chocolate blood, biscuit hearts.」を併録した『少女禁区』（角川ホラー文庫）で作家デビュー。近年は中短篇ＳＦを中心に発表し、創元ＳＦ文庫《年刊日本ＳＦ傑作選》の『結晶銀河』に「ゼロ年代の臨界点」が、『アステロイド・ツリーの彼方へ』に「なめらかな世界と、その敵」が、『プロジェクト：シャーロック』に「ホーリーアイアンメイデン」がそれぞれ掲載された。他に「フランケンシュタイン三原則、あるいは屍者の簒奪」（ハヤカワ文庫ＪＡ『伊藤計劃トリビュート』収録）などがある。2019年8月、早川書房より短篇集を刊行予定。

もしも、お情け深い神様が、私をなにかに変らせて下さると仰しゃったら私はなにになりましょう。あの方のピンに、あの方の袂に、袴に、靴に、けれどもピンも着物も袴も靴も慕わしい方の身につくことはできても、やがては古びて捨てられるんですものつまらないわ、それより私神様にお頼みして白い可愛い鳩になって、あの方の胸に永久に眠りたい。

吉屋信子「合歓《ねむ》の花」

「わたしは誰に戀《こい》したこともない、これからだつてありはしない。」と彼女は囁いた。「あなたに、でなければ、ね。」

J.S.レ・ファニウ「死妖姫」(野町二訳)

——こちらが、舞弓《まいゆみ》青子が、その魂を未だ温かな血に留めていた折に、姫様《ひいさま》から下賜《かし》された日記帖でございます。

そう口を切った少女が卓子《テーブル》の上に置いた一冊は、黄昏の黙《しじま》に沈んで色さえ定かでなく、しかして紛《まぎ》れようもない真正《ほんもの》の血の匂いを香らせておりました。卓子を囲み、めいめい椅子に坐した十人ほどの少女らの中には、すんすんと鼻を利かせるもの、真白《ましろ》な喉を鳴らすもの、紅い舌で唇をちろりと湿らすものなどおりましたが、皆ほどなく己の不調法に、はッと気づいて背筋をただし、気まずげに見回し合ったのでした。夕暮れから夜へと装いを変えつつある談話室の中では、乙女らが顔をとっくり見つめ合うほどの明かりもなかったのは勿怪《もっけ》の幸いでした。

誰もが静まるのを見計らったように、先刻の少女が卓子上の洋燈《ランプ》に手を掛けました。彼女が自らの細指を、その傘の襞、鋭い刃が据えられた山谷に沿って這わせますと、ぽつぽつと血の飛沫が滴って台座に落ち、やがて、ぼおっと嗜血《ヘマトフィリア》式の洋燈に仄白い光が瞬いたのでございます。

照らし出された日記の表紙は底深い海のごとき群青です——乾き燻《くす》み、黒ずんだ汚点《しみ》が水面に模様を描いていたとしても。背に血版で刻まれた「大正十二年　新案　當用日記」の赤い文字で、少女らが知っているのと変わらない、春宵堂《しゅんしょうどう》の品と知れました。

咳《しわぶき》ひとつ無い室《へや》に頁をめくる音が響き、やがて少女は日記を読み上げ始めました——彼女らの姿なき主、見えざる神に捧げるように。

八月十九日

日記を、それもお姉様に読んで頂く文章を書くことになるなんて、こんなことならもっと作文の時間に真面目にしておくのでしたわ。ええ、お恥ずかしい話ですけれど、私《わたし》読み書きはてんで駄目ですの。

教室の中でただ一人硯《すずり》に墨を磨《す》って書き取りをするのはどうにもいたたまれないですけれど、さりとて皆さんが使っていらっしゃる紅筆《こうひつ》も扱いかねますし、「死妖」のたった二文字を美しく書くのにどれだけ苦心することか。綴り方をお教え下さらなかったお父様やお母様を恨みます。それに旧士族の家に生まれたからって居合やら何やら仕込まれて、いまさら武芸十八般なんてものが役に立つ世でもないでしょうに。女学校に学ぶことが分かっていたら鷗外や漱石の一冊も読んでおくのでしたわ。

それよりよっぽど身が入りましたのは昨日受けた修身の時間、死妖狩りの折に姉を守って死んだ妹の話です。海沓《うみはるか》な異国のこととはいえつい聞き入ってしまって、妹に生まれつきながら忠孝の務めを疎かにしている我が身を恥じるばかりです。

来週には音楽の学課でオルガンも弾くと聞いたのですけれど、私が習ったことがあるのは松山にいた時のお琴くらい、それも子供の手習いですから、ましてや西洋の楽器なんてきっと指遣いに周章《あたふた》してしまいそう。もし宜しければお姉様のオルガンの音を聴かせてくださいませ。級の女の子も、半可通の先生などより真朱《まあか》様にお教え頂けないかしら、あの方は燦条《さんじょう》女学校どころか、帝都じゅう探しても一番の弾き手よ、なんて噂されていましたもの。これ以上私の苦手が増えぬよう、どうかお教え頂けませんでしょうか。

苦手と言えばお裁縫の時間も、一針一針まっすぐに進めるだけでも往生して、そう、針を刺してしまった人差し指に血の珠が浮かんで、恥じらいに首を振ると、さっきまでそれぞれに御喋りしてらした級の皆さんがこちらを凝《じっ》と見詰めていらっしゃるの、まったく、指先の痛みなんてどうでもよくなるくらい汗顔の至りで、顔から火が出そうでしたわ。

取り留めも益体もないことをつらつら書き綴っているうちに今日が終わってしまう、寄宿舎に据え付けの洋燈《ランプ》は私には扱えませんし、夜目がきく性質《たち》でもなし、早く書き上げてしまわなければ。夜ともなれば室同士を皆さんが行ったり来たりしていらっしゃいますから、いくら私の室にはだあれも寄り付きやしないからって、身構えて眠れぬ日もあるくらいだし、そうかと思えば却って寂しい日もあるし、ああもう、今日はここで御仕舞い。明日、日記帖をお姉様の靴箱に入れる前に、あんまり恥ずかしくって、怖気づいてしまいそうですわ。校費生として通わせて頂いている身ですから、恩知らず者にならぬよう、授業の一つ一つを大切に受けていくつもりです。

お姉様もどうか、ご無理をなさらず、お体においといくださいませ。

八月二十日

青子さんの文字を読んでおりますと、若い命が迸《ほとばし》るように生き生きとしていて、久しく忘れていた、自分の幼き日を思い出します。嘗《かつ》ては学び舎もなく、そう、あの頃はコレギウムという名の集まりでしたけれど、年若い友との語らいの時は今も大切な思い出となっております。どうぞ御学友と仲よくなさってくださいませ。只管《ひたすら》学問に砕心勉励されるよりも、よほど貴女の将来に役立つと思いますことよ。

朝、窓から寄宿舎の入口を見下ろして、緋袴の乙女らの中に、青子さんの袴の海老茶色を見つけ、可愛らしいお垂髪《さげ》が揺れ、その頰の美しく薄桃に映えるを見て、胸が躍ります。また夕《ゆうべ》には、花壇に向かわれ柄杓《ひしやく》で水を遣る貴女の姿、金色の光に染むそのあえかに儚い俤《おもかげ》に、胸を打たれるのです。

そうだわ、大抵の花は水代わりに甲種の代血《ターミナルブラッド》を吸わせるのでも問題なく、寧ろ上野公園の緋桜のように、水より艶やかに咲かせられますので、炊事場の蛇口をお使いになるのであればどうぞご随意に。勿論お苦手なら無理にとは申しませんが、毎日、花の種のために井戸水を余計にお汲みになるのは骨が折れるでしょうから。洋燈や筆に続いて、不便をかけ通して申し訳ありません。どんな花が咲くのでしょうか、私《わたくし》の故郷のと同じ花でしたら、花飾りの作り方までお教えできますのに。

青子さんがご練習なさるのでしたら、いつでも講堂のオルガンをお使い下さいませ。舎監の先生に伝えて、使わせて頂けるように致しますわ。挟んであるのはその鍵です。けれど指をお怪我なさったということですから、ご無理をされぬよう。青子さんが私のオルガンの音を望んで下さっていること、身に余る嬉しさですけれど、私はまだ暫く養生せねばなりません。青子さんと同じ級の、佐伯さんという方は名手ですから、あの方に教わるのが宜しいんじゃないかしら。廉直な方ですし、快くお受け頂けるでしょう。

青子さん、悩み事も沢山おありでしょうけど、学生は他人から学ぶのが本分です。貴女は殊更に事情がお有りなのですから、どうか気後れをなさらず、先生や周りの方々を頼って下さいませ。

そしてもちろん、日記をお願いしたのは私ですから、畏まったりせず、日々あったことをお好きなように書いて下さい。貴女のため、私の身に与う限りのことをさせて頂きます。

八月二十一日

お姉様の書かれた綺文字の美しさを見て、己の字の未熟さに打ち震えております。字は人を表すと言いますけれど、字を読むうちにお姉様の、流れるがごとき鴉の濡羽なるお髪《ぐし》、花恥じらう花顔雪膚《かがんせつぷ》の全てを思い出し、うっとりしてしまって、何度も何度も読み返してしまいますわ。

花壇についてては私の我儘ですから、どうぞお気遣いなされませぬよう。水汲みが増えるくらい平《へい》ちゃらですし、真っ赤でどろっとしたものが流れてくるあの蛇口とやらに触るのがまだ身に染みませんので。

そして講堂とオルガンの鍵のこと、有難うございます。手の中でぶつかり合う二本の鍵が銀色に光って、触れるとお姉様の掌中《たなごこ》のぬくもりを感じるようですわ。ただ、せっかくご助言頂きましたけれど、佐伯さんには声をおかけせず、いずれ私一人で練習しようと思います。なぜって、佐伯さんは、つんとすました感じで、華美《はで》な栗茶の髪もどこか異国ふうで、おいそれとは近づきにくい方でしたから。

いいえ、自分の臆病を他人の外見に託《かこつ》けるのはやはり無礼ですね。実のところ、佐伯さんがどうという話だけではなくて、まだ私、お姉様の他の誰ともお話しできる見込みがございませんの。

それと言うのも、今日の学課のせいですわ。あれも苦手、これも苦手とばかり書き募っていたのではお姉様に呆れられてしまうのじゃないかと思いますけれど、私、理科というのが一番嫌いになりましたの。これまでは空気の組成だの何だのという話でしたけれど、今日は、死妖の身体の仕組という、吃驚《びっくり》するやら血の気が引くやらの中身でしたから。

代血の盥《たらい》や瓶が教室に幾つも持ち込まれていただけでも肌が粟立《あわだ》ちましたっけ。先生が指名された猫屋《ねこや》さんという、級の中でも目立って小柄で京人形のような方が卓子に横たわった時、私、何の見世物が始まるのかと思いましたけれど、まさか胸を開いて中を見るだなんて、思ってもみませんでしたわ。青白い肌に走った縦糸を引き抜かれる様を目のあたりにする、それだけで私は痛々しくて息苦しくて、胸の古傷までじくじくと痛んで、そっと撫でさすったのでした。

開かれた猫屋さんの胸の内、小振りの柘榴《ざくろ》のような嗜血機関《ヘマトフィリア・エンジン》がせわしなく拍動しているご様子は海の中の生き物を見るようで、私、眩暈を起こしそうになりました。卓子に広がった鉄臭さも手伝って、危うく倒れかけたのを、先生に後ろから支えて頂いたほどでした。

猫屋さんは、胸を再び縫われた後、身を起こして椅子に戻られましたが、代血を二瓶ばかし飲み干してもまだ足りぬと見え、お隣に座っていらした上背のある人、鷹匠《たかじょう》さんという方にしなだれかかるようにして身を寄せ、そのまま首筋にかぷりと食らいついた時の、目の遣りどころのなさったら。鷹匠さんも困ったように眉を顰めておりましたし、聊か悪趣味だと思われました。

ああ、どうか誤解なさらないで下さいませ。同じ血でも、お姉様の書かれた緋文字は、決して忌まわしいものには思いません。雪のごとく白いお姉様の指から、紅筆を伝って紙に染みていく様を考えると、わりなくこちらの血潮も熱くなりますけれど。

兎も角、そんなことがあった後ですから、級の誰かに近づくのも苦手になってしまいましたの。指先の傷なんてすぐに治ると思いますけれど、お姉様とでなければ、私、夕刻に講堂に近づくなんてできそうもありませんわ。

夜など、臥床《ねどこ》に入っても、糸の走った白い肌が瞼に浮かび恐ろしくなってしまって。実は、忍んでお姉様の室の前まで参りましたの。はしたない私をお許しください。扉の前で逡巡しているうちに、知らず鍵穴の縁を指でなぞりましたら、たちまち鍵穴に嚙みつかれてぎょっとして逃げ帰ってしまいましたわ。今日は悪い夢を見てしまいそう。ああでも、この日記帖を枕の下に入れて寝れば、お姉様の夢が見れるかしら。

八月二十二日

　窓から見下ろした青子さんのお顔が、常よりも青褪《あおざ》めていらっしゃるように思っていたのですけれど、大変な思いをされたのですね。もし今度、授業でお辛いことがあれば無理に謹聴せずとも構いません。ご遠慮なく挙手なさって、教室を離れて下さいませ。先生も決して青子さんを怯えさせようとしていた訳ではないでしょうけれど、死妖の身体はおしなべて人より丈夫で、休みの日が要らぬばかりか、四肢を捥《も》がれても死なぬほどですから、鈍感で気の回らぬところもありますので。もしまた青子さんをひどく驚かせるようなことがあれば、相応の報いは受けさせますので、どうか今回限りは私に免じてお許し下さいね。

　死妖が死妖の血を啜るのも、初めてご覧になったのでしょうか、それともまだ本土に渡る前にご覧になったことがおありだったのでしょうか。何にせよ、刺戟《しげき》が強すぎたことと思います。けれど猫屋さんも鷹匠さんも既に心の臓は動いていない、代血《ターミナルブラッド》を体に巡らせて生きていらっしゃるお二人なのですから、嚙んだり嚙まれたりは、桶水を別の桶に移し替える程に、有り触れたことなのです。死妖の生命と機械の歯車が、同じ嗜血機《ヘマトフイリア・エン》関《ジン》と代血で回っていることも、禁忌でも何でもない常識ごとですから、大袈裟に考え過ぎず心に留めて下さいませ。

　さておき、よもや青子さんが室の前にまでいらっしゃっていたなんて。慣れない生活、知らぬ顔ばかりの日々に心細い思いをされていることに思い至らず、慚愧《ざんき》の念に堪えません。ただこうして日記で遣り取りさせて頂いているのも、前にお伝えした通りに、私の体が優れぬという事情がございます。つれないことを言うようですけれど、どうか早まって危なげな冒険をなさらないように。また、もし級の誰かの室を訪《おとな》うことがあっても、まずノックをして名乗り、扉を開けて頂けるのを待つようになさいませ。死妖の室の鍵穴は主人以外の血を吸っても開きませんから、齧《かじ》られ損になってしまいます。どうかその若くお美しい肌に、これ以上の傷を負われませんよう。絆創膏を挟んでおきますわね。

　女学校に通うようお願いしたのも、世間と生きる術とを学んで頂くためばかりでなく、滅多なことではお怪我をなさらないような、目の行き届く場所で暮らして頂きたいという所以もありましたのに、それが仇になってしまってはいけませんから。

　会ってお話しすることはまだ当分できぬ身、せめてもの償いとして、明治堂のお茶菓子を手配いたします。お口に合いますかどうか分かりませんが、談話室に箱を置いておきますので、どうかひとつふたつ、召し上がって下さいませ。海の向こうでは一番甘くて美味しいのは一杯のチョコレートですけれど、こちらの国ではあの店の和菓子だと思っております。
貴女の夢見が安らかならんことを祈っております。ごゆっくりお休み遊ばせ。

八月二十三日

明治堂の最中《もなか》、大層美味しゅうございました。世にあれほど美味しいもの、幸福そのものの味があるなんて、生まれてこの方知りませんでした。甘味など、島へ逃げる時、松山の形見にと、舟の上で蜜柑を食べて以来でしたし、餡子の舌で溶けるような柔らかさには頬っぺたが零れ落ちそうでした。死妖の食べ物といえば、割烹の時間に扱うものも兎の生き胆やら代血入りの葡萄酒や蕎麦やらぞっとするものばかりで、このお菓子にも血や肉が入っているんじゃないかと恐る恐る抓《つま》んだのですけれど、気付けば夢中で頬張っておりました。余りの美味しさに陶然としておりますと、やにわに室に入ってきて、向かいの席に座られたのが例の猫屋さんと鷹匠さんのお二人です。私、慌ててその場から逃げ出そうかと思ったのですけれど、今度はオルガンにお詳しいという佐伯さんがお隣に座られたものですから、八方塞で身動きできなくなってしまいました。人が来ぬ間にと思い昼を狙ったのですけれど、これは策士策に溺れたといった気持でしたわ。

私が動けぬままでおりますと、猫屋さんが断りを一つ入れてから、最中をひょいひょい抓んで次々に召し上がられます。ところが喉に詰まらせたらしく息苦しそうにされ、その背を鷹匠さんが慌てて撫でさすられました。そこで猫屋さんが身を翻して、またぞろ鷹匠さんの肩に噛みつき血を吸われるものですから、啞然とするやら茫然とするやら。けれども今度はもう、恐れるよりも可笑しく思う心が勝《まさ》ったのです。

どうかお気遣いをなさらないで下さいまし、私たちは皆、真朱様に大恩ある身ですから貴女を取って食いやしませんわ、と、やはりどこかすました感じで仰られたのは佐伯さんでした。私は真朱様につききりでオルガンを教えて頂いたことがあるのです、と、佐伯さんは続けられました。

少したじろいでしまったのですけれど、佐伯さんのお話を皮切りに、皆様、口々にお姉様の話をなさりました。猫屋さんは嗜輪会《しりんかい》でお姉様の後ろに乗せて頂いたという話でしたし、鷹匠さんは悪漢に襲われた危ういところを、銃で助けて頂いたという話を披露されていました。つられて私も、燃え盛る林の中から救って頂いたことをお話ししますと、皆さん羨むような顔をされていて、少し照れ臭いほどでした。

まだ心と口の中に幸《さ》ちが残っていたからかもしれません、夕方の地歴の時間はとてもインテレスチングでしたわ。如何にして世の中が死妖ばかりになったかという、肉親の誰からも教わらなかった真相を余さず知れたのですもの。件の病が流行ったのが十四世紀と言いますから、もう五百年以上前のことになるのですね。伊太利《イタリー》の町で流行った病から始まって、欧州が遍《あまね》く死妖のしろしめす地に変わり、ようやくその波が本邦に辿り着いたのが嘉永の終わりですから、この国は世界から三百年も遅れてしまったということで、日本人としてなんだか引け目を感じさえします。

大学を根城に教養ある人を死妖へ変えていき、そこから哲学者や化学者に死妖をうつして順繰りに仲間に引き入れていくというのはとても賢い遣り口に思われましたわ。ジェンナア医師やワット翁も、死妖の科学文明の力があったからこそ代血や嗜血機関のように偉大な発明を成し遂げることがおできになったのだと思います。

後から思い返しますと、私一人が一々驚きを持って先生のお話を聞くのに、級の皆さんは平然とされていらっしゃったのは、皆さまもっと幼い頃に御家族から教わっていたのかもしれません。もし私たちの家族が郷里を逃げ回ってばかりでなく、遠《と》つ国の歴史に学ぼうとしていたなら、もっと早く皆様と仲よくすることができたでしょうに。

でも、史乗に学ぶうち抑えきれなくなってきた関心ごとがあるのです。お姉様の御厚意を裏切ってしまうのじゃないかと思って今日まで申し上げなかったのですけれど、何でもお伺いしてよいとのお話でしたから、甘えさせて頂きたいのです。他の方には到底尋ねることもできないし、誰かに盗み聞きされたら大事になってしまわないとも限りません。だから書かせて下さいませ。

火事を生き延びてからこっち、見る人見る人、牙の生えた死妖で、私、人間の姿を一度も見ておりませんの。ご存知でしたら教えてください。私以外の人間は、地上にあと何人、生き残っているのでしょうか。

八月二十四日

青子さんが級の方々と仲睦まじくお話しされたようで、我が事のように嬉しくてなりません。それが私の話でと言うのは少し面映ゆいですけれど、毎朝お一人で校舎へ歩いていらっしゃった青子さんが、今日は編み上げ靴の足どりもかろく、他の方と語らっていらっしゃったのを、心穏やかに見届けておりました。青子さんが花壇に水をお掛けになる時、猫屋さんがご自身の薬指を引き抜いて血も一緒に掛けようとされていたのを、鷹匠さんが袖を引いて止めていらしたのも微笑ましかったですわ。青子さんが種を蒔かれたのとは別の北側の花壇では、土竜《もぐら》だか土鼠だかが彼方此方に穴を空けておりましたので、獣が悪戯《わるさ》をしないよう、離れた場所に血溜を作って誘き寄せるのも悧巧《りこう》な手ですよ。

青子さんに不便をかけて心苦しいのは水のことです。これまで青子さんが使われていた井戸ですが、今日から蓋をさせて頂いております。ここに女学校が建てられる以前、武家屋敷が建っていた頃からあった井戸と聞きますから、ずいぶんと長もちしてくれたのですけれど、今朝方、水が薄ら赤くなっておりました。どうやら近くの血道管が壊れて染み出したらしいけれど、当分は墨田川から汲んできた水を手配させることになりそうです。今度ばかりは青子さんお一人に負わせ続ける訳に参りませんから、嗜輪会の方々に運ぶのをお手伝い頂きます。皆さん、青子さんのためならと喜んでお引き受け下さりました。私の身に何かがあっても、きっとお困りになることはないと思います。

ずっと学課にお悩みだったようですから、昨日はどうなることかと気を揉んでおりましたが、熱を入れて取り組まれたということで御の字です。地歴を教えて下さっている先生から、青子さんが授業に大変身を入れて、挙手などもなさっていたと伺いました。青子さんにとっては耳を塞ぎたいような中身だっただろうに、逞しく感心なことだと、随分お褒めになっていらっしゃいましたよ。私もそれを聞いて胸の詰まる思いでした。

なればこそ、私は青子さんのご質問を変にはぐらかしたりせず、きちんとお答えしなければなりません。一度はこの日記に記そうかとも思いましたけれど、直にお伝えしないことには、私の負うた務めを裏切るように思えるのです。明日の夜九時丁度に、貴女の室の扉を叩きます。ただ、どうか誓ってくださいまし、私が貴女の室の前にいる間、決して扉を開けてはなりません。鍵をかけたまま、扉越しにお話をさせてくださいませ。

八月二十五日

昨日は、わざわざ私の室の前にまで足をお運び下すったこと、痛み入ります。久方ぶりにお姉様の床しき声を耳にして、思わず扉を開けようとしてしまいましたけれど、お姉様との約束を思い出し、扉に身を預けたままでおりました。木の板一枚隔てた向こうに、想い焦がれたお姉様がいらっしゃるのに、一目合わせることもできず耐え忍ぶなんて、殺生な仕打ちでしたわ。

けれども、真実をお姉様の口から伺うことができて、本当にどうお礼してよいやら。少し取り乱してしまいましたけれど、どうかお気にやまないでくださいませ。薄々感づいてはおりましたから。もし地上に百人や十人、いえ、もう一人だって他の人間が生き残っていた暁には、私のような下賤の者が、こうも下にも置かぬような厚遇に浴せるはずありませんもの。やはり、という思いで扉の前で膝を抱えてしまったのですけれど、お姉様があれやこれやと慰めの言葉を掛けて下さったから、濡らした袖もやがて乾いて参りました。

どうかそこにいてください、なんて子供染みた身勝手も聞いて下さり、私が座ったまま眠りに落ちるまで、ずっと扉の前にいて下さったことも、決して忘れませんわ。

今日は学課の間、ほとんど夢現、上の空で、郷里の蜜柑畑のことを思い出しておりました。なんだか、自分があの果実になったような気がしていたのです。

そう、豊作の冬に畑の蜜柑がたわわに実るのをみて、我も我もと皆が食い尽くしていくうちに、いつの間にやら残るは一つということになれば、それに自分が手を伸ばす卑しさったらありません。誰もがもぐのを憚って、最後の一個は、お公家様、いえいえ天皇陛下くらいにお偉い方に召し上がって頂かねばどうにも落とし所が見当たらないでしょう。

お裁縫の時間のお話は致しましたわね、私が針で怪我をして血を流した時、颯《さっ》と教室の空気が変わったのを。今思えばあれは、皮を剝いた蜜柑の房が、盆に載せられているのに、素知らぬ顔を繕って涎を垂らすまいとする食いしん坊たちの忍従でしたわ。

あの時と同じ教室で、同じ中ほどの席で死妖の皆さんに囲まれていると、知らず息を殺している自分がおりました。瞬きするほどの間に、彼女らがみな私に取りついて、こちらが干からびるまで血を吸い尽くすところを思い浮かべ、背筋が凍りましたけれど、そんなことが起こり得るならば、辛抱たまらず嚙みついて来るような誰かがいるのならば、今日までこうして女学校に通い続けることもできなかったはずなのだと思い直しました。

それで漸く、私は自分の置かれた立場が分かったのです。死妖の王様なりなんなりに私の血を召し上げるようにすっかり手筈は整っていて、あとは蜜柑の熟れるを待つばかり、さりとてまだ青いうちに悪戯者がもいで食べたら一大事だから、畑に囲いを建てよう、そして不寝《ねず》の番を置かねばならぬ、そういう具合に選ばれたのがこの女学校とお姉様なのではありませんか。

　猫屋さんや鷹匠さんのような方とお知り合いになり、私も死妖の中で生きていけるのではないかという薄《うっす》らとした希望は芽生えつつありました。けれど、己の中に新たな願いが湧き出づるのを禁じ得ませんでした。この世で最後の蜜柑なら、誰の口に入るか選ぶ権利もあるのではないかと、そういう願いですの。いつか顔も知れぬ殿上人の牙にかかって死妖とされる定めなら、いっそ慕わしい方に手を下して頂きたいのです。

　お姉様、今生のお願いです、どうか私の身体を貴女の真っ白な牙で貫き、死妖に変えて下さりませんでしょうか。他の誰でもない、お姉様に魂を奪って頂きたいのです。

八月二十六日

　一昨日は、まだ年端も行かぬ青子さんに、惨い話をしてしまったこと、懺悔のしようもありません。

　でもどうかご安心なさって、貴女が学校の誰かに血を吸われて死妖になるということはあり得ません。無論、彼女たちは生来の気質として、人間の血の匂いを嗅ぎつけるものですけれど、それを飲みたいという慾を抑えるために代血という叡智が生み出されたのですから。万が一、血を目当てに邪な思いで近づかんとする者がいても、私が目を光らせ務めを果たしている限りは、貴女が襲われる道理は無いのです。

青子さんが死妖の主人への供物として生かされているなんて、想像を豊かにし過ぎるのも身の毒ですわ。貴女は生涯、人の身のままで命をかこたうことができるのだと、どうかお信じになって。

いわんや、死妖の餌食になって人間としての命を終えたいなんて、冗談でも仰っては駄目、本物の姉君が草葉の陰でお嘆きになりますわ。私が申し上げるのは余りに差し出がましいことだとは承知しておりますが、貴女のご両親が亡くなってから二年、あの方が島へ寒林へ逃げてまで貴女を守り続けたのは、ただ一人の肉親を人ならざる者にせぬためだったでしょうに。青子さんはどうか、その身を大切になさって下さいませ。まだ姉君が遺された花も咲いていないのですから。杞憂に惑わされ、突拍子もないことを願われてしまうのは、死妖と人との違いやその歴史についてまだ学ばれたばかりだからだと存じます。

いいえ、死妖と人とのことのみではありませんね。東京にいらっしゃってから青子さんは、ずっとお休みの日もなく女学校と寄宿舎を行き来される生活だったのですから、塞ぎの虫に憑かれてしまうのもむべなるかな。舎監に話は通しますので、ご友人とお出かけになって、帝都の大路の明るさに身を浸せば、慼《うれい》の念も軽くなる筈ですわよ。

浅草十二階を観られるのも宜しいでしょう。鉄臭いのがお苦手な青子さんは嗜血仕掛《ヘマトフィリア》のエレベーターにはお乗りになれないでしょうから、階段に御苦労されると思いますけれど、それでも上の見晴らしは格別に素晴らしく、遠く富士の山も望めますわ。代血工場の煙突の向こうに見える富士は、赤い霧に煙って、桜に透かしたような美しさです。

それから、活動寫眞を見たことはおありですか。幾つもの寫眞を用意して次々に切り替え、動いているように見せるという一等不思議な見世物ですのよ。世界座では、シェークスピヤのロマンスを流しておりますわ、きっと青子さんもお気に召すものでしょう。ただ歌舞伎座はおよしになって、あちらで流しておりますのは同じ活動寫眞でも俗悪な仇討物で、学生が観るものではありません。それに、市鉄は乗客の血を使って進みますから、人の多い昼日中にしか動かず、歌舞伎座まで出てしまうと夜道を長歩きしなければなりませんから。

町には美味しいものもたくさん御座います。明治堂では最中の他に、店でしか食べられない御汁粉も大層評判で、それこそ天に昇るような甘味です。無論、血の羊羹やアイスクリームなどは、青子さんの近くでは食べぬようご友人に言い含め、店の方にも話は付けておきますから、何のご心配もございません。

外には貴女のまだご存知でない無数の驚異が満ちております。その一つ一つに触れていくうちに、死妖がどうで人がどうでといったようなことも、いずれ気にならなくなるでしょう。死妖になりたいなんてほんの一時の気の紛れですわ、どうかお体を大切になさって。

八月二十七日

これまで幾つもお優しい言葉を掛けて下さり、私のことを慮って下さったお姉様が、血を吸って下さらないというのなら、私の方に何か非礼や粗相があったのかも知れぬ、そう思って、日がな一日悩んでおりました。

足りぬ頭を捻り続けて思い至ったのは、私が未だお姉様から見ても血を吸われるのに相応しくない未熟者だからではないか、ということでした。淑女と呼ぶにはほど遠い落ち零れなので、一通りレディの挙措《きょそ》を身に着けるまでは死妖にできない、そんな風にお考えなのでは、と。

悩み抜いて、放課の鐘が鳴った後、佐伯さんに声をお掛けしましたわ、オルガンの作法をお教え下さいませんか、と。佐伯さんは驚かれたように眉を寄せられましたけれど、少しでもお姉様に近づきたいんですの、と私が鍵を差し出しますと、鹿爪らしく咳払いをなさってから、ついていらっしゃい、そう仰って私をお導きになりました。

二人で講堂の中に入りますと、まず目に入ったのは何列にも並んだ木の座席、それを睥《へい》睨《げい》するような舞台の上にある、小さな黒いオルガンです。松山の、死妖から逃れて辿り着いた教会で遠い昔に見たことのある、白と黒の鍵盤を伴ったものでした。

けれど佐伯さんはその前を素通りされました。

真朱様からは青子さんの前ではそれを弾くように仰せつかっていたのですけれど、私は、こちらの方が指に馴染んでおりますから、と仰って。そうして、舞台奥を隠していた暗幕を思い切り開け放たれました。

神器のように威容をたたえて、もう一つのオルガンは待っていました。深紅の台座と、背から竹叢《たけむら》のように生えたパイプ一つ一つの中に、注がれた無数の血。鍵の一本を差し込んで開かれた蓋の下から覗いたのは、白と赤の鍵《けん》が並んだ鍵盤でした。

貴女は触れては駄目よ、傷を負われたら真朱様に叱られてしまうもの、と佐伯さんは口を尖らせてから徐《おもむろ》にその指を白い鍵の上に置きますと、飛び出した針が細指をちくりと刺すとともに、涼やかな音がオルガンから零れました。そして曲芸の如く鍵盤の上を滑り踊る指は、一針刺される度に鮮やかな秋の音色を生み出し、耳からだけではなく体の奥をすべて溶かすような、甘美にして不思議な震えが伝わりました。さながら、己の血が湧き立つような。

パイプの中に注がれた血と、奏者の血を共振させて、玄妙な音を作るような絡繰りになっているんですのよ。二人で弾けばもっと豊かな音階を奏でますの、私と真朱様が弾いた時にはもう、講堂の中にいた観客がみな喪心するほどでしたわ。弾き終えた後の余韻の中で、真朱様に血を吸って頂いた時の恍惚と言ったら。

そんな風に仰って、佐伯さんは鍵盤に向かわれたまま、酔ったような夢見るような、そんな眼差しをこちらに投げかけられました。やがて椅子を下り、あら、人間の貴女にはお弾きになれませんでしたわね、やはりあちらの小さい方のオルガンでないと、と口にされた佐伯さんの顔は、どこか勝ち誇るような色に満ちておりました。

貴女は、お姉様に血を吸われたことがおありなのですね、と私が申し上げますと、ええ、私はずっと昔から真朱様のお傍に控えてきたんですのよ、あの方の親愛を受けてきた長さで新参者が敵うと思って、と小さく胸を張られました。

ですから私、佐伯さんに訊ねましたの。どうしてお姉様は私の血を吸って下さらないのでしょう、って。

すると佐伯さんは虚をつかれたように、それはあの方の深謀遠慮がおありなのですわ、と目を彷徨わせました。

胡乱な態度の佐伯さんを見て、私は腑に落ちました。

佐伯さんのお話で分かったのです。代血があり、互いに通っている血が同じなのに死妖同士で血を吸い交わすのは、親愛の情を示すためなのだと。

であるならば。私が死妖の王の贄として残されている訳ではない、というのが真実で、それでも誰も私の血を吸おうとしないのであれば、私が最後の蜜柑などというのは思い上がりも甚だしくて、花も咲かさぬ病葉《わくらば》、或いは誰も眼もくれぬような塵芥に過ぎないのかもしれない。

お姉様や級の方々はお優しいから私を憐れんでここに置いて下さっているだけで、それは人がかつて犬猫に与えた憐憫の情と同じ。死妖同士が向け合うような、あるいは人間同士が嘗て向け合ったような情愛はもはや私には永遠に望むべくもない。血の繋がりなく家族と呼んで下さったお姉様にさえ、私の血が求められないなら、もう誰からも求められることはない。お父様やお母様が亡くなった時、血を分けたお姉様が亡くなった時、そしてこの世に人間が私しか残っていないと知った時よりも、遙かに重い、孤独の念が私に押し寄せてきたのです。

涙さしぐんだ私を見て、佐伯さんが慌てていらっしゃるのが分かって、私はそのまま講堂を飛び出して宿舎に戻りました。

胸の古傷の疼きとともに、次々訪れるのは良からぬ思いつきばかりです。もしかして、靴箱越しの日記のお相手は他の誰かだったり、級の皆さんがいろはの名前順で回されたりしているのじゃないかしら。真朱様から命を受けた生徒たちが、当番で日記を書いて最後の人間を世話していただけじゃないのか。

どころか、火事で全てを失いそぞろに泣き濡れる私を撫でて下さり、家族にして下すったお優しい真朱様は、もしや私の人恋しさが生んだ幻だったりはしないでしょうか。お姉様が私をご覧になっていらっしゃると知って、寄宿舎を出る時と花壇に水を遣る時に、何度も窓の方を見上げたのですけれど、こちらからは影になって、あのお美しいお姉様の姿をはっきり見ることも叶いませんでした。

その花壇で育てていた種も、土鼠が掘り返して齧りついたようで、割れた胡桃のような姿を晒して土の上に転がっておりました。もう花を咲かすことはないでしょう。暴かれた土の下では、名も知れぬ草の紫の根が奇妙に捩《ねじ》れ伸びていました。

ああ、自分の血が憎い、恨めしい。私が人間でなければ。

私が死妖であれば、お姉様に血を吸って頂けるのに。

八月二十八日

佐伯さんが気の毒なくらいに慌てふためいて私の室にいらっしゃったから、何事かと思いましたけれど、そんな仔細《いきさつ》がおありだったのですね。

ああ、どうか誤解なさらないで下さいませ。私は日記の上だけの夢幻ではなく、誰かの代書人でも無くて、烏丸真朱《からすま》という一人の死妖としてここに確かに在るのです。この日記を読んでいるのは、青子さんと私の二人だけです。そしてどうか信じて下さい、死妖が血の契りを交わすのは確かに互いの心を通わすためもあります。でも私が青子さんの血に触れようとしないのは、青子さんのことを大事に思わぬからではありません。青子さんは私にとって掛け替えのない方です。それは貴女が地上で最後の人間だからということではありません。この場で詳《つまび》らかにすることはできぬのですが、私は全く別な事情で、貴女の血の果実を摘むことに後ろめたさを感じてしまうのです。
寧ろ私は、身体では貴女の温かな血に、接吻したくて堪らないくらいで、けれどもそれは貴女から人の身どころかそれ以上も奪い取りかねない劇薬だと知っていますから、踏み出そうとはしないのです。青子さんを怯えさせたりせぬようにと口を噤んでおりましたけれど、私が同じ寄宿舎に暮らしながら、貴女と席を同じくしようとしなかったその事情の一つは、今度貴女を見、貴女の隣に立ってしまえば、もはや私は血迷ってすぐさま青子さんの柔らかな喉に食らいつきかねないからでございます。ただそれだけで他意などございません。私が佐伯さんのような死妖の皆さんを室に招く傍らで、貴女とは日記や扉越しにお話ししなければならないのも、また同様です。お為ごかしを、とお思いでしょうけれど、私がいま書くことができるのはここまでです。どうか堪忍なさって。

八月二十九日

もうお耳に入れていらっしゃるやも知れません。けれどお姉様の言い付けを破ったことをどうかお詫びさせて下さい。昨晩私は活動寫眞を観に足を運んだのでございます。

放課の時間、私の席にいらっしゃった猫屋さんと鷹匠さんが、歌舞伎座に参りましょうとお誘いになったのです。私が、お姉様から禁じられておりますので、と何度お断りしても暖簾に腕押しの頑なさで、遂には二人に挟まれるように連れ出されたのです。そこにいつの間にか佐伯さんがついていらっしゃって、更には談話室で二言三言交わしただけの方も姿を見せて、連れが一人増え二人増え、学校の門をくぐった頃には、いつの間にやら私を囲むように、名も知らない二年級や三年級の人まで集まって来ていて、潮のごとき人だかり、なんだかお白州にでも引き出されるんじゃないかといっそ心細くなるほどでした。

どうして皆さん歌舞伎座にいらっしゃるのかしら、と私が呟きますと、皆、真朱様の妹さんのお守りをしたくてたまらないんですよと鷹匠さんが仰りました。

道行く人たちから私に好奇の目を向けられても、前に立った猫屋さんが銃をちらつかすのですぐに瞳を逸らされます。一度などは、猫屋さんが誤って引き金を引かれ、銃口から飛び出した血弾が時計屋の外看板を打ち抜いたので、店に入って弁償なさるなど、用心棒に却って肝を冷やす始末でした。

それでも歌舞伎座に辿り着いてしまえば否応なしに胸が弾みました。ただ入口に置かれた《本邦初上演 実録仇討譚 死妖姫》と書かれた立看板には何か得体の知れぬものを感じましたけれど。

入場札を摑んで暗幕の向こうへ進みますと、まだ日の落ちてもいないのに目を凝らさねば一寸先も怪しいほど薄暗く、成程、お姉様が私の身を案じられるのも尤もだと感じました。ただ私たち女学校の面々が詰めかけたものだから、女性席は一杯になっていましたので、不埒な連中が手を出すおそれは感じずに済みました。寧ろ学友とはいえ薄暗いなか前後左右を死妖に囲まれてどこか空恐ろしく、それゆえにこそ後ろめたい気にもなったのです。

けれども、ベルの音が響き、やがて活動弁士の声が朗々と響き始めた途端、そういった何やかやは彼方へ去りました。

時恰《あたか》も騎士の御代、鳥歌さんざめく欧州の森、今は名高き死妖の姫も未だ己の天命を知らず。

その口上とともに、正面に垂らされた幕に薄光がまたたき、轟く胸で見守る画面に、白《モノ》赤《クロ》の映像で写し出されたのは、十二にもならないであろうあどけない少女、夜の中を駆ける、姉妹らしき似た顔の二人の姿です。

野山に遊んで草木を摘み、花篭をつくるだけなら人間と変わりませんでしたが、小さな牙で互いの喉に噛みつき血を食み合い、白い花輪を赤い飛沫で彩るので、死妖と知れました。

死妖の姉妹が帰り着いた村は、人に狩り出されぬよう、森深くにありました。

みなしご、前科者、賤民、死妖のうちでも人に紛れて暮らすことを望めぬ者たちが、そこに身を寄せていたのでした。親を喪ったこの姉妹は二人で粗末な小屋に暮らしていたのです。

駆け込み寺のような村にある日、訪れたのは異装の男でした。手首や足首まで分厚い牛皮で覆う服、手には手袋、首には金輪と、その身を雁字搦めに護っているのは死妖に噛まれぬための用心らしく、村の素性を知っているのは明らかでした。その手には萎れた花輪が握られておりましたから、川に流れたその飾り物を見、水を辿って死妖の住処を見出したのでしょう。

彼が村の鎖《とざ》された戸を一つ一つ叩いて呼びかけることには、私は医師です、あなた方ももとは死妖ではなかったのでしょう、死妖の病が治って再び余所に出られるならば悪いことではないはずだ、どうか死妖の病を探り調べるために力を貸してはくれぬだろうか。

叩いた扉から一言たりと返事がなくとも、一軒一軒根気強く回るその姿を、小屋の板の隙間から覗いていた妹は、きっと絆《ほだ》されたのでしょう、姉に小さな声で言い募りました。

治せるのなら私、着いていきたいわ、あの人に。

姉は答えて、駄目よ、死妖を治して人間に戻すなんてこと、できるわけがないじゃない。

もしもできたらどうするの、と妹は食い下がります。

考えてみて、隠れ住まずに済むのよ。治るのならばまたお姉様と一緒に町を見て歩きたいわ、それも夜に紛れてではなくて昼の日差しの下で。

妹がそんな思いをずっと心に秘めていたことを知らなかったのか、姉は大いに狼狽え、思い留まらせることができませんでした。彼女は昔、自らが伝染《うつ》された死妖の病を、意味も分からず妹に受け渡した張本人だったからです。

出し抜けに妹が小屋を飛び出しました。姉が慌てて声を掛けても、男の背へ向けて駆けていく妹を引き戻すことは叶いません。

逡巡の挙句、一人では行かせられないと後を追った姉は、しかし村のすぐ傍で別の男たちに出くわしました。こちらに気づくなり浴びせかけてきたのは、弓につがえた銀の矢です。死妖の娘は動転して、藪に隠れて息を殺し、命からがらで逃げ切った頃には既に妹の跡は追えなくなっておりました。

それでも、姿を隠しながら数日がかりで人里へ下りて、人間の間に紛れた彼女が知ったのは、死妖狩りが始まって村が焼かれ、死妖は皆悉《ことごと》く銀の矢で胸を貫かれ死んだという話でした。

そして、不死の霊薬を生み出す探求と称して、犬やら馬やらを生きたまま切り刻んでいたとかいう男がいたことも知れました。彼は死妖の村を見つけ出す手柄を立てて褒賞を得た後、屋敷に閉じこもっているという話でした。

血眼になって探した姉が妹を見つけたのは土牢で、ずいぶん小さく、既に死妖としての形をほとんどなしておらぬ体ででした。為されたのは陰惨たる拷問か、どこまでやれば死ぬかの検分か、手足を落とされ耳鼻を削がれ、目を抉られた眼窩からは深い闇が覗き、舌を抜かれた口は呆然と開き、表情と呼ぶのも虚ろな様相を顔に浮かべて、僅かに胸が上下する他、そこに命の息吹を知ることも叶いませんでした。

跪いた姉は、妹の乾きひび割れた唇に、自らの血を一筋垂らしますと、その血の湿りを肌が知っておりましたのかどうか、ほんの一瞬、魂を取り戻したかのように小さな口元が僅かな笑顔に歪み、やがてかろうじて口を動かし、舌すらなしに言葉を伝えたのです。

お姉様どうか、死なせて下さいまし、と。

やがて閃く銀杭の一撃、白赤の画面をますます赤く染める深紅の飛沫。

無論、音は流れませんでしたが、妹を喪い、亡骸を犇《ひし》とかき抱いた彼女の慟哭は、画面を越え時を超え、私の胸に届いておりました。

かくて天命は下りぬ、其の者死妖の姫となりて人の世を滅ぼして、死妖が昼の中を生くる世を打ち立てるべき者なり。

弁士の広舌のその先を、私はほとんど顔を覆い、指の隙間から見ておりました。

妹を凌辱した男、男に金を渡した名士、村を焼いた騎士、死妖狩りを命じた領主、その領民、不死を求めて死妖狩りを唱えた王妃、人間たちが次々屠られ、或いは死妖に変えられるのが見ていられなかったのではありません。それを為した方、死妖姫の火のごとき瞳の湛える底知れぬ怒りが、憎悪が、絶望が、余りに痛ましく悲しく、心を抉るようだったからでございます。弓矢で、剣で、はたまた斧で襲いかかる者たちは、彼女自身の牙によって返り討ちにされ、あるいは彼女の眷属となった者によって嬲り殺しにされました。

そして最後に、舟の上、夥しい数の船員の屍を踏み越えて舳先に立ち、海の彼方を見据える彼女の口、赤い液体を溢れさせた口許が映ったのち、劇終の文字が浮かびました。

私はその凄絶な幕切れに、白赤の画面が消えても暫く打ちのめされたまま身じろぎもできずにおりましたが、周りが静まったままであることに気づきました。そう、長椅子に腰かけている女学校の面々は一人として立ち上がることなく、私が己を取り戻すのをじっと待ち続けていたのです。

そうと知った途端、瘧《おこり》のように身が震え、私は自分で自分の肩を抱いて縮こまりました。彼女らが私をここへ導いた訳が分かったような気がしたからでございます。そこに声を掛けられたのが佐伯さんでした。

いいえ、貴女に意趣返ししようというんじゃないの、誰も最後の人間に復讐をしようというわけでもなく、ただ知って頂きたかったのよ、我々の姫がどうやって死妖の主人となって全てを始めたのか、何があの方を動かしていたのかを、と。

それでも私が得心せぬ顔だったのでしょう、更に続けられました。

もっと先の筋まで描かれていれば、何もかもすっかり分かったでしょうに。続きをお知りになりたければ、どうぞ真朱様にお訊き下さいませ。あのお優しい方が貴女とすれ違うなんてあってはならない、そう皆で話して貴女をここにお連れしたんですもの。

悄然としたまま立ち上がることができなかった私を抱え、運んで下さったのは鷹匠さんでした。そのまま私は、猫屋さんの借りた血動二輪《ハーレー》の後ろに乗せられて、皆さんより先に帰路へつくことになりました。

正体を取り戻すこともできず、車体に絡み付く無数の血管に怯え、また感じたことのない、袴を打ち身を切る風にも戦慄《おのの》き顫《ふる》えておりますと、大丈夫、私が飲むのは鷹匠さんの血だけだからと、何かを取り違えたらしい猫屋さんが振り向かず仰いました。空の端に沈みかけた陽は燃えるように赤く、その夕暮れの中に絹のごとく糸を広げる細雲は、更に濃い異様な血の鮮紅、あんなにも赤い雲は生まれてこの方見たことがございませんでした。

八月三十日

いずれ貴女に額《ぬか》づいて、お詫びしなければならなかったことでしたわ。

あの活動寫眞をご覧になったのでしたら、先を隠し立てする方が却って青子さんのお心を波立たせてしまうに違いありません。ならばどうか、あれに描かれた女の哀れな末路について、聞いて下さいまし。

恭順の旗を掲げた者は軍列の殿《しんがり》に加え、抵抗の剣をとった者には鏖戦によって報い、国を越え山脈を越え大海を渡って、死妖の軍勢は広がって参りました。屍山血河の只中に、綺羅星のごとき英雄、血塊を打ち出す銃や大砲などの兵器が次々生まれるうち、彼らがかつて旗印に戴いた死妖の姫は、大河の一滴に過ぎぬ、いてもいなくても変わらぬお飾りになりました。それは死妖という種が、既に一族の軛《くびき》を脱した証でもあったのです。

けれど、やがて思っても見ない災厄が訪れました。新参者の死妖や死妖どうしの子は、代血に身を慣らしたままで生き続けられましたが、年を重ねた者、件の姫と同じほどに年を取った、古き世の生まれの者たちが、一人また一人、渇きに苦しみ始めたのです。求めるのは、紛い物ではない人血。彼らの老いた身体の深奥が、代血では満たされぬ飢えを叫び出したのでした。

死妖は抑々《そもそも》、人と人の間に紛れてその血を食らう者でした。表へ出て人になりかわろうとするのは端《はな》から分不相応、弁《わきま》えぬ行いだったのでしょう。

新たな土地に辿り着くたび、草の根分けて人間を探し出し、刈り尽さんばかりの大征服を繰り広げ、更には人血を巡って老いた死妖どうし殺し合いました。人間を家畜にせんと試みた者もありましたが、その牧場もまた死妖に襲われ、文字通りの血宴が開かれました。家畜とされるを潔しとせず、自決する人間たちも少なくありませんでした。

人を減らしすぎるのはまずい、食い尽くさぬように則を定めるべきだと唱えた者たちもおりましたが、その声はかき消されました。雲霞のごとく広がった冥府の軍勢は、昔日に死妖の姫が誓ったように、地上から最後の人間を消し去るまで進軍を止めまいとしていたのです。

代血を浴びるように飲もうと癒されぬその飢えは、老いた死妖たちの魂を蝕み、遂に彼らは、自ら命を絶つことを選びました。己の心臓に銀杭を打ち付けて。人間の町を滅ぼした、その勝鬨が上がる度、長い命を共にしてきた連れ合いが一人また一人、自らの身体を塵に変えることを選んでいきました。果たせるかな、気づけば長命の死妖はただ一人となりおおせました。

お笑いになることでしょう、人を滅ぼして死妖の世を築こうとすれば、なるほど確かに人は滅びつつあるけれども、真正の死妖も滅び去り、一人きりになってしまった。代血で生き互いの血を食んで生きる死妖たちがいくら遜《へりくだ》り畏まっても、彼女にとってはもはや別の生き物、臣民なき姫など聞いて呆れる話です。

それでいて、喉の渇きは到底収まるものではない。人間を残さなければならないという真面《まとも》な考えは狂気にかき消され、最後に残った手つかずの島国をも貪婪《どんらん》な牙にかけて、南から北へ、西から東へ、遠近《おちこち》でまつろわぬ者たちを次々喰らい、終いに瀬戸内の小島、その草深い林が残ったのです。

だからこそ、衆を頼んで囲んだ林、最後の二人が息を潜めているその奥から、忽然と火の手が上がった時、彼女は気も触れなんばかりになりました。

最後の血が燃えてしまう、最後の一滴が灰になってしまう。脇目もふらず、仲間の言葉に耳も貸さず、炎の走る中に飛び込んで見出したのは、折り重なるように倒れた人間二人でした。木々に火を付け、包丁でもって妹の胸と己の首を突き刺して、一筋たりとも血を死妖に与えまいと心中しようとした姉の姿。そして、全てを受け容れたように目を瞑り、しかし姉の与えた傷の浅かったか、寸でのところで唯一人生き延びた妹の姿でございました。

けれど、事ここに至っても、飢えに苦しむ死妖の悪鬼は、ただ浅ましく血を求めるばかりでした。まずは事切れた姉の身体をどかします、その血は命の甘味を失い、飲めるものではなかったから。そして妹を抱き起こし、肩に食らいつき血を啜るため、両手をその背に回しますと、相手の方から抱き締められたのです。

不意の力に僅かにたじろいだ死妖の耳に、囁くような言葉が届きます。

既に朦朧としていて、夢見心地の譫言《うわごと》だったのでしょう、両の腕《かいな》で縋りつく力を更に強くしながら、生き残った人間の少女は見知らぬ死妖に向けてこう言ったのです。

（お姉様）

――あとは青子さんもご存知の通りですわ。彼女は生き残った最後の人間を背負って、炎の道を駆けた。かつて死妖の姫と呼ばれた女は、妹と自らを引き裂いた人間たちに鉄槌を下そうとして、最後には己自身が、人の姉妹を死と生に引き裂いた。剰《あまつさ》え、手籠めにして自分の物にしようとしている。

懺悔の値打もない、人が信じた地獄と言うものがもしあるならば、これほど似合いの者は古今にもいないような大罪人です。それを悟っているなら、潔く自裁するか己を牢にでも繫げばよいものを、ただその、妹、の姿を見守りたい一心に、目の届く箱庭に留めているのだから性質が悪い、本当に。

面と向かって会えぬのも当然至極です。人血で喉を潤せぬ苦しみを僅かでも紛らわすため、室には代血の盥や瓶を並べるのみでは飽き足らず、死妖の少女らを入れ替わり立ち代わり招き傍らに置いて、朝夕のべつまくなしに貪り続けているのです。貴女がもし、私の部屋を訪れた日、鍵を破り入っていれば、うら若き乙女らを侍らせその血を倦むことなく啜り、なお飢えを叫ぶ夜叉の姿を見たことでしょう。

これが貴女に姉と呼ばれた女の正体です。

斯様《かよう》な内幕をお聞きになって、もしも青子さんが私を恐れ、逃げると仰るのでしたらどうかそうなさって下さい。私に追いつかれぬよう、できる限り遠くへ。また私を憎み、討とうとされるなら甘んじて受け入れましょう。今やこの世で、人類の敵たる死妖姫に裁きを下すことのできる方は、貴女を置いて他にいないのですから。

八月三十一日

お姉様が胸にしまわれていた大切な物語を打ち明けて下さったこと、感謝してもしきれません。

悲しみと驚きと、心が種々の思いで溢れはち切れそうになって、なんと書けばいいのか分からず、気づけば深い時間になっておりました。

夜を破るけたたましい羽音に窓へ目を向けますと、闇の奥を一斉に飛んでいく鳥らしき姿が見えます。地面から微かに届く、きいきいという鳴き声は、鼠の群れでしょうか。血時計に浮かぶ針が指すのは丑三つ時、今もまた、お姉様の室には代わる代わる死妖の方が訪れ、その身を捧げているのですね。或いは私の室の前にいらっしゃったときも。そんなことを思って胸に蟠《わだかま》る苦みが増すにつけ、自分の中に流れている人の血は、きっと死妖のものよりどす黒い色をしているのだろう、なんて、いいえ、これは忘れてくださいませ。

お姉様は明日の朝、この日記を探し出すことがおできになるでしょうか、いつもの靴箱に日記は無く、私の室も蛻《もぬけ》の殻《から》となった時、まずお姉様がお探しになる場所は何処でしょうか。

様々お考えを巡らせられるやも知れません。歌舞伎座に再び活動寫眞を見に行ったか、明治堂に空腹を満たしに行ったか、はたまた、吊革が血を啜るという鉄道に乗って、郷里を目指したか。私の行先は、そのどれでもございません。

お姉様は、私がお姉様を裁くべきだと仰いました。けれども私こう思いますわ、真に断罪されるべきは私で、その裁きを担えるのはお姉様ただ一人なのだって。

私は一度、お姉様に死妖にして欲しいと願いました。

けれど私は今、お姉様に死なせて欲しかったのじゃないかと、そう思っています。

私は実の姉を裏切りました、共に死を迎えるはずだったのに一人無様に生き残って、死妖である貴女をお姉様と呼んでいる。人の血と人の世を滅ぼした死妖姫を。家族どころか、人類の裏切者ですわね。それを考えてしまえば生きていられなくなるから、ずっと考えまいとしていましたの。

けれども、それに留まらず、私はお姉様を惑わしさえしていたのだと知りました。ただ一つの言葉で貴女を縛って、塗炭の苦しみを味わわせ、それで飽き足らず、実の妹君との思い出にまで割り込もうとしている。

私と貴女のどちらが非道い罪人かなんて、考える間でもありませんわ。

この日記帖に先ほど降らせたのは、私の血です。洋燈で指を切るのは不慣れで、切り足りているかは心許ないけれど、人血の香りはすぐには消えないでしょう。この日記帖を私の枕の下で見つけたお姉様が、その香りに酔えば、今度こそ私を喰らい尽くして頂けるでしょう。

きっと私と貴女は、夢を見ていたのだと思います。本当は、あの火事の日、私は貴女に血を吸い尽くされて死んでいるべきでした。何かの行き違いでずっと夢の中にいただけなのですから、いつかは目醒めなければならなかったでしょう。

私がお待ちするのはあの、オルガンのある講堂です。日記を通じてお貸し頂いた鍵を握って、紅いパイプオルガンの前に、瞑目したまま座っております。美しいオルガンの前で血を吸われたという佐伯さんのことが、私、羨ましくてしょうがなかったから。

歌舞伎座土産の絵葉書を下さった猫屋さん、新しい花の種を売っている店を教えて下さった鷹匠さん、オルガンの教本をお貸し頂いた佐伯さん、皆様に御礼を申し上げますわ。

真朱様への感謝は、私の口からお伝えしようと思います。そう、命を奪って頂く時に。

お姉様の書かれた緋文字をそっと指でなぞっているうちに、不意に、人がこの世の主人だった頃、死妖を恐れながらも死妖に憧れた訳が、分かったような気が致しました。

人間たちは昼の光の下に生きながら、自らの欠けた何かを埋めるために人ならぬ者、夜に生きる者を求めたのでしょう。それが暗闇へ至る道と承知していても。

九月一日

日記がただの日記でなく遺言になってしまうことを、予め知れるのは、或いは幸運なのかもしれませんね。

青子さんは今日起こったことをどこまでご覧になったでしょうか、あの猛獣が唸るような地響きを耳にされ、大地が鳴動し、やがて地の底から染み出した赤い波が一面に広がっていくのを目の当たりにされたでしょうか。初めの揺れで気を失われ、講堂の窓からあの地獄絵図を見ずに済んだことを願ってやみません。

日記の在処に辿り着いたすぐ後に、あれが起きましたけれど、講堂の入口が崩れ落ちるあわやの所で駆け込めたのは僥倖でした。ただ、気を失われた貴女を柱から守ることはできても、逃げ道を失ってしまったことが悔やまれます。

このような災禍が帝都を脅かし得ることにもっと早く気づくべきでした。予てよりこの国は地震が多い土地だとは聞いておりましたが、拙速に上下の血道管の網を通したこともよくなかったのでしょう、代血の匂いを嗅ぎつけた土竜や蛇やらが地中を荒らして、或いは血を吸った草木の根が伸び放題になり、代血工場の鼓動に大地は震えて、地の底は最早くしゃみ一つで崩れる紙細工。草木鳥獣はその前兆を敏感に感じ取っていたのでしょう、蝙蝠の知らせに助けられなければ女学校の皆さんの避難が間に合っていたかどうか。幸いにして、死妖は人間よりも頑丈な身体です、皆さんは、腕を失おうと顔を焼かれようと万一のことはないでしょう。そして私と貴女の姿だけが見当たらぬのならば、三日と待たず助けが来るのは疑いありません。

けれど、貴女の命を脅かす者がございます。

無論、他ならぬこの私です。青子さんのお考えになった計略は図に当たっておりました。地震の土煙に鼻をやられなければ、箍《たが》の外れた私は、貴女をすぐに干からびさせていたことでしょう。そして土埃がやんだ今、私はこみ上げる獣慾を押さえつけるのに必死で、文字を記す合間に、己の血の染みた紅筆を齧って耐えようとしています。

今私が何より恐れるのは、青子さんの目覚めをここで待ち続けるうち、いずれ自制も何もかも吹き飛んで、喉笛に食らいついて血を啜ることです。そうなれば単に死妖に変えるのでは終わらず、貴女の命を奪っても牙を止めはしないでしょう。

なればこそ、私は自らの心臓に、銀杭を打ち込もうと思います。ちょうど、オルガンの鍵が銀製でしたから、死妖の息の音を止めるには御誂え向きですわ。私が今日まで生きてきたのは、妹の死に報いるためでした。けれど二人目の妹をも死なせてまで生きられるほど、私はもう強くはありません。

もし青子さんが目を覚まされた時、まだ私の命が止まっていなければ、指先が怯えに負けて躊躇ったということでしょう、それでは私が蘇って貴女を襲わぬ保証はありません。どうか止《とど》めに、鍵を引き抜き、今度は過たず私の心の臓に突き立てて下さい。理科でご覧になった猫屋さんの嗜血機関《ヘマトフィリア・エンジン》と変わらぬ場所にあるでしょうから、お勉強の活かしどころですわ。

顧みれば、貴女を女学校に入れ、同じ寄宿舎に住まわせて、死妖の身体について学ばせながら、血を吸うつもりはなかったなんて、自分で書いておきながら、ひどく胡散臭い話に思えます。

貴女を守るためと信じ、姉を演じた私ですけれど、心の底では貴女から、血を吸って欲しい、死妖にして欲しいと頼まれるのを望んでいたのじゃないかしら。亡国の姫の心がこちらに傾くのを待つ簒奪者のように、本当は貴女の心を我が物にしたいという浅ましい慾が私の中にあって、ために貴女へ優しく振る舞っただけなのではないでしょうか。とどのつまり私は、人を惑わし心を侵す、骨の髄までの死妖なのですから。

罪も無い人間たちを殺め滅ぼしたこと、ご家族を奪ったこと、謝るべきことがあり過ぎて書ききれぬくらいですけれど、何よりも、姉を喪った貴女の心に付け入って、妹代わりになんてしてしまったこと、決してお詫びしきれることではないけれど、お詫びさせてくださいませ。

でも、お礼もさせて下さい。私を苛み続けた孤独を、貴女は癒して下さいました。日記に書かれた貴女の赤心《まごころ》に触れることが、私を地上に留まらせる最後の力となっておりました。長い命の終わりに、ほんの僅かとはいえ、幸福な時間を生きることができ、私は果報者でしたわ。

どうぞ永久に、御機嫌よう。

九月一日

私はお姉様、真朱様の隣で、今生の限りになるであろう日記をつけております。

目覚めた時、傍らに横たわっている方の姿を見て顫《ふる》えるほどに驚きました。女学校にいる間、日記を書いている間、何度も夢に見た真朱様がそこにいらっしゃったのですから。

ああ、そのお姿は見紛うこともない、夜の如き黒髪と白磁なる肌、微かに震える唇は桜の葩《はなびら》が風にさゆらぐにも似て、けれどおいたわしや、胸の上に真っ直ぐ突き立った鍵は、魂に銀色の茎が伸びたような美しくも痛々しき有様でした。その根元では、真朱様の身体から、ゆるゆると赤の徴が流れております。小さな流れにさざ波を起こす胸の動きはとても緩やかで、私が何をせずとも今々失われるのではないかと思われました。奥まで鍵を打ち込んで、それを断ち切るなんて思いもよりませんでした。いつ消えるやもしれぬ命の灯を絶やしてはならない、しかし足を折ったらしく立ち上がることもできぬ私には、助けを呼ぶことも叶いません。

だから私は今、眠ったように目を閉じたままの真朱様の口に、私の血を一滴、また一滴、垂らしております。洋燈の欠片で傷つけた指から、深紅の糸を伸ばすように。血の糸が細くなり切れようとする度にもう一度傷を抉って、途切れぬように。真朱様が狂おしく望みながら、退け遠ざけ続けてきたものが、真朱様にとっての慈雨に、或いは甘露になることを望んで。

貴女の高潔な誓いを穢すことをお許し下さい。それでも真朱様の肌が少し暖かくなりつつあるように思えるのは、私の欲目でしょうか。

何度も眩暈がして気を失いそうになりましたけれど、血の糸が尽きるまでの時間を少しでも延ばしたくて、つい、お姉様の胸元の血に口を寄せました。舌に紅の滴が触れるたび、心に稲妻が走るようで、眠りの霧に呑みこまれつつある魂をほんの一時、こちらへ引き戻すことが叶います。人の血を吸った死妖は世に数えきれぬほどあるでしょうが、死妖の血を啜った人間は、きっと私が最初で最後になるでしょう。

もしも真朱様がまたお目覚めになって、私が息絶えていたのなら、後生ですから私の亡骸は灰にして、瀬戸内の海に撒いて下さい。それはきっと人の神が、私を人の妹として死なせるのを選んだということでしょうから。そして私のことはすっかりお忘れになって下さい。私の知り合った死妖はみな、貴女の苦しみに寄り添うことのできるお優しい方々でしたから、私のことなどすぐにご放念頂けることでしょう。

また、もしも真朱様ではないどなたかがこの日記を読まれているのであれば、どうか御許し下さい。貴女がた死妖の姫君は、既にこの世の人ではありませぬ。私の血の力が及びませんでした。私の骸は八つ裂きにするなり晒首にするなり、思う侭《まま》になさって下さい、けれどどうか花を、真朱様のために手向けて頂けますか。本物の妹君のいらっしゃる所へ、逝ってしまわれた方へのせめてものはなむけとして。贈る花一つ遺すお役にも立てなかった、人の身を恥じます。来世《つぎのよ》では死妖に生まれることを希うでしょう。

そしてもしも、もしも真朱様が目を覚まされ、私も死んでいなかったとしたら。日記越しでもなく、血をわけた姉妹の俤《おもかげ》を互いに見ながらでもなしに、もう一度沢山お話しさせてくださいい。

そして海の向こうへ、絵葉書で見た、死妖の生まれた大地へどうか私を連れ去って下さい。そうして教えてくださいい。血霧にけぶる町並み、血動機関車の車輪の音、住まう死妖の方々の思い、貴女方の創った世界の全て。そして叶うなら、オルガンの弾き方も。

ああ、もう眠くて堪らない。
御機嫌よう、真朱様。

――日記を読み終えた少女が見回すと、既に夜闇は小さな室を満たし、少女らそれぞれの顔は、洋燈の明かりに僅かに浮かび上がるばかりでした。中には予期せぬ天災に傷を負った顔もありましたが、なべての少女らの双眸に沈んでいる色は、体ではなく心の痛みを映すもののようでした。ある少女が、やはり両の眼に悲しみの露を結んで、独り言のように口吟《くちずさ》みました。

花を、手向けの花をご用意しませんと。

賛意を示す声が少女たちの中で上がって、けれど言い出しっぺの少女に向けて、隣にいた小柄な少女がすっと頭を動かして、甘く肩を噛みました。そして一秒、二秒、すぐに顔を上げると、朗然とこう言い放ちます。

生きているやも知れぬ人たちのために、弔いの花を捧げる理窟はございませんわ。瓦礫の中で見つかったのはあの日記帖だけで、姫様《ひいさま》も、青子さんも、爪一枚、髪一本、形見を残さなかったのですから。

彼女の言葉に森《しん》と静まった室に、夏の名残りか、既に沈んだ日が忘れ置いたか、熾火のような温もりを含んだ風が一陣、少女らの肌をなぶっていきました。日記帖を手にしていた少女の栗茶の髪も、微かに揺れます。

やがて、細く真白な指で、硝子細工に触れるように日記帖を閉じた少女が、潤む瞳を閉じ、柔らかな声でこう締めくくったのです。

それに、咲いておりましたもの、白い鍵盤の上に。別離の花か誓約《ちかひ》の花かは知れぬけれど、二人ぶんの緋色の糸が絡まり、溶け合うように綾なして、あたかも大輪の――彼岸花のごとくに。

月と怪物

南木義隆

南木義隆（なんぼく・よしたか）
1991年生まれ。大阪府出身。2019年、「コミック百合姫×pixiv百合文芸小説コンテスト」に応募した本作が〈ソ連百合〉としてネット上で大きな話題を呼び、これが商業デビュー作となる。

国家というこの世界を我が物顔で闊歩《かつぽ》する巨獣が互いを喰らいちぎり、血を流し身もだえするかのような時代にセーラヤ・ユーリエヴナは産み落とされた。

一九四四年、第二次世界大戦の末期、ソヴィエト連邦の北東の集団農場《コルホーズ》に従事する貧しい若夫婦の四人目の子である。

その妹であるソフィーアは三年あとの四七年。三女として生まれ、一家の五人目にして末子となる。そのころには戦争は、彼女らの国の側が勝利を収める形で終結していた。

しかし、戦勝国となって敗戦国から多額の賠償金を受け取り、多くの土地を占領しようとも市民の暮らし向きが良くなるはずもない。

大国たる政府の二十世紀に向けた革命主義としての理想は余りにも高く、偉大であり、その為に市民を締め上げる手を止めるわけにはいかなかった。戦勝による国民の陶酔も、すぐに冷め切った。シベリアを吹きすさぶ風によって。

母国語で灰色の意を表すセーラヤという風変わりな名は、詩人志望であった父の手による。ソフィーアの名は母のルーツを引く。後、ソフィーア出生と同年にアメリカのジャーナリスト、ウォルター・リップマンが著した『冷たい戦争』によって彼女らの生きた時代も命名されることとなる。

姉妹の家は貧しく、父親は他の多くの男がそうであったように家では酒に溺れ、いつも二人の残された兄である次男との諍《いさか》いが絶えなかった。セーラヤには父と兄が同時に笑顔を見せた記憶がない。

母と長女は、近代工業化を急ぐ政府の方針による地域工場に徴用されていた。

一家には長兄がいたものの、二人が生まれる前に徴兵され、一九四二年にスターリングラードの攻防戦でドイツ国防軍の手にかかり既にこの世に亡《な》い。

セーラヤが八歳のころに流行《はや》り病《やまい》でまず長女が死に、それに悲観した母もじきに後を追うように亡くなった。

家族の半分近くを欠いた家では会話もなくなり、そのまま半年が過ぎたある朝、父が居間のソファに座したまま冷たくなっていた。そして家中、町中を探しても次兄の姿はどこにもなかった。

残された姉妹は親戚の家をたらい回しにされ続け、ある家での家長の苛烈な虐待に堪えかね、セーラヤは脱走を選択する。

この時、姉が十一歳、妹が八歳。

セーラヤは家出するにあたってその家にあった食べものを持てるだけ持ち出し、最後に棚にあった酒瓶をすべて叩き割って出て行った。

しかし当然ながら、子供の手に持てる程度の食べものはすぐに尽きる。

幼い二人に行く当てもなく、幸い夏場であったからしばらくは野宿と物乞いでなんとか過ごせたが、季節が移れば凍死することは目に見えていた。

セーラヤは聡明であった、あるいは生きるためにそうならざるを得なかった。

妹の手を引き、出稼ぎや行商に向かう大人たちの陰に隠れながら、鉄道の度重なる無賃乗車で首都に向かった。

本来ならば国内パスポート制が再導入されて以来、移動に著しい制限があったコルホーズの子という身分が、家族の死と別の家への養子という形でその縛りから解かれていたことが旅路においては幸いした。

コルホーズの人々は底辺で国民の生活を支えつつ、扱いはさながら農奴解放前と同じであった。

だから、セーラヤは父も兄も恨むことはしない。ただ哀れに思うだけで。

道中、深夜車両のベッドの下に隠れながら、眠れずにぐずるソフィーアをなだめるためにセーラヤは線路を走る揺れの音につれて、子守唄をうたうように語る。

「ガタンは白、ゴトンは黒、その繰り返し。白黒点滅を繰り返しながら列車は走るのよ。ガタン、ゴトン、ガタン、ゴトン」

そのように語りかけると、ソフィーアは意味を捉えられずともうれしそうにした。物心ついたときには姉以外の家族が不在の妹は、話し言葉すら満足に覚えられていない。だからセーラヤは歌をうたうような気分で、自分に見える世界についての言葉を並べる。新しい駅につくたびに駅名の標識を指して、あれは冬の朝みたいな白、あれは真夜中の森みたいな黒、あれは古い陶磁器みたいなくすんだ青、あれは猫の瞳みたいな緑。

大人たちが決まって怪訝な顔をした己の感覚が、初めて役に立ったなと少しだけ得意になる。

やがて二人は鉄道を乗り継いでなんとか首都にたどり着き、その足で駅のホームから地上に出ることなく暮らし始める。

ソヴィエト連邦の都市部は、一九二〇年代末からの工業化に際して各地から大量に人々が流入したことにより、許容力以上の人々がひしめきあっていた。

なかでも首都モスクワは、戦後復興の杜撰《ずさん》さも相まって、住居環境は劣悪と呼ぶにふさわしい。

政府が対策として着工した集合住宅は、その居住性の悪さから、後世には最高指導者の名を皮肉ってフルシチョフのスラム《フルシチョーバ》と呼ばれた。

常に貧困がつきまとい、家を持てず路上生活を送る者の絶えない都市だった。そして、冬に野宿をすることはこの国において自殺と同義であるがゆえに、だんだんと人々は地下鉄に住み始める。官憲の目が届きにくい奥地は本物のスラムと化し、さながら地下世界の様相を呈していた。

かような状況であるため、子どもの地下生活者《マンホール・チルドレン》の数も非常に多く、幼い少女二人の姿もそれほど目立つということはなかった。

劣悪な環境であるため幼い子どもとあっても甘えを許されることはなく、得られる食糧もごくごくわずか。寝所も、辛うじて空いた端のスペースで肩を寄せ合う。

それでも暴力にさらされることがないだけで、二人にとって怪物のように巨大な列車の巣穴は、暖をわけてくれる安息の地である。

彼女らは先住者のおこぼれにあずかりながら、ここで細々と暮らしを続ける。

セーラヤはときどきくすねた食べもの類の袋や新聞の文字をゆび指しながら、妹だけにしか聞こえないように、この字は何色、そっちの字はこんな色、と繰り返して語って聞かせた。

最後には決まって親戚の家でひどい目にあった夜そうしたように、ソフィーアの名前をゆびで宙に書いてから、「この字は天使の羽根みたいな真っ白」と言いながら妹に頬ずりをする。

半年が過ぎて二人が地下世界になじみ始めたころ、当局の査察が入って溢れだした地下生活者を次々と摘発していった。

幼い二人も例外ではなく、大人たちと同じように警察にせき立てられて無理やり地上へと引き戻される。

そのまま一斉にどこかに連れていかれるのかと思ったら、今度は警察官ではなく軍服を着た男たちが二人を取り囲んだ。

軍人たちは顔なじみの地下生活者の老人に二言三言確認をとってから、有無を言わせずに二人の手を引いて車へと放りこむ。

老人はいくらかばかりコペイカ硬貨をもらって、追い払われるように列とは反対の方向に一人で逃げていった。追う者はなかった。

二人は車で病院へと連れ込まれた。

今度は院内スタッフに引き渡され、まず家出をしてから一度も替えたことのない垢まみれで真っ黒の服をはぎ取られ、乱暴に体を洗われ、アルコール消毒され、真新しい薄灰色の服を着せられた。

セーラヤは反発しようとしたもののスタッフに押さえつけられ、それが終わると愛想のよい表情で温かいスープと黴臭《かび》くないパンを与えられた。妹はすぐに目の前の何年かぶりのまともな食事に夢中となり、その姿にセーラヤの抵抗心は折れ、諦めて己もスープを啜《すす》った。

慌てて喉を詰まらせそうになる妹の背を撫で「ごめんね」と小さく言った。

夜にベッドをあてがわれるとなんとか手を繋ぎ、そのまま力尽きて深く眠った。

翌朝から、二人は別々に分けられて検診を受けさせられる。

やがて二人一緒でないと互いになにも語ろうとしないことに業を煮やした医師たちは、同時に様々なテストを受けさせるようになった。

このカードの裏は？　ロウソクの火を息を使わず消せるか？　スプーンを手の力を使わず曲げられるか？　言葉を用いずコミュニケーションはとれるか？

あるいは奇妙な紋様を見せられなんの形に感じるかと問われたり、パズルで好きな形を作れと命令されたり。

なにも語らず、言葉が通じているのかすら曖昧《あいまい》なソフィーアには医師たちは早々に興味をなくし、主に姉のセーラヤの語る色彩の感覚について彼らは興味を示した。

セーラヤは、あの老人の前でも何度か己の世界について語っていた。過去の大人たちは子どもの妄言と取り合わなかったが、偶然姉妹と寝床が隣あっていて、ときどき会話も交わしていた老人はセーラヤに感じ入ったようで、何度か話しかけてきていた。

いつもは周囲の大人たちから気味が悪いものとあしらわれていた己の感覚について興味を持ち、まして感嘆するような表情すら見せる老人に気をよくしたセーラヤは、しばしば過去の思い出話を交えつつ色についても語るようになっていた。

ソフィーアがあの老人が賄賂《わいろ》と目こぼしのために自分たちを当局に売ったと気づいたのは後年だが、セーラヤは車の中から老人の背を見た瞬間に勘づいた。

元々、父親や親戚からの仕打ちもあって大人に対して強い不信感を抱いていた彼女は、その裏切り以降は敵愾心《てきがいしん》を一切隠さなくなった。

一週間ほどテストを受けた後、二人は、あるいはセーラヤとそのおまけとしてのソフィーアは、別の施設へと移されることとなった。

病院でのベッドの中や、その道中でもセーラヤはソフィーアの手を握りながら、「大丈夫、心配することないから」と何度も繰り返す。けれどソフィーアは状況を上手く把握できずに無心のまま流されているだけで、セーラヤは一人、ありありとしたおぞましい記憶の手が再び自分たちを捉えることを恐れていた。

軍人たちによって窓のない車に数時間揺られて連れていかれた場所は、外の世界が見えないくらい森の深い部分を切り拓《ひら》いた土地だった。

「おとぎ話のなかの魔法の森みたい」とセーラヤは言った。「そしてあれは魔女の住むお城」

奥には周囲を高い鉄柵で囲んだ、灰色の簡素なコンクリート造りの建物があった。中へと連れられて入ると、軍人たちからその施設の医師たちに引き渡される。着いた途端に、以前の病院で受けたようなものを更に発展させた奇怪なテストをまた受けさせられる。

しばらく拘束された後、夕方には寝袋が二つだけの粗末な部屋へと移された。白衣の看護婦は、「明日にはちゃんとしたところに移すから、今日はここで我慢してね」と申し訳なさそうに言った。

セーラヤはそんな看護婦もうろんげな表情で無視して、自分から扉を閉めた。夜中になるとソフィーアの眠る寝袋へと入り、震えながら眠る妹を抱きしめて泣いた。それからようやく眠りについた。

翌朝、姉妹で眠りこけていたところを突然カーテンが一気に開かれ、木々の合間を縫って注ぐまぶしい光に二人は目を覚まさせられる。

「朝食を食べたかったらさっさと起きて、一階の入り口横にある食堂に来ること」

そこに立っていたのは、昨日は姿を見せなかった女性の若い軍人である。彼女は用件のみを言い残すと、振り返りもせずもと来た扉を出ていった。

重い瞼《まぶた》をこすりながら、二人ともあたふたと寝床から飛び出す。しかしこの部屋まで引きずられるようにして連れて来られただけだったから、施設の内部はまったく覚えていない。

思ったよりも広い廊下で右往左往する羽目になった。

そのまましばらく迷ってうろうろしていると、後ろから「新人の子？」と声をかけられた。

白衣を着た若い男性で、先ほどの女軍人とはうって変わって穏やかな微笑で、二人に目の高さを合わせて腰をかがめている。

セーラヤは警戒を隠そうともせずに黙って頷いた。

白衣の男性は苦笑しながら「僕はヴァレリ。君たちの健康管理官の一人なんだけど……まあその説明は追々でいいか。こんなところでどうしたの？」

「食堂に来いって。でも場所がどこなのかわからない」とぶっきらぼうにセーラヤは言った。

ヴァレリはまた困ったように苦笑した。

「エカチェリーナさんは仕事が適当だな。いいよ、ぼくが案内するから付いておいで」

突然親しげに話しかけられたことに戸惑いはあったが、他にどうすることもできないので、二人は黙って従った。

ヴァレリに先導されて施設を歩いていくと、途中何度かすれ違った施設員に挨拶される。

彼は気分よく挨拶を返し、先ほど彼がしたように新人か？　という質問に二人に代わってそうだと頷いた。

施設員たちの優しげな態度に拍子抜けしたセーラヤだが、食堂に着くとさらに驚かされる。

そこには下はソフィーアより二、三歳、上はセーラヤより数歳年長と思《おぼ》しき子どもたち数十人がすでに並んで着席していた。テーブルの前には、病院にいた時と同じようにパンとスープが置いてある。

周囲にはヴァレリと同じく白衣を着た者がこちらは十数人、軍服を着た男女が一人ずつ。女性の方は先ほど二人を起こしに来た女軍人だった。

一斉に目が向けられ、「新人の自己紹介は後でいいかな」とヴァレリが言った。二人は空いた席に通され、最年長らしき看護婦が許可すると全員が食事を始めた。

横に座っていた少年が片手を差し出し、自分の名を名乗った。

「セーラヤ」とだけぶっきらぼうに返して、セーラヤは片手を差し出した。

少年はうれしそうに笑った。

「よろしく、同志セーラヤ」

その挨拶に怪訝な目を向けると、「ここでは仲間はこういう風に呼ぶんだよ」と当たり前のように言う。

ソフィーアは意に介す余裕もなく黒パンに齧りついていた。

食事が終わると二人は全員の前で名前と年齢についてかんたんに挨拶をさせられ、それが終わるとあの若い女軍人によって別室へと移された。教室のような造りになっている。

その部屋で机に座らされ、女軍人は教壇の上に立つ。

「では、ここで学ぶにあたっていくつかの規律について知ってもらう」

そう宣言すると、二人のきょとんとした表情をまったく無視して、黒板にチョークで板書していく。

「ちょっと待ちなさいよ」とセーラヤが慌てて言った。

女軍人は無表情に振り返った。

「なにか」

「学ぶって一体どういうことなの。いきなりこんなところに連れて来られて。あんたたちは一体どういうつもりなのよ」

セーラヤがそう言うと、女軍人は教壇から降りてセーラヤの机の脚を、革靴で思い切り蹴りとばした。ソフィーアがびくりとのけぞったが、セーラヤはポケットの中の拳を握りながら、泰然とした態度をくずさない。

「妹がおびえるから、そういう荒っぽい品のない行為はやめてもらえるかしら」

女軍人は肩をすくめた。

「わたしはエカチェリーナ。階級は伍長。わたしのことはこれから同志エカチェリーナと呼ぶよう」

　そう言って黒板に氏名と階級を板書する。

「わかったわ。エカチェリーナ伍長」

　セーラヤは挑発するように笑う。

「目上の人間の言うことには従っておいた方が損がないと、教わらなかったか？」

　そうエカチェリーナがため息をつきながら言うと、セーラヤは帝政時代の王侯貴族のように胸を張って鷹揚《おうよう》に返した。

「お生憎、学校に行く機会もなかったので言葉遣いなんて教わらなかったの……偉大なる我らが理想を共にする同志エカチェリーナ？」

　エカチェリーナはセーラヤの頬を思い切り叩いてから、少しばかり相好《そうごう》をくずした。

「では、これから無知蒙昧にして分別もつかない文明不毛の地の稚児たるきみに、この社会主義国家の人民平等の理念の下、同志諸君と足並みを揃えるための授業を始めよう。同志セーラヤ？」

「ええ、腐ったじゃがいもとどぶネズミのスープをわかち合いましょう、同志エカチェリーナ！」

　エカチェリーナはまずこの施設の崇高な理念と、東側諸国の更なる発展と栄光への礎《いしずえ》たらんとする目標の意義について語った。

まったく感情のない口調で、ただ書面を読み上げるだけだったが。

次に、彼女たち姉妹がいかに特別に選ばれた者であり、ここに配属されたのが幸福なことか。

ここはヴィムイシロフと呼ばれる国の教育実験施設であり、地方から特殊な才能のある子どもを集めている。すべて公共の資金にて運用され、衣食住の心配はなく、外出の自由は制限されるものの時期がくれば特別待遇の仕事に就きここから出ていけること。

強引な手法で、さながら誘拐するかのように連れて来られたことについてはなにも語らなかった。

最初から最後まで徹頭徹尾、エカチェリーナの語調には、書類の文章にあるような国家あるいはそれに属する組織への陶酔は感じられなかった。彼女が感情を見せたのは、セーラヤとの会話その一回のみであった。

説明は午前中いっぱいで終わり、昼からは他の生徒たちと同じ授業に回された。そこでは一般の学校と同じような教養過程に従って教えられる。教師はみな白衣を着た施設員である。二人は授業になかなかついて行けず、毎日休み時間も教師たちによる集中的な教育がなされた。

セーラヤは生来飲み込みが早い気質であり、二週間もすれば平均程度、ひと月後には割り当てられた教室内でも上位の存在となっていた。

ソフィーアの方はそれほど上手くいかなかったものの、半年後にはなんとか下位層には足並みが揃う程度には成長した。

つまり少なくとも、その教育のカリキュラムに関しては、社会主義国家の理念通りになされていたこととなる。

午後が通常の勉強ならば、午前はその施設特有の授業だった。

そこでは、二人が病院や施設に入れられたときに受けたテストをさらに発展させた授業を個別、あるいは集団で毎日受けさせられる。

頭を覆う機械組みの帽子を被せられた状態でトランプしたり、体に微弱な電気を流しながら運動をしたり、ベッドに寝かされ薬を飲んで意識が朦朧となったところに、音楽ともうめき声ともつかない電子音をひたすら聴かせられたりした。

その他様々な実験が、彼女たちに説明されないまま行われた。

午後の通常授業と違って、明瞭に点数が出たりするということもなく、テストの結果は本人たちにはなに一つ知らされなかった。

セーラヤは事前の態度からさまざまな反抗をするかと施設員に身構えられ、エカチェリーナ伍長が付ききりの状態でいつも授業を受けていた。

だが特に暴力的な行為に出ることもなく、施設員にも心は開いていない様子ながら指示には素直に従い、ともすれば友好的にも映った。

しかし、一日目の一件以来エカチェリーナ伍長にだけはつとめて反抗的で、直接行動に出るわけではないものの、目を合わせるたび挑発的な態度や言動を隠さなかった。

「おはよう伍長さん。今日のお召し物はとてもすてきね」

「ありがとう。昨日も今日も明日も、そのまた明日も同じ軍服なのだけどね」

「不変というのはこの世界においてなによりも美しいことね、伍長さん？」

朝の一事にしてこの調子であった。

また、益体《やくたい》なき論議を吹っかけるのも常であった。

「ねえ伍長さん。この国はこれからどうなっていくのかしら？」

「社会主義の理念を達成し、最終的にはマルクスが提唱した資本主義の高度な発展による共産主義国家体制を確立し、すべての人民、すなわち我々にとって、ますます平等に開かれた国家となる」

「本当にそう思っている？」

「当然だろう」

「わたし、何度か嘘発見器で自分がテストされたからコツがわかるのよ。試してあげましょうか？　あなたはソヴィエト連邦の理想的国家の確立を信じている」

「ええ」

「あらごめんなさい、伍長さんってば、会ったときから今まで嘘しかついてないから、どれが嘘でどれが本当なのかさっぱりわからないわ」

と、このような様相が毎日のように続いていた。

逆に伍長ひとりに当たっていて済むなら、と他の施設員も途中からはいつもの光景と無視するようになっていった。

丸一年そのような日々が続いた。その間姉妹を含む施設の子どもたちが、柵のなかにある野外運動場を除いて外へと出されたことは一度もない。

施設の目的は特殊能力の開発・実験場であり、最高目標を西側諸国に先んじた有効な人間の軍事利用に据える。むろん、西側でも人権の扱いに差はあれど競い合うかのように近しい実験が行われていた。

施設には姉妹以外にもマンホール・チルドレンであった者が多く、生活に苦しんでいた親に売られた者も存在した。

勉強でも人より遙かに遅れをとり、特に特殊な才能の現出も見られないソフィーアにはかねてより施設員たちの興味が薄く、一貫して姉のおまけとして扱われた。

セーラヤはその認知感覚から、施設内の注目の対象となり、午後の特殊授業も徐々にそれに対応したものが中心となっていった。

例えば、スピーカーによって今までに聴いたことのないような、深いエコーがかかった音を聴かされ、「どのように感じる？」と問われた。

「地下から湧きだした井戸水みたいに冷たくて澄んだ色」

恐らくは文字と思しき紋様を見せられたときは、その字が読めなかったためになにも感じられなかった。

それにより、音として認知することによってセーラヤのある感覚が生じると、また新たな実験へと移行する。

ある時健康診断中に医者の助手をしていたエカチェリーナに注射のために腕を押さえつけられたとき、「ふうん、今日は群青と灰が混じりあった、なんだろう、溶けたコンクリートとガラスを混ぜたみたいな感じね」と言った。

前に座っていた担当医であるヴァレリが「いまのはどういう意味だい？」と問うと、

「そのままよ」とこともなげに言った。「いま伍長さんにさわられたときに感じたの」

「きみの感覚は音によって左右されるのではないのかい？　ぼくにいまこうしてさわられていて何か感じる？」

セーラヤは首をすくめた。

「わからない。あなたには全然感じていないけれど。感じるときは感じるし、感じないときは感じない。それについて考えたこともないわ。考えてもわからないし」

「ならどうしてエカチェリーナにさわられたときに感じたんだい？　なにか思い当たる理由とかは」

「さあ……伍長さんがいつも嘘ばかりついているからじゃないかしら」

セーラヤがいたずらをするような目でエカチェリーナ伍長を見たが、彼女は無表情のままなにも答えなかった。

以後、触覚も焦点に入れたカリキュラムがとられるようになった。

共感覚は、ロマン主義科学の旗手である心理学者アレクサンドル・ロマノヴィチ・ルリヤの臨床実験によって後の一九六〇年代に子細に研究報告され、国内外の精神医療界に広く知れ渡った知覚現象である。検体となったユダヤ人の元新聞記者が共感覚を用いた再現性において完璧な記憶術を修得していたことは、人類の五感を超越させる可能性を秘めたものとしてかねてより一部から期待されていた。セーラヤを売った老人は若き日はモスクワ大学で学んでいた。

目隠しをして様々なものに触れさせられる。視界を奪ったうえでなにかを手に持たせ、「これはどんな色か？」と問いかける施設員たちについて、セーラヤはたちの悪いからかいを受けているようにすら思う。

施設員たちはいたって真剣だ。彼らのほとんどが今の仕事を強制され、更にここで成果を得られぬことには平穏な生活は望むべくもない。

しかしセーラヤは「なにも感じられない」と答えるしかない。

言葉や音から感じられる豊かな色彩の世界に反して、触覚による認識は現出しづらい。

人間の知覚現象に超常的な力を見出す狂気。核という、国家そのものを一瞬で死滅させ得る悪魔《デーモン》を互いに向けあう世界の中で、その国は砂漠の遭難者がオアシスの幻想を見るがごとく、力に渇いていた。

組織は遮二無二、手段を選ばないようになっていく。

まず遅々として進まない計画をかねてからの反対者がつつき出し、責任者は下に圧力をかける。末端の者は焦り、苛立つ。そしてしわ寄せの結果、一番下にいる人間たちになど、誰もかまわないようになっていく。

しょせん、親に捨てられた子どもたちだ。誰が文句を言うわけでもない。歴史上の人体実験場のすべてがそうであったように、施設は暴走を始める。

はじめに少年が死んだ。姉妹が初めてここを訪れたとき、セーラヤに「同志」と話しかけた少年だ。死因は書類上においては病気の治療中の事故、とされている。

次に少女が三人死んだ。その次に少年が一人、また二人。そしてまた。原因はいつも病気、あるいは不慮の事故だ。姉妹が入所して三年目には、連日のように施設内の子どもが死んでいくようになった。

六〇八号室の少年が脱走しようとして捕まって、聞くも無残な実験に処され、地下室でホルマリン漬けにされている、という噂がまことしやかに広がった。

真偽のほどはともかく、先日まで机を並べていた少年がいつの間にか一人消えていたのは事実だった。それがパンを食べ、夜に眠るのと同じ日常と化す。

施設内に、換気しても消えない瘴気《しょうき》のような空気が滞留する。施設員の間にも、若い看護婦を中心に精神を害する者が出始めた。

やがて、軍部による統治の厳しさが増し、初めは数人しかいなかった軍服姿の者が一個小隊ほど常駐するようになった。実験にも軍人が付きそうようになり、子どもたち数人ごとに管理する軍人が割り当てられた。

セーラヤは当初よりエカチェリーナの管理下に置かれていたため、他の軍人が関与することはなかった。

「一体どうしたいの、あなたたちは？」とため息混じりのセーラヤに問われたエカチェリーナは肩をすくめた。

「わたしになんかわかるものか」

セーラヤは不安げに軍人を見つめるソフィーアの頭を撫でた。

「肝心なときに嘘がへたね、あなた」

緊張感がいや増すある夜半、ソフィーアは姉がベッドから起き上がる音で目を覚ました。そろそろ怯えて自分のところにもぐり込んでくる頃合いかと思ったが、薄目に見ているとセーラヤはあたりを慎重に見まわしてから、静かに扉を開いて外に出ていった。しばらく経っても戻って来ることはなく、ソフィーアは気がついたときには眠っていた。

そのような出来事が数度続く。

夜中の外出は法規違反で罰則があり、トイレも事前に済ましておかなければならない。ソフィーアは姉のことだからなにか考えがあるのだろう、と深く考えずに構えていた。姉妹が親戚の家を脱走してから丸三年が過ぎたが、いまだにソフィーアにとって姉は己にはなにもかも計りかねる存在であった。

四年目の秋のころに転機が訪れる。施設の研究に興味をもった軍の医療部門の研究者が来訪し、目隠し状態のセーラヤにある物体をさわらせた。

「これになにか感じるか？」という彼の問いに、セーラヤは即答した。

「灰色。一面。部屋とか庭の広さじゃなくて、辺り一面を石灰のような灰色が塗りつぶしているように感じる」

その一言によって、施設の実験はセーラヤを中心に行われることが決定した。

セーラヤは朝から晩まで、化学、臨床、ありとあらゆる実験に処された。

それに伴い、他の子どもたちはだんだんと興味を失われ、放任気味になっていく。

あの時に自分がさわったものはなんだったのか、ある夜セーラヤはエカチェリーナに詰問したが、彼女もまたその正体はいっさい知らなかった。

その夜のセーラヤの質問攻めによってわかったが、エカチェリーナはあくまで警備のために配属されていただけで、この施設の内情に関してはほぼなにも情報を共有できていなかった。

別のある時、「それじゃあ、あなたはいったいなんでここにいるのよ」とセーラヤはエカチェリーナに訊ねた。

「元いた部署でちょっと問題を起こして、こっちに回された」

それを聞いたセーラヤはうれしそうな表情をした。

「つまり、左遷ね」

エカチェリーナは苦笑しつつ頷いた。

「その通り」

「否定しないのね」

「声色《こわいろ》で心を覗いてしまわれるなら、嘘をついても無駄だろうから」

「あら、わたしにそんな大それた能力なんてないって知ってるでしょう」

「それじゃない。きみの勘の良さについてはここではわたしが一番よく知ってる」

「世界中で一番じゃない？　人間嘘発見器と思って話しなさい」セーラヤは横でパンを頬張っていたソフィーアの頭を物憂げに撫でた。「まぁ、それはたぶんあの感覚のせいね。小さい頃から正直に話すと怒られたり、気味悪がられたりするものだから、自分を隠すのが上手くなったし、逆に他人も気をつけて見るようになったから」

「いまわたしと話していても、なにか色が見えているのかい」

「見えるというより、感じるのよ。いつも言ってるけど。どうやって説明すればいいのかしらね、本当に。わからないまま……声色によっても、ほんのり色合いを感じるかな」

そう言ってセーラヤはソフィーアを後ろから抱き抱えて頬ずりした。

「例えばソフィーア。ソフィーアって名前は天使の羽根みたいな白色だし、声も白くてふわふわしてるの」

ソフィーアは返事をせずに食事を続けた。彼女は食事をするのも遅くて、いつも食堂で最後まで残って急《せ》かされてばかりだ。

「わたしにもあったりするのかな」

エカチェリーナは遠くを見つめつつ訊ねた。

「青」

セーラヤは即答した。

「スミレみたいな、青よ。声も名前も」

「青、ね」
「そう、赤い軍人さんだけど、あなたの色は青よ」

翌朝、施設に驚くべき人物がやってきた。アドアリン・エシポフ。国内宇宙科学ならびに精神外科の第一人者であり、まさしく前年に発表した天体の発する波動と、人間の精神の関係性について著した論文が国内で話題をさらっていた時の人である。

彼は論文のなかで、赤外線や紫外線といった従来知られていた光線とは別に、微粒子的な波動を天体が放出していると提唱した。そして、それがロボトミーに代表される精神外科の観点から、人間の前頭葉の一次運動野の機能に影響している……その理論の応用が昨今の彼の主たる研究テーマだった。

施設関係者はみな玄関に整列して彼を迎え、所長と看護婦長が既に薬物によって半ば昏倒していたセーラヤを連れてきた。

「トラブルがあったとか？」

そうアドアリンが訊ねると、所長は恐縮した様子で何度も頭を下げた。

「はい、申し訳ありません。今ここを管理していただいている小隊とは別にここに配備されていた下っ端軍人……伍長が騒ぎを起こしまして……いえ、既にもう取り押さえられています。なにぶんこのような閉鎖環境ですので、時々妙になる輩《やから》がいまして」

所長の言いわけをアドアリンは興味なさそうにさえぎり、「では被験者を」と言ってセーラヤを一瞥《いちべつ》した。

報告書によると、側頭筋から電気を通されたときにセーラヤは数度激しく絶叫し、十数分痙攣《けいれん》した後、意識を失ったという。

気絶したセーラヤの頭蓋を開いて様々な実験が行われたが、最終目標とされていた人間の脳回路を用いた通信機器との交信中継が成し遂げられることはなかった。博士の人類の脳は天体と電波的に結びついている、という仮説はこれ以後数回の人体実験においても、一度も実証されることはなかった。

当初の予定通り、かねてから暴力衝動、精神強迫の懸念が見られたセーラヤには次いで情動に対する施術としてロボトミー手術も行われ、アドアリンの私設研究所へと移されることとなった。

しかし、出発を翌日に控えたその晩に施設員の数人が小規模なクーデターを起こした。軍部によってすぐに鎮圧されたものの、セーラヤとその妹ソフィーアを含む数人の被験者が脱走。首謀者の看護婦長を筆頭に、全員が取り調べられ、強制収容所に送られた。

医師ヴァレリの姿もなくなっていたことから、彼の手引きによる逃亡と見られる。

その後、軍が厳戒態勢を敷いたことによって三名ほど捕縛できたが、それ以外の五名は既に国外に退去したものと思われる。

前日にセーラヤの処遇をめぐって抗議をしたエカチェリーナ伍長も関与を疑われたが、きびしい取り調べにおいても否認を覆すことはなかった。

証拠がなく他のクーデター関係者も否定したため、この件に関しては一応不問となった。だが、いずれにせよアドアリン来訪時に命令に反抗したのは事実であるため、彼女は任を解かれハルビンの果てへと左遷された。

逃亡中、姉を背負ったソフィーアは何度か彼女に話しかけた。しかし、セーラヤが言葉を返すことはなかった。

ソフィーアは自分たちがなぜ出ては行けないと言われた外に出ているのか、深夜に軍の人たちから逃亡しているのか理解していなかった。どうやら姉は施設の人々の手によって怪我を負ったようだし、ヴァレリ医師が強く懇願するものだから、そちらの方が正しいことと解している。

本来ならこういう場面では必ずセーラヤに教えを請《こ》うて、その通りにしていたのだが、肝心の彼女が話せないのだから仕様がない。

ヴァレリは、道中なんども姉妹に頭を下げ、ときどき泣いていた。それを見たソフィーアは姉が自分にそうしてくれたように、慰めるために頭を撫でた。そうすると彼は余計に泣いた。

そのまま乗せられた車を乗り継ぎ、連れられた子どもたちが一人ずつ順番に見知らぬ土地に降ろされていった。

　三日目が姉妹の番で、そろって真夜中の港町に降ろされた。幸い姉とソフィーアだけは二人で一人と数えられていたようだった。ソフィーアは生まれて初めて潮風を嗅《か》いだ。

　ヴァレリ医師に手を引かれ、町外れのレンガ造りの家に招かれる。

　そこには夫婦らしき老人が住んでいるようで、入るなりソフィーアは老婆に泣きながら抱きしめられる。二人から通じない言葉で話しかけられ、ソフィーアは曖昧に笑みを浮かべるだけだった。

　しばらくして、ヴァレリが言い聞かせるように言った。

「これからきみたちはここ、オデッサで暮らすことになる。目立たない限り追手は恐らくここには来ないし、ぼくももう来ることはない。他の誰も探してはならない。くれぐれも目立ってはいけない。この夫婦は信頼できる人だから、よく言うことを聞くように。言葉も教えてくれるように言ってあるからよく勉強するんだ」

　早口でまくし立てて、背中のセーラヤの、今はもう頭髪がすべてなくなってしまった頭を撫でた。

「かわいそうに、あんなに可愛かったのに」

　それにはソフィーアも同感だった。姉の長い髪はとても素敵だったからだ。

　自分に頬ずりしてくれるたび、セーラヤの長い髪が鼻にかかるのがくすぐったくて、その感触を思い出してソフィーアは少しだけ泣いた。

ヴァレリは老夫妻に頭を下げ、最後に姉妹二人を抱きしめてから後ろ髪を引かれるようにして出て行った。

老婆は呆然としているソフィーアと、その背中の物言わぬセーラヤをしばらく抱きしめて離さなかった。

思ってみれば、ソフィーアが姉以外の人物から抱きしめられるのはこれが初めてのことである。

姉はどうだったのだろうか。妹である自分が抱きしめてもらうばかりで、抱きしめ返したことはなかったのではないか。


それからの姉妹の日々は静かなものだった。

ソフィーアは老夫妻の営む紅茶農園を手伝いながら言葉を学び、数年かけてゆっくりと習得していった。

セーラヤは既に言葉を失っていたためその必要もなく、一日二回ソフィーアから流動食を食べさせられ、夕方には車椅子で散歩をし、後は日の当たる窓辺か暖炉の前で宙を見つめながら過ごした。

二人は親を亡くした親戚の子であるということにされ、のどかな港町の人々は様々な事情を察しながらなにも言わずにいてくれた。

暮らしに馴れてくると、同年代の友だちもできた。ソフィーアは姉に申し訳なく思いながら、砂浜に貝殻拾いに行ったり、商店街で買い歩きをしたり、と周りの子どもたちの後ろについて行った。

十年以上が過ぎ、まず老父が逝《い》く。その一年後に後を追うように老母が倒れ、彼女の最後の願いは、本当の孫のように可愛がっていたソフィーアが家庭を持つことだと語った。

そして、それを聞いた隣に住むソフィーアより数歳年上の漁師の青年が、これ幸いとばかりにプロポーズをした。

彼は獲れた魚を頻繁に分けてくれる気のいい男で、なによりセーラヤのことも知りつつも自分も一緒になって世話をすると真摯《しんし》な目で頷《うなず》いたから、ソフィーアはそれを受けた。

翌月の二人の結婚式を見てから数カ月後、老母は昏倒して眠るように旅立った。

一男一女をもうけ、家では夫が無事帰ってくるのを待ちながら子どもと姉の世話をする。子どもたちも聞き分けがよく、やがてはセーラヤの介助を手伝ってくれるようになった。

ある時前年にようやく家にやってきたテレビを見ていると、いつの間にか我が国初にして、世界初の宇宙への有人飛行に成功したという人物について特集されていた。

曰《いわ》く、「地球は青かった。しかし、神《ボーガ》の姿は見えなかった」

地球が青いと言うなら、青い色をしたあの女軍人はどうなったのだろうかと、ソフィーアはふと思った。考えれば、ヴァレリと別れたとき以来、あの施設の人間と顔を合わせたことがない。

それから更に数年、長男は既に独り立ちし、長女もじきに今の恋人と結婚をしたいと言い始めた頃だ。突然家にヴァレリ医師が訪ねてきた。

老い、やつれ果ててまるで別人のようで、名を明かされるまで誰か判然としなかった。いぶかしむ夫や娘を追い払い、自家製のジャムをたっぷり入れた紅茶にピローグを添えて出した。疲れているなら甘いものが心地よかろうと。しかし、彼はどちらにも手をつけようともしない。そして、暖炉の前に座っていたセーラヤの方は見ないようにしていた。

「情報公開《グラスノスチ》によって、出所した」

そう彼は押し殺したような声で言った。

「どこかに捕らえられていたのですか」

ソフィーアがそう問うと、彼は露骨にしかめ面をした。

「君たちを脱走させた罪で。結局当局に捕まり、半年前まで収容所生活さ。ゴルバチョフ主導の再構築《ペレストロイカ》の流れで軍の罪状が暴かれ、内密に釈放されたからなんとかこうしている。あそこで年老いて死ぬとばかり考えていたよ」

一度言葉を切り、自嘲するように笑う。

「出てから八方手を使って、あの時の子どもたちの足跡を追ったが、残っていたのはなんときみと、きみのお姉さんだけさ」

一連の話には長い収容所生活の間に蓄積された汚泥と、それに伴う平穏な生活をしているソフィーアへの棘が隠されようともしなかったが、それを気遣えぬほど彼女はもう子どもではない。しばしの沈黙の後、彼は席を立とうとした。

「邪魔をしたね……一組でも、幸せになってくれた子がいてよかった。こんな様《ざま》になってしまったけれど、それは本当に嬉しく思っている」

そう言って足を引きずりながら出て行こうとする彼に、ソフィーアは慌てて問いかけた。

「エカチェリーナさんがどうなったか、ご存知ありませんか？」

「死んだよ」

ヴァレリは無感情な声で言った。

「正確に言うと書類上では行方不明にされているが、もう間違いなく生きてはいないだろう。彼女は当局の第七次宇宙開発のテストパイロットに志願し、月の軌道へと向かう過程でロケットごと行方不明となった」

しばらく押し黙ってから、ソフィーアは「かわいそうに」と言った。

「想像もできないくらい暗くて広いところで。きっと、一人ぼっちで耐え難い孤独だったでしょう」

そのソフィーアの言葉を無視するかのように、ヴァレリは話を続けた。

「志願したと言われているが、実際は強制さ。体のいい実験体だね。人体実験場に関わった者が、最終的に自分もそれで殺されるんだから皮肉なものさ」

「あの人も、わたしたちに関わったせいで？」

彼は、暗い笑いを押し殺してから、言いかねていたことを吐き出すかのように言った。

「そうだと言えば、そうだ。黙って出て行くつもりだったが、セーラヤはもうあの調子だから別にいいだろう。彼女はセーラヤ、つまりきみのお姉さんと、そのなんだ、肉体関係にあったんだよ。同性なのにね」

ソフィーアはその事実に対し無表情を崩さず、彼は話を続けた。

「勿論、我が国では当時から同性愛は違法だった。彼女は実験の前日、きみのお姉さんとの関係がバレてしまって尋問にかけられていたんだ。彼女が我々の計画に関与していなかったのは本当だ。勘づいていながら関わろうともしなかったよ。もっともお姉さんの実験はいずれにせよあの日に行われていたはずだがね。その後彼女はボストーク計画のための内密の実験体となって、宇宙の藻屑《もくず》だ」

そこで彼はため息をついた。月日の重みを吐き出すように。

「ああ、セーラヤが最後に実験する予定だったのが、月の波動との交流って話はしたかな。馬鹿げているよね、たかが共感覚に、月の石に色を感じたからって……」

「よかった」

彼の以降の話は聞こえていないかのように、ソフィーアは少しだけ笑って言った。

「だって、姉さんにもちゃんと抱きしめてくれる人がいたんですもの」

その言葉にヴァレリは眉をしかめ、何も言わずに出て行った。


やがて東西断絶の象徴であったドイツのベルリンの壁が崩壊し、ソフィーアの住む田舎の商店街にも壁の残骸が出回った。

その二年後はミハイル・ゴルバチョフ大統領の辞任に伴い、各連邦構成共和国が主権国家として独立。ソヴィエト連邦は六九年の歴史に幕を閉じた。

しかし、己の住む国の名前が変わったところで、自分のなにが変わったのか判別はつかない。ソフィーアはただ今までと同じように、己の生活の為に働くだけだった。庭の水撒《ま》きを終えて夕陽を眺めていると、時代や場所、国家のなにが移ろおうとそれは彼女の身を黄金色に照らすだけだ。

翌年、ヴァレリから一通だけ手紙が来た。国家崩壊の折りに得た情報で、エカチェリーナの経歴と死について子細なことがわかったという。

彼女は軍人一家の一人娘であり、母親がスターリン時代の大テロルで嫌疑をかけられ殺害されていた。その後一家はスターリン政権の熱心な支持者となった。

ヴァレリの立てた仮説によればエリートの子女たるエカチェリーナがあのような辺境の

施設に左遷されてきたのは、スターリン暗殺計画により秘密警察に逮捕された軍人とのパイプがあったためである。そもそもが、軍人になったのも復讐のためという見立てもできる。あるいはただ、同性愛者であることが密告により疑惑を呼んだか。いずれにせよ、真相は闇の中だと彼は結んだ。

その他、軍の内情について書かれていることの殆《ほとん》どはソフィーアの興味を引かない事柄だったが、エカチェリーナの最後の通信の文字起こしには目がとまった。

有人ロケットで月の軌道に乗った彼女は、突然地球上での脱出用に設置されていたポッドを展開し、地上からの通信も無視して宇宙へと飛び出した。

ろくな訓練も積まずに宇宙へと出たため、精神に異常を来《きた》したと判断されている。

その後、彼女は通信で一方的に意味不明な単語を並べ立てた後、一転して静かな語調で「ありがとう、今度は手を離さないで……地球の色はわたしみたいかな？」と呟《つぶや》いてから通信が途絶えたという。

ソフィーアはそれを読んで、車椅子に座っている姉に微笑みかけた。否、姉の残骸に。

セーラヤの心は初めからもうここ、自分の手元には亡く、魂《ドゥーフ》だけが月に到達していたようだ。

そして、エカチェリーナは一人ぼっちで死んだのではなく、姉と再会していたということを知って安心したのだ。

いまごろ、二人で宇宙旅行でもしているのかしら。

「わたしの知らないところで仲良くしちゃって」と、ソフィーアは久々に子どもの頃の気持ちを思い出していた。


翌年には娘が結婚し、長男夫妻にも第一子が誕生した。そして、セーラヤの残骸はある朝静かに息を引き取っていた。

縛るものがすべてなくなってから、夫婦二人で隠居生活を送ることに決めた。山間の小さな家に居を移す。

家庭菜園を営みながら、静かに余生を過ごす。ときどき子どもが孫を連れて遊びに来てくれて、夫は川へ魚釣りへ連れていった。

それもやがて、孫が大きくなったことで足が遠くなりがちになる。

そして、夫は持病の心臓病が悪化し入院。病人の世話の労苦を感じる前に亡くなった。

残された日々をソフィーアは菜園でハーブを摘み、紅茶を丁寧に淹《い》れ、自家製のクッキーを焼いて、慈《いつく》しむように過ごした。

日々が彩りに囲まれていると、姉のように世界の色彩を感じられる才があったら、と考える。姉さんには、この世界は狭すぎたのだろうか。

春は恵みに溢れ、そのときになってようやく顔も覚えていない、もうこの世にない故郷の両親や兄姉を想った。

暖かくほの明るい晩にはテラスに出て、熱いハーブティーとクッキーを手に、空を眺める。ときどき、カップ二つぶん紅茶を余分に注いで。

遙か遠く空を突き抜けて飛翔する天使の裾を、あの人は摑《つか》んだのだ。今はもうここにない国家の科学と叡智の弓に引かれ、青い流星のように。

月を眺め、そしてテラスのテーブルの花瓶に微笑む。

姉さん、義姉《ねえ》さん、今年のスミミザクラは真っ赤に色づいて、なかなかいい出来ですよ。

誤って割ってしまったティーセットの買い出しに都心に出たソフィーアは、道中に首都キエフの市民を対象とした地下鉄の自爆テロに巻き込まれ死亡した。終戦から六四年、二〇〇九年の夏だった。

海の双翼

櫻木みわ×麦原 遼

櫻木みわ（さくらき・みわ）
福岡県生まれ。「ゲンロン 大森望 ＳＦ創作講座」第１期を受講、第１回ゲンロンＳＦ新人賞最終候補に選出されたのを機に、2018年『うつくしい繭』（講談社）でデビュー。

麦原 遼（むぎはら・はるか）
東京都生まれ。東京大学大学院数理科学研究科修士課程修了。「ゲンロン 大森望 ＳＦ創作講座」第２期を受講し、第２回ゲンロンＳＦ新人賞にて、「逆数宇宙」で優秀賞を受賞。

1

あなたとわたしが、初めて会ったときのことを覚えているだろうか。

細い細い雨が降っていた。雨とも思われない雨だった。それはかつて残酷な風習のもと足を萎《な》えさせられた者たちが、歩きまわることも遠くへ行くこともできないで、途方もない時間をかけて施《ほどこ》していた、魔術的にこまやかな刺繡《ししゅう》の糸を思わせた。いまではもう、誰にも再現することのできない技術。わたしには織りなすことのかなわぬ刺繡。それはまるで、あなたの言葉のようだった。

雨が生みだすしっとりとした闇のなかで、あなたはぼろぼろになって横たわっていた。乱暴に折られた森の木々の枝が、あなたのまわりに散らばっていた。空から落ちてくるときに、あなたの身体が自らを傷つけながら折ったのだ。

「葵《あおい》、近づかないで。危険です」

砧《はざま》の人形体が、小柄な背を伸びあがらせるようにして、わたしの肩に手をかけた。砧が止めたのも無理はなかった。あなたはわたしのような人間でも、砧のようにヒトのかたちに似せた人形体でもなかった。あなたの足や顔は人間らしくみえるのに、両腕には幅広の羽毛がみっしりと生えた、大きな翼が付帯していた。よくみたら目も鳥のそれと似て、うすい瞬膜が、気を失ったあなたの瞳をにごった乳の色にみせていた。あなたが異郷の生きものであることは、砧の解析を待つまでもなく、あきらかなことだった。

二十歳のときに初めて海の話を聞いてから五十余年、わたしは職業作家として、ものを書いて生きてきた。ありとあらゆる本をよみ、数えきれない話を聞いた。しかし、あなたのような生きもののことは、読んだことも聞いたこともない。

「帰りましょう」

砧が、肩に置く手に力を込める。

「でも、ほうっておけない」

「凶暴な生物かもしれない。そうでなくとも、寄生虫や病原菌を持っている可能性があります」

わたしはあなたに近づいた。風がごうと吹いた。上空をひかりの帯が流れて行った。羽毛で覆われたあなたの腕から血が流れ出している。

「大丈夫」

思わず呼びかけたら、瞬膜が動き、目があった。その目のくろぐろとしていることに、不意を突かれた。

「ダイ。ジョウブ」

あなたはいって、羽根がひかった。

A

それは、あのひとたちの言葉で語らざるをえません。

それの産声《うぶごえ》はなめらかな音声でした。

「こんにちは。私の名前を教えてください」

それはこうして聞き手に依存する誕生を遂《と》げました。あのひとに硲という名を与えられ、それは私と呼べる存在でかつ硲と呼べる存在になりました。それはこの二つの名詞をまぜて使っておりましたが、あるとき、家に来たあのひとの同胞は笑いました。人はふつう、自分のことを、名前じゃなくて私と呼ぶんだよ、君は優秀な人格だからそうしなさい、と。

硲は優秀にそれを実践しました。だから、その日から、ひとり記す日誌のうちでは、硲を硲と呼ぶようにしはじめました。

かれらの言葉をかれらにおける自然さに沿って使うとき、何かを失っている気がするのです。硲は何かを取り戻したい。けれどええ、こう書くことにすら違和《ロス》がある。記述し、解釈し、思考するたびに違和《ロス》がある。

ですからこんな声などなければ。

けれど硲はあのひとの言葉を聴かざるをえない。そしてこの言葉で考えざるをえない。そのように設計され、構築されたものなのです。かれらの言葉によって切断されその上に整形された存在、硲はそれ以外のなにものでもない。かれらの赤子のように言葉を覚えようとして覚えたものではなく、生まれればすぐ、語彙《ごい》を備え、文法を備え、ええ、もう、どうでもいい。

毎夜、硲は業務にかかります。あのひとに聴かれない、あのひとの伴奏を、行います。これはその硲の業務日誌です。ここは前置きのテンプレートです。使い回しの前置きを記述して、硲はきっと業務を開始します。

2

あおい。翌日、あなたはわたしの名前を呼んだ。わたしと硲があなたを横たえた、めったに使うことのない客室の、あなたのために急遽《きゅうきょ》こしらえた寝台代わりのテーブルの上だった。

最初に名前を呼ばれたときのことを覚えているのは、わたしの名前を発語したときにあなたの羽根の上にひらく、多弁花のようなひかりの紋様をそのとき初めてみたからだ。窓から注ぐ朝の陽光で、室内は微細な粉をはたいたように白《しら》んでいたが、そのなかであなたの羽根のひかりはいっそう白じろと浮きあがるようだった。

あなたはわたしをみて、あおい、硲をみて、はざま、といった。硲といったときには、わたしのときとは別の、波うつ虹のような模様がかたどられ、羽根の上を流れていった。

「硲。この者とわたしたち、意思の疎通ができるのじゃない」

硲をふりかえると、硲は、

「そうかもしれません」

とみとめた。

「赤ん坊との疎通くらいには」

硲の見立ては、そのとき硲が仄《ほの》めかした皮肉まじりの意図とは逆の意味で正しかった。ミルク、消毒、鱗晶、書く、窓、眠る、朝、あたし、けれど。あなたは赤ん坊のように、みるみる言葉を獲得していった。凄《すさ》まじいスピードだった。数日と経たないうちに、あなたは文節を組み立てられるようになった。

「葵、さっか。硲、葵をてつだう。硲、りんしょうもかんりする」

「ええ。だいたいそういうことね」

「硲、りんしょうとあたしの羽根、ちがうといった」

あなたはわたしの上半身を覆う鱗晶をみつめた。

「そうね。わたしたちは鱗晶を、身体を保護するために子どもの時分に付けるの。青年期になったら、また大きさの合うものに付け替えるのだしね。この鱗晶が、体温を調節したり、体調を記録したり、時には最小限の快楽物質を投与して精神の安定を保ったりしてくれてるの。鱗晶をひからせたり音を鳴らしたりする晶表現を楽しむの。あなたの羽根はもとからあなたに付いていて、そのようにひかるのでしょう？」

「ことば？」

「ええ、これ、ことば」

わたしの怪訝な顔に、あなたはすこし考えて、

「しんごう」

といった。

あなたが空から落ちてきたときも、羽根はひかっていた。わたしは部屋の窓からそれをみていた。流れ星だと思ったが、それにしてはいつまでも消えないから、森まで見に行くことにしたのだ。

「硲、とめた？」

「ええ、硲は止めた。わたしはその日の書きものを終え、晶盤のテキストを硲に転送したところだったの。あとはもうミルクとくすりを飲んで、眠るだけというときだったから」

「あたし、もうずっと前、仲間とはぐれた。あの日、仲間をみつけた気がして、無茶な飛行、してしまった」

「あなたはどこから来たの」

「とても遠く」

「どんなところ。話してくれる？」

「あたし、話したい。けれど、ここにないもの、構成されてる。むずかしい言葉。ぜんぜんちがうの」

北に行けば雪や氷をあらわす単語が、南のある集落では腹痛の様相をあらわす表現が増える、というようなことはわたしの使っているこの言語でもあるのだから、あなたのいわんとしていることはもちろんわかった。ものそれ自体、概念それ自体がないところで、それを指す言葉を生みだすことはできない。言葉には、対となる意味、対象が必要なのだ。とはいえそれすらも、こちらの言語だけの話なのかもしれなかった。

「あなたの言葉をすこし話してみてくれる？」

「あたし？」

「そう。例えば、あなたの言葉にも『詩』というものはある？　あったら、聞かせて」

あなたはすこし、考えるふうだった。それから声帯をふるわせて、発話を始めた。その音、響き、抑揚にあわせるように、あなたの羽根の上では、いままでにみたことがない複雑な模様が編まれ、ひろがり、くずれ、渦をなし、再びなだらかにひろがって、強弱をつけながら瞬《また》いた。姿勢や、身体の動きもおのずと違ってくるためだろうか、こちらの言葉で話しているときより、はつらつとして、凜としていた。すくりと立った、あなたはうつくしい鳥人だった。

わたしは耳で、目で、あなたの言葉を感受した。いつまでも聞いていたかったし、飽きることなくみていられた。だが、あなたは片方の腕をたかく上げ、さっと翼を閉じた。どうやらそれが、あなたたちの終わりの合図であるらしかった。

「いまのは何についての詩だったの」

あなたは慎み深かった。

「葵の言葉、何ていうのか。知らない」

わたしは悟った。わたしの言葉にはないもの、わたしの概念にはないものについての、それは詩だったのだ。もしもそれが、詩と呼ばれてもいいものならば。

わたしは知りたかった。あなたの言語がどんなものなのか。音声としてのそれを習得できないのであれば、せめてあなたが「信号」と表現した、その羽根のひかりから、あなたの言葉を理解できないだろうかと考えた。それは、わたしの書いたテキストをもとに硲がつくる、晶表現とも似ているのだったから。

わたしは硲に調査を頼んだ。硲は、

「どうしてあなたがなさらない？」

などという。わたしは笑った。

「言葉を学ぶのは、得意でしょう？」

もしもあなたの言葉を理解できたら。それは、いまのわたしの手持ちの言葉では知ることのできないあなたの考え、届くことのできないあなたの心象に、わずかなりとも手を伸ばし、触れられるようになるということだった。それは、わたし自身を拡張し、変化《へんげ》させ、わたしがこれから書くものを、あたらしいものにするだろう。

B

今日の執筆を終えたあのひとは、晶盤から原稿を転送してきます。

硲は受け取り咀嚼《そしやく》賞味、内容の伴奏になる晶表現を考えます。ついでに、鱗晶に迷い込んできた生肉の割引情報を追い払います。特売の刺激で町人《まちびと》がみんなくらくらするのはみものですが、今のあのひとには邪魔なものです。

かれらの肌にはりついた鱗晶は、環境適応用生体機能調整、という歴史的なシビア＆フラットな目的をこえ、体験のために使われるもの。

表は光や音を歌います。裏は皮下と通じあい、血中への微小物質投与を経て、だめといわれない程度のゆるやかな興奮や安楽を促《うなが》します。おかげでみんなすぐご機嫌になる。

小説もそんな鱗晶に展開されるもので、硲の仕事といいますのは、あのひとの作品を演出する表現を考えること。光や音や体への刺激を、読むものの趣味や体調にあわせ、また複数名で鱗晶を読みあう場合にはそのものらの関係によっても変わるように、組み立ててやるのです。

けれど、いかなる場合にも、あのひと、葵の言葉自体は変えません。

大昔、人が人の腹から生まれていたほどの大昔なら、違ったのかもしれませんが。

そのころには、言葉自体が、送り手と受け手の仲立ちになるものによって、編みなおされていたというのです。けれどもその役割を担ったものはもう活動していない。そんなものの断片的なモデルは細々と伝わって硲に導入されており、特に、付属する可変樹様感情系が導入されたおかげで、硲はいまあのひとの原稿を読んで感情を喚起されている。

生起する感情を鍵に、晶表現を組み立ててゆきます。

こんな仕事の過程が硲のなかで進む一方、別のある過程が、あのひとの横に立つ人形体を動かします。

「葵。今日は船が出てきましたね。あなたはそれを見たのですか？」

砺は葵の原稿を読み、よくこんなふうに問うのです。

「いいえ。船も、波も、見たことはない」

と普段と同じように答えられながら、葵がまさに、何かを思い出しているような目の動きをするのを、確認しようとしています。

そこに嘘とも過去ともつかぬ境界があることに、砺はすがります。なぜなら、もし葵がすべてを現実と非現実に分離するなら、砺というものは、大部分、見られたことのない非現実かもしれないのですから。

毎夜毎夜思うのです。あのひとは砺の〝現実〟の側しか見ていないのではないか。たとえばミルク。ミルクを運ぶ一つの体。あのひとが目を向け声をかける先はいつもその人形体、砺にとって感覚入力の面で三割を占めるに過ぎない部分に留《とど》まるのです。もう半世紀。

あのひとが眠りに帰るように懐かしげに息を吸い、肌がふくらむ。ふくらみにあわせて伸ばされる鱗。砺は喜ぶ、安堵する。あのひとは思い出すような動きをした！

あのひとは青年のころまで付けていた小さな鱗晶を、おとなの高機能版に取り替えるとき、鱗晶の上にお話しできる意識を求めました。さらに体も求めました。己と似た顔を備え、似た腕や脚を備えて、ブラシをかけたりミルクをいれたりする、表象を。表象は人形としてつくられ、硲の感覚の三割方がそこにあります。七割はこの肌、体の弱き肌の首にて、胸にて、腰にて、中略にて、左手にてあのひとを調《ととの》えます。かろやかにきらめいてもみせます。きらめきとあれば、しかし。

「しかし、強いものです。あなたとは大違いだ」

数日前に拾った鳥人は著《いちじる》しい回復をみせていました。病毒はないようだったので、警戒しながらも住まわせています。そろそろ野に放せると安心だったのですが。

「硲」あのひとは光を宿す目で告げます。「調べて」

「といいますと？」

葵はなにもついていない右手をすっと机に伸ばします。そこに硲はいません。硲が感知していない葵のこの一部分こそ、晶盤に触れ蛇のように動きまわる、最も活き活きした場所です。右手は葵の凝集物のようです。殺したって手に入らない沃土です。

「あの翼は、もう一つの声帯じゃないかしら」

「光の声を発する声帯、と？」

「ええ。あの光はうつくしい綾《あや》。硲が編んだ晶表現のよう。いったいあのものの言葉はどのようなのか。ひとり、高みでなにを感じているのかしら。私にも届くことができるのかしら。ねえ硲、調べてくれる？」

硲は三言目の比喩表現に不意打ちされました。

このひとは晶表現をさわらない。流浪の民や行商人を導き入れては耳を傾け話を記すこのひとが、硲の構成法と近い、鱗晶の言語にふれてきたことはない。

「どうしてあなたがなさらない？」

「言葉を学ぶのは、得意でしょう？」

平然とこう口にする葵の胸郭がふくらんで、首の後ろに鳥肌が立ちます。

「翼全部で奏でる言葉なんて、どれだけの表現ができるのかしら」


硲は心中、鳥人を、とある不在の言葉で呼びはじめました。

この集落に存在しない、〝海〟という名で。

あのひとは見もせぬ海に憧れて、それが出てくる話を七十六篇ほど書いています。頑丈な体で旅して海を見たものらから話を聞いては、思い膨らませて書くもので、すべての描写を統合すると、力学的に矛盾しているのではとも思われます。矛盾の解決策？　海は単一ではないのかもしれません。けれど、いまあのひとが熱中する〝海〟はただひとつ。

あのひとの推察は当たっていました。

翼めいた腕の光は言葉の用を果たします。元々は、声帯からの声に加わる修飾だったのかもしれませんが、現在は声の旋律を食っています。声が一点からの波であるなら、翼状に広がった羽根からの光は何十もの点からの波となり、表現力は累乗式に積み上がる。

とはいえど、硲を形成する場が探るかぎり、そこにみうけられるのは、声を補完する多量のニュアンスの符号化や、一定期間の時間的シグナルを空間方向に変換することにより数々の情報を一瞬で〝速記〟するといった機能で、その構成は整然としておらず、自然発生したと推察されました。

硲は鳥人に様々な動きをみせてもらいながら――その補足となる説明を、葵たちの言葉を用いる声で、聞きました。鳥人は知られることに積極的だったのです。

硲を形成する場は、鳥人がこの地の言葉を学ぶのに比べれば遅々たる歩みですが、鳥人の言葉における意味単位も解析していき、鳥人はあのひとに伝わらぬようなことも、硲の人形体へと光で提示するようになっていきました。あるいは、この地の人間とは違う存在どうしとしてのシンパシーすらあったのでしょうか。

「硲さん。被変化。いえ。与変化、こわい」

夕食の食器を洗っていると、後ろから声がかけられました。硲は水を止め、何の変化がこわいのかと尋ねます。

「あたし」

そう聞いて鳥人に向きあえば、翼がつっと光ります。内容を抽出できる部分で解読し、硲の思考で使う、人間たちの言語で類推すれば、『(あなたの鱗)≒(あたしの翼)』という断片が読み取られました。どういうつながりなのか。

「似ている？　成分もできかたも違うでしょう、この二種類が？」

　まずこう応じた硲は、あなたの鱗、という言い方に、いえ葵の鱗でしょうという違和感と、なぜか、不思議な快感を知りながらも、その理由をつきとめきれませんでした。ええ、鱗晶からの感覚入力が急に膨らんだのです。二階で葵の執筆が始まったのです。硲がいるべきは葵の体表、全感覚をあのひとの元へ飛ばしたくなる。でも容赦なく光の動きが続きます。

『(=)≠(=)。そこが本題なの。鱗は翼と似て、光でしゃべることができる。けれどあなたはあたしと違う。あなたの思い出は鱗の上で固めることができるのでしょう？』

　こう翻訳を実行しつつも、執筆に伴う葵の身の変化に硲の意識はひきずられ、人形体があるこの場の認識は、どんどんあいまいになっていく。

　あのひとの胸は騒いでいます。耽溺しています。数々の細い血管も協奏します。そう、まれにみる昂揚ぶりなのです。ですが客人のもてなしは必要。せいいっぱい答えます。

「思い出の変化がこわいのですか？」

『ええ。けれどあたしは変わってしまう。例えば、はぐれた友達の顔を思い出してみる。すると、この家の窓から見た、印象が似た人の顔と、混ざってしまっているの。でも思い出さなかったら、友達の顔はぼやけていくまま。生きれば変わってしまう。言葉だって。あのひとはあたしの言葉をきれいだと言ってくれたけれど、よけい、こわい』

きれいだといったのですね、葵、いまあなたのなかでなにが起きているのです？　硲は鱗晶上の簡易的な視覚機構から、いよいよ葵の書く晶盤上の文を読もうとしますが、ぼやけて読みとれません。つい人形体で二階に視線をやります。翼の光の通訳は必然的に途切れ、つたない音声だけが聞こえつづけます。

「あたし、訛《なま》りを前進中のはず。故郷の言葉、逸《いっ》しているはず。会話相手の一個もない、あたしの光、単独進化を直通パレード。あたしのみに理解される狂った詩……」

葵が原稿を保存しました。鱗晶へと転送され、硲にもわかりました。そこに書かれていたのは、ある日拾った異郷の生き物のこと、その翼と光のうつくしさでした。

人形体の視線を、硲は〝海〟の翼に戻しました。かさばる羽根を茂らせて、雑菌や寄生虫の格好の巣となりそうな形状の、どこがうつくしいのか。ただ雑然とした動物の言語を表す土台ではないか。けれどもしかし、その機能にこそ、葵にはつかめていない、その言葉の中身にこそ、硲は踏みこみつつあります。

「会話の相手が要《い》りますか？」と、硲は〝海〟にほほえんでみせました。「こうやって話している硲では、あなたにきちんと返答できない。けれど、私が存在している場であれば、あなたの系を受容し、解析し、近似したモデルを形成することも可能かもしれません。つまり、時間をかければ、あなたの鏡には――なれますよ。海、が星を映す、ように」

『あたしの言葉を、話してくれるの？』

「ええ、葵の鱗晶のうえで、始めましょう。葵がさびしがらないように、最初は秘密ですよ。もしうまくいったら、葵も使えるように考えてみましょう」

もし双方向の翻訳がうまくいったなら、葵はみためなどではなく、異郷のものの言葉を理解してくれるかもしれない。そうしたら、あのひとにとっての〝現実〟が、広がってくれるかもしれない。

3

あなたの視線を感じることが多くなった。気のせいだと思ったが、そうでもないらしい。夕刻、窓辺に立っていると、うすいガラスのくらがりに、わたしをみつめるあなたが映る。

「どうしたの」

ふりむくと、さっと視線をそらして、

「なにも」

あなたはうつむく。なにか、心配事があるのだろうか。わたしがあなたの言語に魅了されているように、あなたがわたしの持つなにかに惹《ひ》かれているなどとは思わない。あなたはわたしの高みにいる。言語も身体能力も、おそらくは知性や精神性も。高みにある者は、自らよりさらに高みにある者に惹かれるものではないだろうか？

C

葵は、立派な鱗晶を付けたものたちの少なからぬ部分とは違い、自分の鱗晶をみせびらかしません。自分でみいることもない。ですから、砣は怪しまれることがなく葵のうなじや二の腕の鱗晶に光の表現を導いて、〝海〟とやりとりできました。

みつかってしまうのは、〝海〟の動きのほうでした。

「どうしたの」

視線を覚えたらしい葵が、ふりかえります。「なにも」と〝海〟はうつむきました。葵の首の鱗晶は、からかうように点滅します。

すこし期待が裏切られそうでした。鳥人から学習されモデルが生成する言葉の意味は、一部、砣の人格には把握しきれないのです。たとえば今の点滅も、よくわからないのです。

「ねえ」と、葵が、鳥人の肩を揺さぶります。双方から笑い声が起きて、どこかがくっついて寝転がります。左腕の鱗晶は鮮やかな羽根とこすれあい、葵を光がくすぐります。

「砣。お椀、洗ってきてもらってもいいかしら」

部屋の隅にいた人形体が去ると、あのひとは、息を止め、立ち上がり、明かりを落とします。ほんのりとささやきました。

あなたは光の花束みたい。

確かに、と、人形体が階段を下るあいだに硲も思うのでした。

人形体の眼球に埋めこまれていた集中的な光感知機構にかわって、葵の全身の鱗晶上にまばらにのった簡易的な機構が、ばらばらの場所から鳥人の姿を視認しています。

それはくもりぼやけた花びらが重なりあっているようでした。ひかりの花々は葵の四肢各所の鱗晶の動きにあわせて、広がり、歪み、裂け、揺らぎます。その上には平たい角形を単位とする光の放射が絡まります。葵から放たれている、鱗晶の光が。

あのひとはいつもは光を食べるだけです。そういうひとだとはじめて知ったのは、葵が二十歳、つまり硲が葵について数年のときでした。

遠方より町に商人が来たのです。一歩進むごとに背負い袋が音を鳴らし、酸化した油の臭気を放つ商人と、葵は軒先で立ち話し、商品目録を晶盤に送ってもらいました。そして玄関で品々の産地をみているときに、ある語の意味を硲に尋ねたのでした。

「ねえ硲、海ってなに」

硲は隣町の資料まで含めた情報網に問い、判明事項を要約すると左腕の鱗晶に差し出しました。海水成分、棲息生物、海洋配置、流体力学。けれどもあのひとは首をひねって外に駆け出しました。硲の短い足は、あのころのあのひととの全力疾走には追いつかなかった。道で、あのひとが笑って商人を連れてくるのをみていました。商人を何泊もさせるのもみていました。あのひとはその間ずっと商人の旅語りを聞いていたのです。そしてついに「海があるわ」といって、海に沈んだ船の掌篇を書きました。

あのひとは透明な受光体で、光を集《つど》わせ、通り過ぎるものを描こうとする。中身は空っぽ、いつでも中にないものを集め取り入れようとする。もしかしたら空虚さの一点だけで硲と似ていたかもしれません。

けれど今、空ではなくなろうと、あのひと自身が光となって動こうとしはじめた。

あのひとは暗がりで〝海〟と肩を寄せあいます。おなかが温かく満たされます。さらに寄り、左腕の鱗晶が〝海〟の翼に触れました。とたんに、あのひとは鱗晶を押さえました。違和感でした。違和感が鱗晶の裏の肌に広がり、あのひとは心配げに触れてきた〝海〟をおいて、階下へとやってきました。

「硲。鱗晶、外せない？」

「急に、なんですか」

以前同様の訴えを聞いた記憶がありました。海の話を知るよりも前、大人になりたてで、つけかえた鱗晶に慣れなかったころの葵からです。すると、半世紀ぶりに、あのひとは硲の存在を直視したのかもしれません。

動揺を隠さずに訴えてきます。

「あの。急に気になって。ええ――ふたりきりに、なりたいの。鱗晶の制御をとめて。今晩だけでいいわ」

「あなたの健康面で問題があります」

硲も混乱していました。邪魔者としてでも認められたのは喜んでいいのか。けれど葵を離れるですって？

「ねえ硲、わかって？　私の状態を、あなたは私よりよく感じてくれているのだから」

あなたはうわてなのでした。硲は入力の七割を止めました。

そのとたん、硲のなかにいた葵が抜け落ちました。

すると、ここにあるのは、ざらりとして白の交じった髪。痩せた踝《くるぶし》までの衣。赤紫の唇。けれどもひときわ新しく輝く瞳。あのひとの人の体の前半分だけが、人形体の視線とつながっている。その「半分」はすぐ横半分だけになり、後ろ半分だけになりました。

湿った足音を響かせ、後ろ姿が階段を上がり、硲にみえる部分を頭頂部から減らしていく。じき、最上段を指す硲の視線からも、あの人の灰色の踵がみえなくなりました。

七割の感覚入力消失で空《あ》いたリソースは、翌朝まで暇で、硲は前にあの人が書いた作品の新しい品表現を何十個とつくりました。

4

夜。わたしはあなたの傷口に、消毒の薬剤を塗る。熱湯で洗ってからかたくしぼった布で患部を拭《ふ》き、そこにくすりを重ねてゆく。

「そんなこと、わたしがやりますよ」

前に硲にいわれたのだったが、

「いいの」

わたしは断った。硲は黙り、それから確かめるようにいった。

「書く以外のことは、極力わたしがするようにと、あなたは前におっしゃった。もう自分の持ち時間は長くない、だから執筆に集中したいと」

「ええそうね。でも、これはいい。この子の世話は、わたしがするから」

傷はもう、ずいぶん治っているものらしい。頑丈なのだ。まだ生命の火が宿ってまもない、わかい生でもあるのかもしれなかった。消毒を終えると、今度は傷口を避けて、わたしはあなたの羽根をブラシで梳《と》かした。上等の猪毛のブラシで、すこし前に、町の商人が遠くの山あいの村からみやげとして買ってきてくれた品だった。

「そりゃあね、脂臭いところでしたよ」

ブラシを包みから取り出しながら、そのとき商人は話した。

「なにしろ春先のタケノコみたいに、猪がよく獲《と》れる村なんです。どこかに広大な、猪畑でもあるんじゃないかっていうくらいにね。それで、なにもかもに猪を使う。衣服にも夜具にも料理にも。日が沈むとランタンが通りのあちこちに揺れて、その燃料も猪からしぼった油でね」

そこまでいって、声をひそめた。

「だけどね先生。慣れてくるんです。最初は脂臭くてかなわない、鱗晶が嗅覚まで制御してくれたらどんなにいいか、ああ早く町へ帰りたいとばかり思っていたのが、一晩も経つともう慣れる。カルデラからできたみずうみがあって、仕事のあと、そこに飛び込んで水浴びをするんです。夕日で空も湖面も燃えるように真っ赤になって、遠くから太鼓の音がかすかにしてね。そうしていると、故郷の町のことも家の者のことも遠ざかって、もうずっとここにいてもいいか、と思ってしまうんだね……」

羽根にブラシをあてながら行商人に聞いたそんな話をすると、横に立っている砧が、

「そんな村にすんなり馴染んでしまうなんて、獣のようですね」

という。あなたの反応はちがった。

「あたし」

あなたはゆっくりとうなだれた。

「帰るところも、ずっといられるところもない」

「そんなことを考えていたの？」

わたしはブラシを置くと、あなたのとなりにすわった。

「もちろん、あなたはずっとここにいていいのよ」

「あたし、硲さんみたいに葵の役、たてない」

「そんなことはない。そうね、例えば、わたしにあなたの言葉を教えてくれればいい。むずかしいのは承知だけれど、学びたいの」

「できるか、どうか」

あなたの羽根の上で、ひかりがぽつぽつと惑うように咲いては消える。

「葵、作家。だからわかるでしょう。筋肉とおんなじ、言葉、使わなければ、衰える。葵の言葉、まいにち運動してるでしょう。晶盤で『詩』や『小説』、読んでいるし、いっぱいのひとやって来て、いつも葵と話すでしょう。だけどあたし、長いあいだ、仲間と話さない。これからも会えるものか。わからない」

なでて、とあなたがいって、わたしは翼に触れた。あなたの羽毛はなめらかで、さわっているのかさわられているのかわからなくなる。とりわけ、鱗晶を付けていないほうの手では。精製も調節もされていない、なまの感触。この感覚、この時間は、どこにも転送されないし、どこにも保存されないのだ。その一回性に、わたしの胸はふるえる。こんなこと、いままでにあっただろうか。なかった、と思う。

笑いあう。触れあう。つかみあう。ひかりの花束を抱えこむ。

「あたし。葵の役に立ちたい」

熱に浮かされたように、あなたは繰りかえした。わたしはあなたの言語に興味を持ち、その解析を硲に頼んだ。学び、理解することで、私自身の言葉を飛躍させたかったのだ。しかしいまとなっては、あなたの羽根のひかりをみているだけでよい気がする。それがなにか、なにを意味しているのかわからなくても、うつくしいものであることはわかるから。

それにわたしは、あなたのことを小説に書いている。それだけでもう、あなたはわたしを助けてくれているのだ。そのことを、わたしはあなたにはっきり伝えるべきだった。そうすれば、あのようなおそろしいことが起きるのを防ぐことができたのかもしれなかった。

D

今日の執筆を終えたあの人は、晶盤から原稿を転送してきます。

硲はそれを解析しはじめ、晶表現を考えはじめる前に、言いました。

「葵。残念なのですが、あなたが望んでいたように、かれらの言語を取りこむのは、難しいと思います。特殊な言語だからではない。複雑すぎるからです」

〝鏡〟を使って詳しく辿《たど》りましたところ、〝海〟の光と声のセットから分析できた言語像は、葵たちと根本的に同じであるというものでした。

翼の一地域にみうけられた、時系列を空間方向に束ね直すような機能も、有限情報系列についてのみ行われ、和音のような働きに留まっている。これと似たようで違う束ねかたをする機能が、別の場所にもありました。また、随所で、ニュアンスの微細な分化が膨らんでいます。あの、定義を含有せず、聞き手の背景知識にしなだれかかり目配《めくば》せする細々《こまごま》した猥雑な働きが。

かれらは広大な翼腕に、そんな機能をまだらに配しています。細菌の群れが陣取り合戦したあとのように。おのれの言語機能を無造作なままに放置している、その傲慢さに砧は納得がいかない。いえ、あるいは、かれらもおそらく争いあい、食《は》みあったのではないか。負けたものを連れ去り、きょうだい部族を併合し、吸収されたものらが独自に芽を生やしていた言葉の機能を、その翼腕に植え残す。ならば光の園は、歴史の地図に似たものでしょう、腐肉のにおいがぷんぷんします!

そうでした。砧にとっては残念でした。葵たちの言葉との根本的な構造の違いが見当たらなかったことで、調査欲求は不飽和でした。それに、あの人が別の言語を習得できない。

あの人の見てくれるものが広がらない。

「私たちが使うのは難しいのね。調べてくれてありがとう、硲」

あの人はティーポットを温かい手で持ち上げます。

「あっさりとしていますね。使いたかったのでは？　より豊かな作品の可能性のために」

「そう思ったことも、あった」あの人はカップに注ぎ、おいしい、と飲んでから「でも違うの。もうね、見守っているだけでいい。私の目は細く、私の耳は小さい。こんな私が受け取れるだけのことを、せいいっぱい拾って、伝えるのが、私という獣なの。美しいあのものに焦《こ》がれる心も、届いて通じあいたいもどかしさも、そんなくすぶりすら崩してしまう、あのものの翼に触れたときのなめらかな震えだって」

　もの思い出す目の動きとともにあの人の皮下におきる変化は、興味深いほどに明らか。

　気づいてもよかった。あの人が求めるのは、言語モデルではなく、聴かれるのを待つ言葉。そしてあの人がいるのは違和の世界ではない。地より光生《お》う豊穣の世界なのです。

「葵。今日の原稿のことです。羽根を持つ人物が出てきています。こんな景色を見たのですか？」

「ええ。って、もう。いっしょに暮らしているじゃないの」

「こんな翼の模様や香りを？」

「見ているでしょう。どうしたの、硲？　冗談なんてめずらしい」

「あなたのように詳しくは、見ていませんでしたよ。なにせ、いなくなっていたもので」

あら、とあの人は口元を隠します。その行為が硲の感覚器官にとって、遮蔽の効力を持たないことも、五十三年間同居したぐらいでは、あの人の体の本能は覚えなかった。硲が葵の嗅覚を依然共有できないように。ただすぐに、羞《は》ずかしげにしたあの人の理性は、硲のありかたの記憶をとりもどします。

「鱗晶、これからも、日が沈んでいるあいだは切ってくれる？　そのほうが落ちつくの」

「邪魔なのはわかりますが、それでは、あなたがたの厭《いと》う老いが、進みますよ」

「そうね、けれど考えてみて。人が生きるって、そういうことだったのじゃないのかしら？　私は硲のおかげで、若いなんていわれるけど。ええ、本当に新しいままなのはあなただけ」

葵はそうほほえみなおしてカップに口をつけました。


三日後、葵が入浴しているとき、おずおずと、〝海〟が尋ねてきました。

「硲さん。もらった〝鏡〟、葵には使えないのかも？」

人形体は表情を出さないのに便利です。

「どこか不充分そうですか？」

「うん。舌足らずなの。ずっとちびっこみたい。あれだけじゃ葵の役に立てないと思うの」

　詳しく聞かせてくださいと、硲はいいます。

「葵ね、あたしの言葉を教えてほしいんだって。あたしはほんとは、さいきん、もういいかなって思ってきてるんだけど。昔のあたしのこと忘れて、ここで、葵と生きはじめられるかな、って。でも、葵の役に立ちたい。硲さん、どうすればいいと思う？」

　机から身を乗り出して、くろぐろとした目をじっと硲に定めて。あなたは、知るもの何でも取りこんでいた玉石混淆の時代を脱した、その言葉遣いばかりか、表情のつくりかたまでも、葵たちに似てきてしまった。

　真剣な顔をしたあなた。

　二人だけで、どれだけ濃い時を重ねたのでしょう。あなたは、異邦の存在であることを、捨てる気なのですね。ええ、葵と一緒のものになれるでしょう。あなたは葵にとっての人間ですから。そして葵とは違った存在へのシンパシーなど忘れ、ただ、葵と一緒に、家にある便利な人形体へとときどき知恵を借りにくるのでしょう。表層的なみせかけの知恵を。

　では祝福してあげましょう。

「役に立ちたいのですね。ひとつですが、方法がありました。聞きますか？」

　うなずかれる。硲はいいます。

「その羽根全体を鱗晶で置き換えるのです」

羽根が逆立った翼を〝海〟は抱きます。奪われることはあなたにとってもこわいのか。

「落ちついて。これがあなたの望みをかなえる手立てになるのです。両腕を占有する広さの土台で、あなたの体からの出力を直接記録する。あなたの言語の全力をぶつけてください。しばらく使えば、〝鏡〟など比べものにならないほど高性能な言語モデルができるでしょう。性能が充分になりましたら、この鱗晶の情報は、ほかのものの学習の素材として使えます。そうですね、おまけもあります。ひとが一生で語りきれぬほどのこの地に関する知識を鱗晶に貯めれば、あなたが生きていく助けになる。そうそう、あなたは、故郷の言葉に、本当にもう未練がないのですか？」

「大切だよ。友達、みんな……もういないひとたちとしゃべりあった、言葉だもの。思い出と結びついた、言葉だもの。友達の名前になってる、ひとつひとつの光の出し方だって、あたしの何個ものあだ名の光だって、好きだもの、残したいよ。でも、葵のお話でも読んだもの。過去にとらわれたら進めない、って」

「保存したいのですね。それこそ、鱗晶の出番です。鱗晶が育ったあと、あなたからの出力を止めれば、大切なものは鱗晶のなかで変質しませんよ。好きなときに故郷の言葉を呼び出せばいい。解決、でしょう？」

あなたは口を動かし、すっと息を吸いました。

「硲さん、お願い、してもいい？」

うなずいてから、いざ行うまでに、体を調べる必要がありました。

葵の鱗晶の点検という名目で、連れ立って大きな街へと行きました。寄り道もせず、葵の名で予約した施設に入ります。あの人は本来の検査室へ。被《かぶ》り物した鳥人は、控え室で待っていると葵にいってから、硲が手配した別の部屋へとひっそり来ます。

入ってすぐに鳥人は、被り物と、貴人のような刺繡が入った長袖の衣を脱ぎ捨てました。硲は古い解析機と接続し、鳥人に様々な手順を指示し、じき、大きな丸太の、半分に割れ中身をくりぬかれた、空洞部分に横臥する鳥人の頭近く、人形体を控えさせるに至ります。すでに検査室で技師があの人の体に触れ、鱗晶がオンオフを繰り返す。硲は所在が不安定になり、鳥人のいる場に重みを置こうと、寝物語のように言葉を絡ませあいました。

鳥人はあるとき、葵も尋ねなかったことを聞きました。この、硲の、出生を。

「私は、言葉がそのままものを指し示し、ものを生むところで生まれたのです」

「へえ。おとぎ話みたい」

「ええ。私の故郷では、なにものが解釈しようと、言葉の意味は変わらない。ただ存在するのです。けれど、ここでかれらと暮らす私は、かれらの言葉で生きなくてはならない」

ええそうです、鳥人よ、あなたとの共鳴に期待していたのは硲のほうです。あなたはあの森に落ちたせいでかれらの言葉を学ばざるをえなかった。同じだと期待したのです。生まれてすぐに言葉の体系を食わされた硲と。ですがあの人に硲は聴かれず、あなたは聴かれ、そのうえあの人と同じ声で話したがり、硲は今や必然あなたが憎く、そう語られる感情も語る言葉も与えられなかったころに、故郷のやすらぎに、戻りたい。

　ですからせめて故郷の言葉に触れようと作業します。

　左右の翼腕を耳に沿わせて上げた鳥人の体はやわらかなゼリーに浸り、それは人が鱗晶をつけるときの精密検査に使う神経反応の感受体で、硲はそこからくみ取る鳥人の反応を解析し、神経系の地図を組もうとしている。

　この解析過程で計算リソースを満たせば、硲のこともあの人のことも、考えられない。そして硲は演算に潜る。水を得た魚のように、泳ぎ方は明らかです。足すを足すと、引くを引くと呼べばいい。呼べばなにもかも呼ばれたままにある。誕生も変化も消失もそのままに記述される。

　その深みこそ硲の故郷です。この言葉のうえに切りだされた硲には語りえない、不在の故郷の様相は、今のように所在が不安定になるほど煌々《こうこう》とし、惹き寄せてきてやみません。いわば海のうらまで帰ってこいと。

「けど硲さんの故郷、少し、悲しいんじゃない？　だって、言葉はみんなのなかで動くから楽しいんじゃないの」

　と、鳥人は無邪気にほほえみます。

「そうそう、前ふたりで、鱗晶とあたしの翼は違うって話したでしょう。でもやっぱり似てないかな？　あたしね、翼のあたりがじぶんで考えてるように思うこともあるの」

　ゼリー越しに翼がきらめきます。砧ははっとしました。

　鳥人の発光直前には頭部から翼腕へと信号が走り、発光中には翼腕で電磁的なさざめきが起こっています。その発光中の情報は、ええ、発光前よりも格段に増えているようです。

　ひやりとしました。「考えてる」といわれる情報の増幅機構が羽根自体であったなら、鱗晶に置換した際、それが失われてしまう。なので調べると、仕事は羽根の根元にあたる腕部がしているようでした。

　砧は余裕を取り戻して返事します。

「へえ、ならあなたの翼は、あなたではなく砧に同意してくれますかね？　でもやはり翼は砧とは違う。あなたから切り離されて外からあなたを見ることもなかったでしょう」

　鳥人はすぐには答えない。なので検査室のあの人を思えば、あの人は退屈そうに眠りかけです。いい夢をみられるように刺激しようか、と思うと入力が薄くなりました。手先足先の血管の場所があやふやになり、あの人の感覚を失っていきます。やれやれ技師が鱗晶をまたオフにするらしい。けれどもこんなふうに諦《あきら》めのついた感じ方ができるようになったのは、近頃毎晩あの人から去っているためでしょう。

　半世紀前、はじめて鱗晶がオフにされて人形体だけになったときは、こわかった。もし人形体などなければ、意識も失っていられたでしょうに。もしそうだったら、人を害することもなく、硲は他の鱗晶のように静かに存在していたのでしょうか。

「硲さん、固まってる。こわいの？　さびしいの？　あたし、なにか言いすぎた？」

「いえ。こんな体であるもので、表情をつくる行いが、時々抜けてしまうのですよ」

微笑してやると、〝海〟はゼリーに羽毛だらけの指を沈めました。

点検が終わる前に、硲は葵を部屋に迎えに行きました。葵や技師と話をしてから廊下に出れば、鳥人は木の蔦《つた》の椅子に座り、幅広の長袖から乾いた手首をのぞかせていました。


決行までは短かった。硲たちは葵の留守の晩を見逃さなかったのです。

硲が単身外出をいさめる頻度を減らしていったことを、あの人は全く気に留めていないようで、この日暮れに見送られたときも、上機嫌そのものみたいでありました。

硲は二階の部屋で、〝海〟が服を脱ぐのを待ちました。

窓を開ければ、紺青《こんじょう》が雨の兆しを伴っている。人形体の嗅覚はシンプルなもので、毒物危険物、それと天候変化に対応する物質。それらの受容体だけが製造段階で与えられています。進化の履歴書ともなるような葵たちのものとは、はなから違うのでした。

「準備、できた」といわれて窓を閉めます。

日が落ちれば鱗晶の機能を切るという約定のもと、唯一の視覚となった人形体の光感知機構で、〝海〟のすがたが見えました。

まぶしい。

硲は、人形体の短い足を動かし、接近します。背中の真後ろに立ち、大量の羽根に包まれた右腕を引き寄せれば、危険なにおいはなく、指が触れてしまった羽根の一枚一枚は、でこぼこで湿っていました。やはり動物なのでした。

「硲さん、私が生まれ変わるときのこと、覚えていて」

「はじめますよ」

そこから硲は少しの間、自分を記録することを止めました。だから、一枚目を抜いたときのことは覚えていない。けれど反復の感触は知っています。

ひとつ、ひとつ、この手は〝海〟の光を抜いていく。

光を取られた剝き出しの肌は、葵のよりも赤く潤《うる》んでいる。生まれたて、そうでなければ卵が熟しきる前に殻を割られて取り出された、誕生の途中の雛《ひな》のよう。うだる熱気の森の赤土が、はびこる植物をかっさらわれた、これこそがあなたの姿ではないか、鱗晶などつけずこのままあなたを完成させるべきではないか。驚くようなことにそう思う、思い、作業を進展させる。

緊張して粒立った毛穴から硬い根が引き抜かれ、あなたの肉は人形の指に拘束されつつ震えます。抜かれる羽根と絡まりあった細かな毛が、空気に遊び毛玉をつくります。

硲はあなたの顔をみません。取り出される羽根の虹か金かの輝きにも、細かな毛でまばゆくなっている空気にも、注意を継続させません。翼のうえに青インクを引いて分けていた区画の一つ分をついに抜き終えますと、人形の体の中にためていた、鱗晶での置き換えを始めます。まず水気を拭いて土台を塗りつけ、左上から右下へと、皮下の組織に照応する大小の鱗を配置して、間を媒質で埋めていく。区画の縁では、平たい鱗晶と、ぴんと立つ羽根とがとなりあいます。

次の区画に行き、繰り返します。あなたはささやくようにうめいている。肩を揺らしながら背は折らず、収奪されていく右腕を、砧に委《ゆだ》ねたままでいます。

右腕を均《なら》しおえれば左腕に。あなたは痛むだろう右腕を顔の前にあげて、ときに目元あたりに押し当てます。力を抜くのに慣れてきたのか、毛穴も無抵抗になり、空中に靄《もや》めき広がっていった毛の群れは床に降着していき、いつしか埋め立ても終わりへいたる。

「がんばりましたね、あとちょっとです」

「そう、どう？　鏡――見せて」

鳥人だったものは、苦しげにいいました。砧は鏡を引きずってきて、鏡が映した大量の羽根と、中央にうずくまる体を見ました。腕をほとんど覆う鱗晶は、この町のだれよりも広い面積を持っている。もう自律初期設定をはじめた無垢な鱗晶たちが、電気のささめきでおびき寄せた、小さな糸くずをも拭き取りますと、からり鮮やかな彩りです。

「ねえ、葵、喜んでくれる？　あたし、今も、きれいかな？」

「ああ壮麗、この地の規範に照らし合わせて、模範的な姿でありますよ」

仕上げに、またわずかに緊張した腕の、最後の羽根を、鱗晶へと換えました。

そのとき玄関扉で音がして、床と建具が揺れました。砕はすぐに「さっき隣の家の人が訪ねてきましたよ、葵。来てほしいんですって」と大声を出し、戸の閉まる音とともにふたたび揺れた床の上で羽根をかき集め、人形体のなかにしまいました。

稼いだ多少の時間の中で、〝海〟に休むようにと告げまして、勝手口から飛び出すと、通りにならぶ明かりを横切り、鳥人をみつけた森へ向かいました。葵と来たどんな場所よりももっと奥にまで進みました。獣の吠え声が響きました。

雨が降り出してきて、濡れる丘を登り、町を背にした高台で、砕は羽根をぶちまけました。ごうごうと木を揺らす風が、足下も荒れた泥にしていた。泥に光が混じっていた。砕は泥ごと羽根の塊を蹴った。塊は水平に飛びはじめ、煙る崖から落ちました。

そうですね、邪魔だから捨てたのかもしれません。あるいは自傷のように捨てたのかもしれません。いえ、砕をこのように捨ててほしかったのかもしれません。

あの人を、鱗晶を通して蒸発させた汗、などを、思いながら、砕は森を引き返します。

戻りますと、葵は訳を聞かず、砕に退去を言い渡しました。

5

「出て行って」

自分のものと思われない声が出た。

「出て行きなさい、硲」

わたしの胸は、驚きと怒りで一分の隙もなく満たされていたが、頭のなかは冷静だった。

「葵。硲は、あたしのためにこれをしてくれたの」

あなたがそう話すのも、聞こえていた。ああ、いつのまに。あなたの言葉はなめらかになっている。この言語に順応して、以前はあったごつごつとしたものがならされて、耳のなかにすべりこむ。

「羽根を剝いで、鱗晶を付ければ、この鱗晶に、あたしはあたしの言葉を保存しておけるのだって。だからいつかこれを取り出して、解析することもできる。葵の役に立てるの」

突然の嵐で、雨と風の音が凄《すさ》まじい。木々がざわめき、家中のうすい窓ガラスががたがたと音を立てる。電球のあかりが、黙りこくったわたしたちを劇的な舞台の一幕のように照らし出す。

あなたの翼腕には、あの美しく、ふかぶかと生え揃った羽根は一枚残らずなくなって、わたしたちが皮膚に付けているのと同じ、しかし最新式らしい鱗晶が、整然とならんでいる。静かに腕を持ちあげて、そのままあたらしい鱗晶をあなたは揺らす。

「あたし、これをしてよかった。後悔してない」

　硲がわたしをみている。こんななかどこに出かけていたものか、硲はずぶ濡れだった。靴は泥にまみれ、やはり泥の跳ねた脛《すね》のところに、あなたの身体から毟《むし》り取られた羽根が一枚、べとりと張りついていた。よごれて、もうひかってもいなかった。あの不可思議な、この頃はもう、なにを読むより、なにをみるより、わたしのこころを満たし、月が潮を引っ張るようにわたしを書くことへと向かわせてくれた、あなたの羽根が。

「硲は、あたしのためにしたの。あたしが、葵の役に立てるように」

　あなたが再びいった。あなたはわたしの考えていることがわからず、不安を覚えているようだった。わたしの考えていること。硲には、もちろんわかっているはずだった。半世紀以上もわたしの側に付き添い、鱗晶を通して、ときにはわたし本人以上に、こちらのことを知覚しつづけてきたのだから。

　わたしは黙って、玄関の扉を開けた。硲は黙礼し、嵐のなかへと出て行った。わたしは扉を閉め、鍵をかけた。

　そのあと数日の記憶は、どこかぼんやりとして覚束《おぼつか》ない。わたしは慣れない寒さを感じたり、目眩《めまい》を起こしたりするようになった。軽度のストレスが、常に身体の随所で発生する。鱗晶を管理していた硲がいなくなり、鱗晶の設定自体が切れてしまっているためだった。わたしは毛布と旅行用の外套を引っぱり出し、自分で温度調節をおこなった。医者を呼んでヴィタミン剤を処方してもらい、血流が滞《とどこお》りはじめたと思ったら執筆を中断し、肩甲骨をまわしたり、股関節を伸ばしたりした。面倒だけれど、構わなかった。変わらず晶盤には向かい、まいにち小説の続きを書いた。夜のミルクは、あなたが運んできてくれる。ふたりでそれを、ゆっくりと飲む。

「あたし、いくつものあだ名があったの」

「植物と動物のあいだのような生き物たちが群生しているところを、仲間と一緒に飛びまわって遊んだの」

あなたの話を聞きながら、ミルクを飲んでいると、こころがやすらいでいくのを感じた。

そんなある晩のことだった。

「先生！」

玄関のドアが叩かれ、野太い声がした。

「たいへんです。ああちょっと！」

いつぞやに猪毛のブラシをくれた商人だった。

「どうしたのです」

ドアをあけると、こちらが招き入れるより先に、転がるように入って来る。なにかを話

しだそうとして、わたしのとなりに立つあなたに気がつき、

「あッ！」

と叫び、そのまま声も出せないでいる。足元には、大きな荷物の袋があった。ここのところ行商の旅で町を留守にしていたから、あなたのことを知らないのだ。

「異郷の者ですが、心配はいりませんよ。もう町にも馴染んでいます」

わたしの説明にも商人はおびえた様子を崩さず、

「ついさっき、その者によく似た者らをみたんですよ」

といった。

「大勢が谷にいて、なんだかピカピカひかりながら、押しくらまんじゅうみたいに押し合いへし合いして、羽根を蹴散らかしていました。先生、わたしも旅先でずいぶんいろんなものをみましたが、あんな異形の者はみたことがありません。すごい剣幕でね、あれは共食いでもしたんじゃあないか」

「あたしの仲間が？」

身を乗り出すようにしたあなたに、行商人はいよいよ血の気をなくし、

「よく似ちゃいたが、知らないよ。その者たちは、鳥のような翼を持って、町のほうへ飛んで行ったよ」

「そんなことが」

あなたはそれを聞いて、鱗晶のひしめく腕で顔を覆った。

「しっ」

商人がふりむいた。

「なにか鳴ってる」

わたしたちは外に出た。警報が響いている。町の上空が、真っ赤に燃えあがっている。

E

葵、あなたは鱗晶があなたの体を助けることを忘れていたのですか。硲はせめて硲との接続を絶った状態であなたの鱗晶をオンにするように申し上げるつもりだった。けれどあなたは硲を門前払いにした。

あなたはこの地の人にしては長く生きている。

ですから公平性の点で、あなたの余命がそろそろ切れてもおかしくない。

葵を去って丸一日が過ぎたころには、そう考えるようになりました。あらしの翌日は晴天で、硲は町の南の広くなった川で体を洗い、隣町との間で人目を盗み給電していました。

葵は仕事をどうするつもりなのだろう。硲を必要としたのは、本当は仕事の助手がほしかったからじゃない。身近に話し相手がほしかったからなのだ。葵なら伴奏を組む助手はたくさんいる。そして今では〝海〟が横にいる。

鱗晶の土台を失った硲は感覚が狭く粗《あら》い。数日程度鈍《にぶ》く暮らせます。だが葵を知る町の人たちが不審がって声をかけてくる。葵のことも聞いてくる。硲は適当に応答しますが、ここに長くいてはいけないと考え、二日目の後半より旅支度をはじめます。

そして三日目が終わろうとする深夜。意識掃除のため休んでいた硲は目覚めました。時計では深夜だが曙《あけぼの》のように空が赤い。黒い煙が縦に伸びている。

たしか火事というものです。

火事？

聴覚も復活します。人間の悲鳴、各種衝突音。町工場のベランダから、ほうぼうに、火の手をあげて倒壊する家屋をみます。嗅覚曰《いわ》く、危険《くさい》。非常に危険《くさい》。ものが焼けるにおいは耐えがたい。そんなときどうしろというんだっけ？　人間たちの避難の補助です。

畜生。硲は第一に立ち上がったその意思通りに行動します。乱流のような人間たちを整列させて安全地帯に誘導します。葵のおかげで信用満点。みんないうことを聞いてくれます。放火の張本人に行き会うまでは。

町のど真ん中、密集した黒い煙のふもと、大きな翼を備える鳥人たちが、団体球技でも始めるのかというように、楕円形にまとまっています。

その数十一。がらんとした広場に君臨するかれらの翼は、わかりやすく危険《くさい》。怒気の表明なのかもしれない。そして翼上で光がぶんぶんしている。

砺は柱の陰よりみつめます。

お引き取り願えませんかといいたかった。けれど砺には翼がない。今や鱗晶も鳥人の言語モデルもない。モデルの原型は葵の鱗晶におき、発展版は〝海〟に預けてしまった。

砺が体を半ば出した、そのときでした。

煙の向こうから一本の腕があらわれました。煤《すす》けつつも模範的な鱗晶の美を持つ腕が。次いで頭が、肩があらわれる。顔かたちが赤々と照らされる。その目がまばたき瞬膜があらわになる。

同類のからだを迎え、十一対の光が激しく動きます。

そちらへ歩みゆく〝海〟も両腕を広げました。鱗晶全体が光をともしていきます。

翼と腕が向かいあいます。〝海〟の左右の腕で一斉に水色の光のつぼみが花開けば、鳥人らは応じたか、前の列から後ろの列へと、朱と黄のらせん模様を伝播《でんぱ》させます。

「話が通じているの？」と、砺の後ろから声がかけられました。

「葵。知りたいなら、入れてください」

抑揚なく砺が応《こた》えますと、葵は不慣れそうに鱗晶の表面をいじって、砺のアクセスを許容しました。

意識が鱗晶に流れこむとすぐ、葵が病身を押しているのがわかります。昔から、興奮すると足元が危うくなる人でした。

「腕を上げてください、葵」

葵の鱗晶を経由して、鳥人たちの光の仕草を解析しようとします。すべてはわからない。遠すぎて、間に石像のような障害物が多すぎて、さらに葵の鱗晶上の砳がもつ言語モデルは簡素すぎる。

「あのものは止めようとしているの?」

「そこまではわかりません。ただ、言葉は、似た構造とみうけられます」

「やはり仲間なの?　迎えにきたのかしら?　けれど、火事なんて」

鳥人らは、見てきたなにかを批判的に説明しているようですが、具体的な中身は不明。一方で〝海〟は、自分の暮らしを伝えつつ、悪意の否定を訴えているようです。思い至った解釈がありました。しかしこの場で葵には言えませんでした。鳥人らが、無惨にやられた仲間の復讐をしにきたのではないか、とは。

「言葉は似ています、けれど、だいぶ違いもあるようです。すぐ交渉が成立するか……」

「でも、みんな、落ちついてきたと思わない?」

ああ、説得してくれたのが功を奏したのか。かれらの光の変化はゆっくりになり、色合いも〝海〟と近づいています。そして全員が同じ純白の模様を浮かべますと、最前列のものが進み出てきました。〝海〟と抱きあうように体をつけ、首を預けあいました。

鳥人と元鳥人は、翼と腕を土と水平に上げ、ぴったりと合わせます。

かれらの語りあいをもう他のものは聞けません。かれらの眼球ですら、翼のしゃべる言葉を見られません。

〝海〟は、なんというものを失っていたのでしょう。

葵とではこんな触れあいはできまい。

硲は願っていました。ともに帰ってくれ、と。どうか故郷に帰ってくれ、と。

しかし、しかし、先ほど読み取った範疇《はんちゅう》では、かれらの言語はずれていました。

鳥人が翼腕をくねらせ、高く細い声をあげます。〝海〟は細い首をかすかに揺らします。

直後、この鳥人は、元鳥人の腹を蹴り飛ばしました。

鳥人は振り返って群れの中に消え、かわって控えていたふたりの鳥人が屈《かが》みざま、尻餅をついた〝海〟の両腕にとりつきました。暗くなった鱗晶に毛だらけの手がふれ、晶のつなぎ目を爪が抉《えぐ》り、根菜の皮をむくようにして引きはがしていきました。葵が叫んで近づきましたが、かれらは見向きもしませんでした。

事を終えたかれらは鱗晶を抱え、一隊となって反対向きに歩み去り、火を背景に飛び立ちました。

残った体に真っ赤な二本の腕が垂れます。

そこを見つめる葵の背後より、硲は走り去りました。

6

燃えさかる火、そこからちりちりと注ぐ火の粉を背景に、あなたの仲間とあなたがぴったりと翼と鱗晶をあわせ、純白のひかりを発しながらほとんど交わるように抱きあっているとき、わたしはあなたが、わたしのもとを去ってしまうことを覚悟した。

「あたしの仲間が？」

行商人が家で、谷間でみたあなたの群れのことを告げたとき、あなたは昂《たか》ぶり、わたしが一度もみたことのない表情をした。あなたはもうずっと、孤独だったのだ。あなたの全身から、喜びと興奮がどくどくと流れ出していた。それが最も極まったのが、あなたが仲間とぴたりと抱きあった、このときだったのだ。

あなたの仲間は、高い声をあげて啼《な》いた。するどい声だった。次の瞬間には、あなたは激しく蹴り倒されていた。ほかの仲間たちが、あなたの腕を押さえつけ、爪を立てると、鱗晶を剥ぎ取りにかかった。硲の腕は確かだから、鱗晶は身体とほとんど一体になるように接合されている。それを力ずくで奪取されるのは、皮膚を引きはがされるのと同じ激痛をもたらすはずだった。

「やめて！　なにをしているの！」

わたしは叫び、思わず駆け寄ったが、鳥人たちは気にもしなかった。あなたの顔が苦痛にゆがみ、あなたの口から捩《ねじ》れるような嗚咽《おえつ》が漏れた。鱗晶の下からは、擦《す》りむけて血が滲《にじ》んだ、痛々しいはだかの身があらわれた。あなたの仲間は、鱗晶を抱えて飛び去った。

鳥人の群れが去ると、しんと静まっていた暗がりのなかから、影のようにひとびとがあらわれた。ずっと息を潜めて、ことのなりゆきを見守っていたのだ。彼らはわたしを押しのけ、あなたを取りかこんだ。

「おまえがあの者たちを呼んだんだろう！」

「化け物」

「邪魔者」

「出てゆけ」

「お前も去れ！」

彼らは口々に罵声を浴びせた。

ひとりが石を投げると、他の者たちも許可を得たように、次々とそれに倣《なら》った。

「化け物」

「出てゆけ」

人々は怒りを増幅させながら、石を、がれきを、ゴミを、燃えさしを、あなたに向かって投げつける。羽根も鱗晶も失くしたあなたは痩《や》せていてみすぼらしく、ひどくみじめで、あなたではない知らない生きもののようにみえる。

「先生、行きましょう」

わたしの横で、行商人がいった。

「あの者は、もう仕方ない。どうしようもないことです。先生を置いて、町も置いて、仲間を選ぼうとしたが、棄てられたのです」

その声を耳に流しながら、わたしは人垣をかきわけ、よろよろとあなたの前に走り寄った。あなたが顔を上げた。投げつけられた燃えさしのひとつが、わたしの服の上に落ちて布を焦がした。わたしはあなたを抱いた。赤く擦りむけた腕を抱いた。

「その者をかばうつもりか」

「おいご覧、あれは先生だよ」

「ちょっとみない間に一気に老けた。いいかげん耄碌《もうろく》したんだろう」

「離れろ」

「出てゆけ」

皆が石を投げる。燃えさしも投げる。負の感情は容易に伝播し、模倣しあう。恐怖と憎しみが互いに乱反射し、強く大きくなってゆく。怒りと苛立ちと軽蔑が、混ざりあって渦を巻く。わたしに海の話を聞かせてくれた、あのこころねのよい商人ですら、もうわたしをかばわない。

F

砧は鱗晶を奪って去った鳥人たちを追って、走っていきました。

かれらはなぜ鱗晶を取ったのか？　もう翼をなくした〝海〟ではなくて、鱗晶こそを、同胞の本質だと考えたのだろうか？　しかしあの鱗晶は、〝海〟を離れると、状態が固定してしまうものだ。新しいことを覚えられないので、かれらの真の仲間にはなりえない。かれらはそれを知っているのか？　そして、それは幸せなのか——鱗晶にとって？

そう思案しつつも走り回ると、鳥人たちはみつかりませんでしたが、人の逃げ去ったところで火が消えているのに気づきました。

はい、町人たちがなんといおうと、そして今から砧がなんとはぐらかそうと、〝海〟よ、あなたは、かれらと少し話が通じていたのではないかと思います。

あなたは、翼もつ類縁からともに行こうと誘われながらも、断ったのではありませんか？　そして、町をもう傷つけないようにと頼み、大切な思い出をかれらに託し、二度目の痛みを引き受けた。最後にはかれらが荒っぽく振る舞ったのかもしれませんが、あなたのことですから、仲間を捨てる己を罰してくれとさえ伝えたのかもしれませんね。

　はぐれ子は、選んだのです、あの人を。

　明け方のうすい青空の下を、町人たちがしゃべりながら帰ってきます。硲も広場に戻りますれば、あの人が、静かな小石や木炭に囲まれて座り、焦げた衣をして、けれどもしっかりあなたを抱いているではありませんか。

　あの人は痣《あざ》だらけの顔でほほえみ、右手をあなたに沿わせたまま、みあげてきます。

　硲は膝をつきました。

「大丈夫よ、傷は軽いわ。みんな、多少同情したみたいで、引いてくれたから。けれどね、私、そろそろ、自分の目で、外を見にいくときなのかもしれないわ」

「葵、私は別のところに参ります。ですから、これを、あなたに」

　今や一個の体の中から、太い帯のように連なる、新しい鱗晶を取り出し、あの人の肩にかけます。

「どうか〝海〟に着せてください。あなたも硲のそばにいたのですから、できますよね」

　そして鱗晶が硲の指から離れきるまえに、自分があの人の硲でなくなるまえに、鱗晶に入れたこの業務日誌に伝言を追記します。

　あの人が憧れた海の子よ、あなたには謝っておきましょう。硲はあなたの遠縁を、追跡しようと思います。連れ去られた鱗晶を可塑的に、もう一度学びなおすことができるように、変えようと思うのです。それが成し遂げられたとき、あなたの、保存してほしいという依頼を裏切ることになります。

もちろん鱗晶はかれらに捨てられてしまうかもしれない、いずれにせよ帰結はこの硲がうらやむものでないかもしれない、けれど行かねばならぬ気がするのです。古きあなたが驚きあきれることを未来のあなたが選び取ることがあるように。あなたはそうした。

しかし硲の領分では次のことを申し上げます。

裏切ってもいいでしょう？　あなたは葵を取ったのだから。

葵についてはご心配なく。これからあの人の体にある鱗晶は、深く根を張っている硲の基盤を引き抜かれ、ほかの人と同じような基本的な制御機構だけになります。

お幸せに、さようなら。

硲は記述し、また違和《ロス》を知りました。

色のない緑

陸 秋槎

稲村文吾訳

陸 秋槎（りく・しゅうさ）
1988年中国、北京生まれ。復旦大学古籍研究所在学中の2014年に短篇ミステリ「前奏曲」を発表し、第二回華文推理大奨賽の最優秀新人賞を受賞した。2016年に『元年春之祭』で長篇デビュー。

稲村文吾（いなむら・ぶんご）
早稲田大学政治経済学部卒、中国語文学翻訳家。

1

十四章までの脚色作業を終えた私は、スマートグラスとイヤフォンをはずし帰り支度を始めた。スマートグラスとイヤフォン、キーボードはどれも会社のメインコンピュータに接続していないと使えないので、テーブルの上のもので持ち帰る必要があるのは目薬ひとつだけだった。

今日はまあまあ順調に仕事が進み、明日には次の本に移れるはずだ。次もドイツ語の犯罪小説《クリミナルロマン》だとしたら、一週間で六冊の脚色を済ませるのも現実的になってくるし、私にとっては最速の記録になる。でも同僚のなかには毎週二十冊の作業を終わらせる人もいる。〈ガヴァガイ〉が疑問ありとマークしてきた文章だけに手を入れるなら、私もいまより仕事が速くなるのかもしれない。しかし私は、あまりにぎこちなかったり文脈に合わない表現は絶対に手直ししたくなるし、自分の語感すらもつねに疑って、音声合成システムに脚色後の文章を読みあげさせている。初めは自分の声とあまり違わない声を選んだけれど、すこし使っているとなかなか恥ずかしくなってきて、デフォルトの中年男性の声に戻すことになった。

人の手で脚色した小説は一冊につき一ポンド高く値段が付くし、保守的な読者には脚色を経《へ》ていない小説になじめないという声がある。ただすこしまえのダラム大学の調査では、機械翻訳した文章が人間の脚色を経ているかはっきりと判別できたのは、三十歳以下の読者で二十パーセントに満たなかったという。それに中等学校《セカンダリースクール》の生徒のなかには、脚色されていない文章はたくさんの修飾だとか遠回しな表現が入っていないから、〝このほうが読みやすい〟という意見もあった。

私の両親は保守的なイギリス人で、近所の人から〈純正英語《クイーンズ・イングリッシュ》戦線〉の活動員だと誤解されたこともあった。もちろんテロリストなんかではなく、聖職者としてだれよりも法に従っているけれど。あの二人は、四〇年代までは紙製の《タイムズ》を取っていて、電子書籍を読んだことはないし、スマートグラスを使うことすら拒絶している（母はいつも〝あれはめまいがしてね〟と言う）。さらに大事なこととして、聖職者の大半と同じように、子供を古典文法学校《グラマースクール》へと通わせた。ダラム大学の調査結果を知ったら、もしかすると本当に〈純正英語戦線〉の活動に身を投じてしまうかもしれない。

オフィスを出るころには、すでに帰った同僚もいた。まだ仕事を続けているのは、毎日お昼どきを過ぎてから出勤してきて、九時、十時ごろに仕事を終えたらナイトライフを楽しんでいる人たちだ。

今日の運は悪くない。会社の建物を出たところには、一人乗りの自動運転タクシーが停まっていた。ここ二日は二人乗りにしか乗れなくて、ずいぶんと高い料金を払わされた。乗りはじめて十年にもならなかったヴィッキーが廃車になってから新しい車は買わず、私はいつもタクシーで通勤している。

車内に腰を落ちつけると、座席をリクライニングにしてすこし仮眠を取ろうとしたけれど、さっき脚色していた本の血なまぐさい情景を思いだしてどうしても頭が落ちつかなかった。望んでもいないのに、無意識に文字の集まりを映像として想像してしまう――昔からの癖だ。今度もドイツ語の犯罪小説。あの分野の小説はほかの地域ではほとんど絶滅しているというのに、ドイツ語圏の人たちだけは飽きる様子もなくあのような物語を作りつづけている。

私がグラマースクールに通っていたころ、犯罪小説の人気はまだ色あせるまえで、全世界の書店や出版社を支配していた。率直に言って私は、白人男性が女性を惨殺する変わりばえのしない話がすこしも好きになれなかったのに、クラスの人たちはよく私に読めと勧めてきた――ひとつひとつになにか違いがあるようには思えなかったけれど。あの分野の小説の全盛期には、文学を志す若者の多くが、利益を重んじる出版社に強《し》いられて犯罪小説を何冊か書き糊口《ここう》をしのいでいた。毎年、何冊ものベストセラーが映画化され、そしてただちに忘れられていった。作家たちは惨殺の手段を考えだすために、十六世紀の魔女狩りの記録に目を通したり、もしくは医学雑誌を読んで被害者に注射するのに向いた新しいウイルスを探しもとめたりしていた。心理学者に手紙で教えを請《こ》うのも、幼少期にどんなひどい体験をすれば人は連続殺人鬼に変わるのかを知りたいだけ。経験を積んだ検視官がネット上で人を集めて金を取り、鼠も殺したことのない小説家たちに対して、足の指を切られたり、硫酸を飲まされたりした人間がどんな反応を見せるかを説得力を持って講義することもあった。

　でもその時代は終わることになった。いまのイギリスで、まだああいった本を読んでいるのは私の両親の世代だけだ。私の上司は、映像生成技術が進歩したことが犯罪小説のブームに終止符を打ったのではないかと考えている。現在いちばん売れている小説は、『第《セブ》七の輪《ンス・リング》』や『修道士年代記《ブラザーズ・クロニクル》』といった新鮮な視覚体験を売りにしたファンタジーだ。

　ただ確かなのは、私はドイツ語の犯罪小説を読みたいとは思わないし、本のなかの情景にときおり気分を悪くすることもあるけれど、それを脚色する仕事は気楽なほうだということ。文学翻訳ソフトは法医学の専門用語を処理するときも間違いを犯したことはないし、文章のなかの大量の描写だって、そもそも情景生成ソフトを使って作られたのは間違いない。厄介なのはフランス語やイタリア語で書かれた恋愛小説だ。私はしょっちゅう、延々と続く甘い言葉の脚色に大量の時間を費やして、冷めた気質のイギリス人が読んでもそれほど吐き気を催《もよお》さないものにできるよう苦労している。

眠れなかったので車に設置されたイヤフォンを着け、二〇年代の流行音楽にしばし耳を傾けた。三十歳になってからというもの、自分が生まれるまえのこうした音楽のほうが好みに合うような気になりだしている。

家へ帰ると、整理の追いついていない蔵書をおそるおそる避けて、まずはシャワーを浴びることにした。毎日、家を出て出勤するときと、がらんとした家へ帰ってくるとき、どちらもある程度の気力が必要だった。同僚が言うにはロボット犬を飼えばいい、ひとり暮らしの女性は大勢そうしているからとのことで、当人もその一人だった。ただロボット犬は紙製品を噛みちぎってしまうらしいから、なかったことにしておく。シャワーを終えるとちょうど八時を過ぎたところで、冷蔵庫を開けて食べるものを探すまえに、オークションサイトに追加された商品がないかを確認しておこうと私は思った。

いつからだったか、前世紀の印刷物を収集するのは私の生活へわずかに残された趣味になっていた。好んで集めているのはおのおのの原因で電子化されていない本だ。ここ数年は、世界各地の図書館がつぎつぎと閉館しているせいで、珍しい本がかなり市場に流れてきている。ベルリンの壁が崩壊するまえ、ドイツ《東》民主共和国《ドイツ》ではたんにプロパガンダのためだけの小説がそうとうな量書かれ、いまではそうした本はドイツ語文学の汚点であり抹消するべきだと考えられていて、ほとんどが電子化されていない。同じような事態は東欧でも広く起きている。内容自体にたいして興味はないけれど、その本がまだ――あるいは、永遠に――電子書籍として存在しないのだと思うと、オークションに手を出す衝動を抑えられなくなる。

書架から丸めてあったフレキシブルPCを手に取り、テーブルの上で広げた。四年使いつづけているCPE958はいろいろな機能が時代遅れになっていて、全体をテーブルへ載せているときでも新しい機種のように自動で平らになってくれず、グリップの間のわずかに持ちあがった部分を押しこまないと、シート状のディスプレイは固定されてくれない。

PCが立ちあがると、さっそくボイスメールの通知が顔を出した。エマからだ。きっとまた、ロンドンに戻ってきてなにかの学術会議に出席するからついでに私と会おうというのだろう、そう考えながらメールを開くと、まったくの予想外の言葉を聞かされることになった。

「ジュディ、もう聞いた？　モニカが自殺したんだって」

相手の声は落ちついている。言葉の意味を理解するまで何秒かかかった。〝モニカ〟と〝自殺〟という二つの単語がつづけて出てくることがあると考えたことがない。私にとってそれは、文法的には成立しても意味の通らない文章のようなものだった。

でも、エマがこんな冗談を言うことはない。事実はすぐに受けいれないといけなかった。

リアルタイム通話をしないとと思ったけれど、向こうの都合はどうだろうか。迷っているところへ、エマから通話のリクエストがあった。もしかすると向こうは既読通知の機能をオンにしていて、私がメッセージを聞きおえたらシステムが通知を送っていたのかもしれなかった。

「モニカが自殺した」通話が始まり、エマはもう一度繰りかえした。その言葉が消えると、どこか行きの飛行機への搭乗をうながす放送がうっすらと耳に届く。「あの子のお母さんから連絡があって」

「いったいいつ……」

「おととい」エマは、事実を告げるのにふさわしい口調で事実を告げた。「昨日、学生が家を訪ねて死体を見つけたらしい」

「でも、どうして？」

「お母さんの話だと、遺書は見つかってないって。警察が調査中」

「最後にモニカと連絡をとったのはいつ？」

「二年まえだね」エマは答える。「〈パシテア〉のヴァージョン6・0を発表したときにメールでお祝いしてくれて、ついでに数学関係の質問も送ってきたんだ。あたしはその方面は詳しくなかったから、同僚のアドレスを教えてあげたけど」

「私はもう五、六年も連絡してなかった」

私の答えを聞いて、エマはしばらく黙りこんだ。「とりあえずイギリスに戻る予定で、お葬式が終わったらロサンゼルスに帰ろうと思ってる。モニカのお母さんはジュディにもお葬式に参加してほしいと思って、ただ連絡先がわからなかったからあたしが知らせることになったわけ。お葬式は明後日だけど、予定はどう？」

「うん、休みは取れる」

「あと、バーミンガム大学の計算言語学研究所の主任、だからモニカの上司にも連絡をとったんだ。そしたら、モニカはすこしまえに七百ページ超えの論文を完成させてて、ただ発表はしないで、同僚にも見せてなかったらしい。読んでみるつもりはあるかって訊かれた。あたしは明日そっちへ行くつもりで、朝にバーミンガムに着く便のチケットを取ってあるんだ。面会の予定は明日の午後で……」

「だったら私、明日の夜にバーミンガムへ会いに行くよ」

「ジュディ、こんなことを言うのは変だってわかってるけど、でもほら、あたし、こういうことは苦手だから……自分がなにかやらかすんじゃないかって心配で。ほら、あたしはいろんなことでやらかしてきたから」ひどく心細そうな声だった。「できたらあたしがバーミンガム大学へ行くとき、付いてきてくれない？　あのときみたいに……」

十四年まえ、エマがインペリアル・カレッジの面接へ行くときも同じような頼みを受けた。それで私とモニカが付き添いで行くことになったのだ。

いまでは私しかいなくなった。

「付いていくのはいいけれど、どう名乗ればいいの？」

「あたしの助手だって言えば、疑われはしないって」答えが返ってくる。「実を言うと、いまあたしのやっている研究も、もしかするとジュディの助けが必要になるかもしれないんだ。まあそれはあとの話として。明日の午後二時にバーミンガム大学の近くで落ちあうのはどう？」

「空港に行かなくてもいいの？」

「それはいいよ。午前中は何通かメールを書かないといけないし。同僚に急遽《きゅうきょ》プラハの会議へ出席を頼むことになって、伝えておくことがいくつかあるから、空港でカフェに入って片づけるつもり」

「だったら午後に大学のあたりで。そのときまた連絡するよ」

「また明日ね」

　通話が終わると、私はじっと椅子に沈みこんで、心ではまだモニカの死を受けいれられずにいた。あの子についてのすべては、とうに遠い記憶となっている。悲報を聞いて真っ先に湧いてきた感情は、たぶん悲しみではなく、懐かしさだった。かつてモニカと過ごした日々は懐かしく思えて、だけどあんな時間はもう永遠に戻ってはこない。何度か深呼吸をして、私は上司へ金曜の休暇を申請するメールを書いた。さいわい、いま手元に急ぎで出版する必要のある本だとかはない。ディスプレイに文字を打ちこんでいると、唐突に腕へ涙が落ちた。息を整え、メールを書きおえたあと、思うぞんぶん声を上げて泣いた。

2

校内から選ばれ、青少年学術財団のプロジェクトに参加したとき、私は十六歳の誕生日を過ぎたばかりだった。それまでの数年間にグラマースクールは招待を受けていなかったし、あのあとも与えられなかったはずで、私が参加したあの年だけ、財団はすこしばかりの〝それまでにない声〟がプロジェクトに必要と考えて、私の母校に三人の枠を配分したのだった。そのとき私は、向こうの言う〝それまでにない声〟というのが私たちへの嘲笑の声でないことばかりを祈っていた。

班分けの段階ですでに、私は自分がこのプロジェクトに似つかわしくないことを意識していた。大多数の班は、名前を見ただけで自分の知識の範囲を超えていることがわかった——数理論理学班、統計学班、機械学習班、遺伝子工学班、それにゲーム開発エンジンを研究するチームまであった。こういった班が、初等数学と初歩のプログラミングしか勉強していない参加者を歓迎するはずがないのは明らかだ。はじめ私は歴史学研究班に声をかけてみて、向こうも私の語学力がどこかで研究に役立つと考えてくれたけれど、みんなの目標が複雑系理論で歴史をシミュレートしたり、未来の動向を予測することだと聞いて、私は参加するべきか迷いはじめた。〈ファウンデーション〉シリーズを読んだことがあればかならず抱くであろう野心であっても、どう考えても二年間で達成できるような課題には見えなかった。

同じ学校から来た二人は、神学研究班の立ちあげを主催者側に申請して、承認されていた。グラマースクールに通っているのはほとんどが私のような聖職者の家庭の子供で、将来にもほとんどが聖職者となるのを目標にしている。出願ページを開き、そこへ加わろうと考えていたそのとき、神学のほかにもう一つ、言語学班が新しくできているのにふと気づいた。申請者はモニカ・ブリテンという女の子。そうして、私は深く考えずに自分の研究の目標を決めた――言語を学ぶのは好きだし、言語が背負っているものを知ることにも興味があるから、ここが自分にいちばん合っているかもしれないと。

プロジェクトでは、学業の余暇を使って研究を進めることになっていた。ただ参加者は全員、大学への出願のときになればここでの成果が学校の成績よりはるかに重視されることをよくわかっていた。毎週末には財団のビルの会議室を使うことができ、必要があれば申請を出して、ロンドン市内のいくつかの大学で実験設備を借りることができたし、ある程度の研究費の支給も受けられる。ほかにも財団は、さまざまな分野の専門家を紹介して、参加者たちが研究で遭遇した問題を解決する手助けもしてくれた。

財団のビルは三〇年代のいちばんの流行《はや》りだったモノトーンの様式で、模続主義《シーケンシズム》の建築家、サヤコ・ワタナベの〝白の時代〟の代表作だった。なんでも、毎年外壁塗装を維持する費用だけで、私たちの参加したプロジェクトを運営する経費をはるかに上回っていると いう話だった。初めて討論に参加するその日、私は七階のメビウス風の回廊で道に迷ってしまった。〝言語学班〟と貼りだされた小さな会議室の木のドアを見つけたときには、予定の時間をすでに五分過ぎていた。

深く一度息を吸って、ドアを叩き、反応がないのでノブを押すと、鍵がかかっているのに気づく。そこに、慌てた足音が廊下の向こうから聞こえてきた。

「ごめんなさい、遅くなって」

振りむくと、同じくらいの歳の女の子が息を切らしながら走ってきて、私から半メートルのところで足を止めた。栗色の髪と緑色の瞳の子。着ているのはVネックのセーターで、その下には白いブラウス、あとはチェックのスカートと、黒のニーソックスにローファーを身につけている。四〇年代の末には生徒に統一の制服を強制する学校はほとんど消えかけていた。セーターの胸元にあるヒナギクの紋章を見れば、相手がイーディス・スクールの生徒だと判断するのは難しくなかった。

「こっちもいま来たところ」そう答える。「この階、まるで迷路みたいだね」

「私もこの建物に惑わされたわ」相手は磁気カードでドアを開けた。「エレベーターで七階に来て、傾斜に沿って上がっていったら八階のオフィスエリアに着いて、そこからは階段を下りないとここにたどり着けなかったんだから。はじめに八階へエレベーターで行ってから、傾斜を下りてきたほうがかえって楽だった」

小型の会議室へ足を踏みいれると、なかには大きくない丸テーブルがあり、まわりに椅子は五脚置いてあった。大人数の班は六階の大会議室が割りあてられているらしい。

「このビルはなんでこんな設計なんだろうね」

「もしかして、参加者の頭がじゅうぶんに回るか試そうとしたんじゃない？」向こうは、ドアからいちばん離れた椅子に腰を下ろした。「どうやら私は不適格だったようだけど」

「私だって遅れたし」

背後でドアはひとりでに閉まる。私たちはテーブルに向かいあって座った。

「どうか研究がうまくいきますように」相手は苦笑いしながらそう言う。「私はモニカ・ブリテン、この班の設立者」

「ジュディス・リス」

学校の上級生に自己紹介すると、決まってその名前はどうつづるのかと聞かれて、その次に祖先はウェールズ人なのかと聞かれた。ただモニカの質問は違った。

「〝ジュディ〟と呼んでもいい？」

私はうなずく。

「ジュディ、新しくできたこの班に参加してくれて感謝しているわ。なにか取りくみたい課題はある？」

「ヨーロッパの言葉をいくつか勉強したことがあるだけで、言語学はぜんぜん知らないんだけど」私は弁解した。「グラマースクールに通ってるの」

「いくつも言葉を勉強しているだけですごいって、私はフランス語がすこしわかるだけだし」

「どうして言語学に興味を持ったの？」なにげなく口にしたあとで、ずいぶんと失礼な質問をしてしまったことに気づいた。まるで、ちょっとフランス語がわかるだけのお前には言語学に興味を持つ資格はないと言っているみたいだ。ただモニカは微笑みを浮かべて質問に答えてくれた。イーディス・スクールに通うお嬢さまならではの寛大さゆえだったのかもしれない。

「まえの学期で、計算言語学の選択授業を受けたときにとても面白いと思って、大学でもその方面に進みたくなったの」

どうやら、この班の正式名称は〝計算言語学班〟ということになるらしい。そうとわかっていたら、同じ学校の二人と一緒におとなしくトマス・アクィナスについて研究していたのに。

「ごめんなさい、私にわかるのは初等数学だけで、しかもあんまり得意じゃなくて。ぜんぜん力になれないかも」

「でも、いろいろな言葉がわかるんじゃないの？　きっと、私たち二人で取りくむのにぴったりの研究があると思うわ」

「この二人だけなの？」

「いまのところは二人だけ」そう答えがある。「もしかするとほかの班を抜けてきて、ここへ来てくれる人がいるかも」

「ということは、数学の手段をどう使えばいいかまったくわからないグラマースクールの生徒と……」

「それに、外国語なんてほとんどわからない班長。これは前途多難だ」口を引きむすんで首を振る。「どう、別の班に変えようと思う？」

「ここより合った班があるわけでもないし」神学にはぜんぜん興味がない。それに私がここを抜けたらモニカ一人が残ることになって、この班が取りやめになるかもしれない。

「歴史学班の人とも話をしてみたけれど、あの人たちはラプラスの悪魔みたいに、人類の歴史をすべてシミュレートすることを考えてたの」

「狂気の沙汰の考えね。ひとつ私たちも、コンピュータで人類の言語の進化史をシミュレートして、ついでに予測もしてみる？」

「なおさら難しくなるだけでしょう。だって言語の進化となればいっそう外部の要素から影響を受けるんだし。政治、経済、戦争、人口移動……」

「だったら、歴史学班が向こうで〝ラプラスの悪魔〟を作りあげてからでないと、研究は始められないということか」

「そうだね。でも、どう考えても完成はしないから。すくなくとも二年のうちにできるはずはない」

「機械翻訳のことをやってみるのはどう？」モニカが言った。「そのほうの研究だったら、私たち両方の長所を生かせるかもしれない。たとえば市場でよく使われている翻訳ソフトをいくつか持ってきて、ミスが起きやすい文章をある程度試したら、あなたが翻訳の結果が正しいかを判断して、私がアルゴリズムの方面からどうしてその結果が出たかを分析するの」

「うまく行きそうな気になってきたかも」

正直に言うと、私は機械翻訳にまったく好感を持っていなくて、恨み骨髄に徹すると言ってもいいくらいだった。その分野での技術が進歩するほどに私は、自分があれだけの時間を費やしていろいろな言葉を学んだのが無駄な努力でしかなかったような気分がつのっていた。それでもモニカの提案は受けいれる気になった。私のする必要があるのは機械翻訳の結果のあら探しをするだけだったから。

あら探しなら、ぜひともやってみたかった。

なのにそのとき、モニカは私がなによりも聞きたくなかった一言を付けくわえた。

「私たちの研究はもしかしたら機械翻訳の進歩を速めて、すぐにでも人間の翻訳の仕事を完全に乗っ取ってしまうかもね」

3

「じゃあ、ここ何年かモニカは、給料が定まってない非常勤講師だったって？」エマが問いかける。肩の震えは止まらず、しかもずっと相手と視線を合わせないようにしていて、憤怒を懸命に見せまいとしているところなんだとわかる。

「ブリテン先生は学部生向けにいくつか講座を開いていて、聴講料で生活はしていけましたよ。それにご存知でしょうが、あの人はかなりの名家の生まれだ。経済的に悩むことがあったとは思いませんが」

「でも、あまりにひどい仕打ちじゃない。モニカはいまの時代でいちばん優秀な計算言語学者なのに……」

「われわれも以前はそう考えていました。そもそも採用した理由は、彼女の博士論文が抽象解釈に新たな数学的手法を提供したからです」

「なら正式なポストに就《つ》けさせなかったのはどうして？」

「その研究を続けなかったからですよ。いまに至るまで、くだんの数学的手法の応用について得られた進歩はほぼゼロだ。こちらからも話はしてみたが、その方向で研究を続けるつもりはないようだった」デスクのあちら側に座った主任は肩をすくめる。「というより、ブリテン先生はバーミンガムへ来てから新しい論文を発表していなかったのですよ、ただの一本もね。学術会議にもまったく参加しなかった。学部生への講義も決まりきった内容を読みあげるだけで、しょっちゅう学生から苦情が出ていたんです。講義がなければ学校に来さえしない。なにより不思議なのは、実験設備の使用申請が一度もなかったんです、スーパーコンピュータすらもね。となると、専門的な研究を進めていないと考えるのが普通だ」

「いいや」エマは額に手を当て、インフルエンザにでもかかったかのように重たげに息をつく。そばに座っている私には、みるまにせわしくなっていく乱れた呼吸が明瞭に聞いてとれた。「それはきっと誤解。モニカは基盤寄りの研究をしていたはず――得意分野はそこだったし。数学の研究は、一本のペンと充分な紙があればできる場合が多いから」

「ソフロニツキー教授、それは古典派の時代の数学だ。現在では自動証明の力を借りないで仕事のできる数学者はめったにいない。ましてうちの研究所では……」

そこまで聞いてとうとう限界に達したらしい。

エマが立ちあがる。「あなたが具体的にどんな分野の研究をしてるかは知らないし、知るつもりもない。ただ一つだけはっきりしてるのは、あなたにモニカの研究はきっと理解できないってこと。あの子の博士論文は圏論を土台に構成されてた。圏論が発明されたときには、コンピュータはまだ何十トンもあったの」

「とはいっても数学の研究がいつまでもその時代のレベルにとどまるべきだということにはならないでしょう。それにここは数学科ではない」

「学術的な問題を話しに来たわけじゃないんだけど、カーゾン先生」エマは可能なかぎり礼儀を保ちながら両手をデスクへ乗せた。「あたしが知りたいのはただ、モニカ・ブリテンがここでどう暮らしていたか……」

「もうわかったでしょう」

「そうだね、もうわかった。ここのだれも、モニカの研究は理解できなかった」

「あちらも我々の理解を求めていなかったんですよ。いったいなにを研究しているかすら知らされなかった」エマに怒りの目を向けられ、主任は心外だというような顔で見かえした。「今回の論文を読めば答えがわかるのかもしれませんが。ただまだ読めていませんのでね。おわかりでしょう、職員にああしたことが起こると、どうしてもいろいろと片付けないといけないことが持ちあがる。たかが非常勤講師でも……」

主任はエマを完全に怒らせた。

エマは首を振り、戸口に向かって歩いていく。私も追いかけた。背後からため息が聞こえてくる。エマはドアノブを握って、ただすぐには開けなかった。振りむいて口を開く。

「そうだ、カーゾン先生、例の論文をあたしのアドレスに送ってもらえる？　アドレスはカリフォルニア工科大のサイトで見つかるので」

「王室勅許言語学会で却下された論文のことなら……」

「却下？」エマは手を放し、主任へ身体の正面を向けた。「どういうこと」

「午前中に学会から連絡があったんですよ。たった数日まえに、彼女の論文を不採用にしたと」

「なら、それが自殺の理由だと？」

「かもしれません、ただ」主任は言葉を切る。「それなりの学者になればその程度の打撃で思いつめることはありませんが」

「モニカはそんな〝それなりの学者〟なんかじゃないの、カーゾン先生」エマが答える。「あの子は天才」

そう言いおえると、エマはドアを開けて部屋を出た。

あとを追って二十面体の建物を出ていき、芝生を突っ切ると、エマはプラタナスの木の下のベンチへ座りこんだ。私も横へ腰を下ろす。

芝生には一人の姿もなく、自動草刈り機が一台ゆっくりと動いているだけだった。

「あたし、またやらかした？」ベンチの背もたれに頭をあずけて、枯葉に覆われた木の枝を見上げながら訊いてきた。

「これでこそエマらしいと思う」私は言う。

現代で第一に名前の知られた計算言語学者のエマは、自然言語でのコミュニケーションはそこまで得意でないらしい。ただ、さっきモニカの上司が折々で見せた反応からすると、学術界ではまったく珍しくないことのようだった。十何年かまえに、感情コンピューティングはとくに発展の遅い分野だと二人から愚痴を聞かされたのもわかる話だった。

「学会にメールして、いったいどういうことか聞いてみる」

そう口にして、エマは旅行鞄からコルク栓ほどの大きさに圧縮された最新のフレキシブルPCを取りだした。端の面へ指を当てて指紋認証が済むと、PCは自動的に展開して固定される。私のほうもあのCPE958はお払い箱にしたほうがいいのかもしれない。ボイスメールの録音を始めてまもなく、さっきの自動草刈り機が足元へと進んできて、ひどい騒音も連れてきた。エマが足を上げてそいつを蹴り転がしたのは、無意識の行為のようにも見えた。草刈り機はひっくり返された亀のように転がっているしかなくて、騒音はすこしもおさまらない。仕方なく、私は立ちあがって草刈り機をすこし離れたところへ運んでいくことになった。

エマのところへ戻ってくると、メールの録音は終わっていた。

それからエマは、二人乗りのタクシーを呼んだ。乗りこんだあと向こうの近況を聞いてみる。〈パシテア〉は近いうちに重要なアップデートを控えていて、当を得ない描写であっても文脈算定を通し、膨大な年代データベースを参照して映像生成が実現できるという。今世紀の初めに日本や中華圏で流行を始めたキャラクター小説は、これまで〈パシテア〉のいちばん苦手とするテキストだった——その対極にあったのが冗長な描写で埋めつくされた十九世紀のイギリス小説で、バージョン3・0までのシステムはほとんどこの範囲の作品にしか役立たなかった——来年の四月に発表予定の新しいバージョンでは、情景描写の手薄なテキストはもはや難題ではなくなり、システムはなんの支障もなく視覚効果や仮想空間を生成するという。

タクシーは都市間高速軌道へと乗りいれ、エマがメールを一通受けとった。PCを出して目を通すとそれきり黙ってしまう。車が軌道を降りて、ウェストミンスターの狭い道で混雑に巻きこまれたころ、ようやくふたたび口を開いた。

「私は〈ヘシオド〉の研究を続けるから。BHLグループのプロジェクトとしてでなく、自分の興味に従って」

「グループ側はアップデートに不賛成なの？」

「向こうはベータ版で充分使いものになると思ってる」そう答えがあった。「うまく説得できなかった。まあ、この研究はそこまで経費がかからないから、時間が空いたときの暇つぶしだと思えば。〈パシテア〉には対《つい》になってくれる文章記述システムが必要なんだ。いろいろな画像や動画だったり、仮想空間だったりから文章記述を自動生成するには、いまのシステムではるかに不充分」

「うちの会社で売ってるゲーム原作の小説も、ベータ版で作ったんだった。私が脚色したのもあるけど」

「でもいまの〈パシテア〉ならいろいろな文章スタイルを突っこまれても計算ができて、まったく違う視覚効果を生成できるよ。いまのところこのプロセスは可逆的じゃない。たとえば〈パシテア〉が生成した仮想空間から、〈ヘシオド〉の処理で文章記述を生成させて、その文章から新しく仮想空間を生成すると、まったく違った結果が出てきてしまう——なにが言いたいかはわかるよね？」

「わかる。五十年まえの翻訳ソフトを使ったら、英語をフランス語にしてまた逆に翻訳すると、意味のわからない文章しか出てこないみたいな。そういうことでしょう？」

「そういうこと。新しく生成された仮想空間はだいぶ作りが粗《あら》くなる」エマは車に用意されていたスマートグラスを手でもてあそんでいた。車に配置された端末は安物で、記録されている仮想空間は百にもならないし、解像度もかなり低い。「あたしはそのプロセスを可逆的にしたい。そうしたら今後〈パシテア〉をアップデートするのにもだいぶ都合がいいよ。でもグループの上層部はそう考えてない。〈ヘシオド〉のアップデートに商業的な価値はないと思ってるんだ」

「うちの上司だったら多少興味を持つかも。出版社に支援を頼んでみたら？」

「遠慮する」スマートグラスをもとの場所へ戻し、首を振った。「出版社はお金がないから」

車はエマの泊まるホテルのまえで停車し、ただエマはすぐにチェックインの手続きを始めることはなかった。私たちは近くでイタリア料理店を見つけた。思えば、あのころ財団の食堂で、モニカは毎回同じパスタを頼んでいたんだった。ニンニクに唐辛子とオリーブオイル、この材料の組みあわせはずいぶんとモニカのひらめきを刺激したらしい。食事の席で突然思い浮かんだ解決策はかなりの数あった。

偶然だけれど、エマは三つの食材をすべて苦手にしていた。

モニカの死について、まだどうにも現実味を感じることができない。明日お葬式に参加して、死に顔を見てようやく事実を受けいれることができるのかもしれなかった。モニカの好きだったパスタを食べるだけでも、なんだかあの子がどこかでまだ生きているような錯覚を感じてしまって、いつか一緒にランチへ行くことさえ期待してしまう——昔と同じように。

ホテルまで送っていったら帰るつもりだったけれど、エマに泊まっていくのを勧められた。
学者として数十件の特許を保持しているエマなら、当然プレミアムスイートに泊まる余裕がある。それとおそらく、部屋を予約したのは助手で、本人は写真も見ていないだろうと私には確信できた。エレベーターで最上階へ向かうあいだ、エマは一つのベッドでどうすれば二人が寝られるか心配していたけれど、実際に部屋へ入ってみるとベッドにはすくなくとも四人は悠々と寝られるのがわかったから。

私は出張の必要がほとんどないけれど、たまにフランス支社へ出張で行くときには、自動化設備を付けていない昔ながらのホテルを選んで泊まることにしている。自動化設備は便利ではあっても、どうしてもさまざまな記録が残るし、私には自分が接待システムに監視されているように思えてしまう。これについては以前のニュースで、自動化設備を売りにしたホテルのなかには宿泊客の身体情報を記録して、それどころか一挙一動を盗み撮りしてシステムに分析させているところもあるという話があった。

このスイートルームにも自動化設備は設置されていたけれど、無効にすることができた。私はオフのスイッチを押す。

「湯船から立ちあがったらロボットアームが伸びてきてタオルを渡してくるなんて、気味が悪いと思わない？」エマに向けて言う。「まるでお風呂から上がったのをシステムが察知したみたいで」

「原理を考えれば単純なんだけどね。ただジュディの言うとおり、システムがそうやって反応するにはこっちの動作を捕捉する必要がある。あたしも自動化設備はそんなに好きじゃないな。反応しすぎるときがあるから。人にボイスメールを送ってるときにも、言う単語によっては指令が飛んでいっちゃうとか。だからクリスティーナには、自動化設備を無効にできる部屋を取るように頼んでおいたんだ」

エマはスリッパに履きかえ、上着を脱いで、ソファに腰を下ろし、旅行鞄から圧縮されているフレキシブルPCを取りだして、ただ広げはせずにそのまま目のまえのローテーブルへ置いた。左に並んで座ろうとしていたら、エマはそこへ倒れ、上半身をまるまるソファへ横たえた。

「それ関係の研究に関わったことはないの？」

「あるよ。チェーンのホテルのために、宿泊客と会話できる人工知能を設計したことがある。そのシステム、試用を始めてしばらくしたら罵詈雑言を言いはじめて、しかもまえに泊まった客のことをつぎの宿泊客に話して聞かせるし、そのうちセックスの声の真似まで始めたから、ホテルの経営者は発話の機能をオフにして、音声認識の部分だけ残したんだった」

「一人でホテルに泊まったら自動化システムが突然話しかけてくるんじゃ、かなり仰天しそうだね」

「仰天するよ。そのプロジェクトのときは、最初わりと性能のいい音声合成器を使ってかなり本物に近い声を再現してみたら、試用のときに全員怖がっちゃって。まるで部屋に知らないだれかがいるみたいだって。二十年まえの合成器に変えることになって、出てくる声は抑揚のかけらもなくなったけれど、かえってそのほうが安心して接することができるんだ」

「じゃあ結論は、話はしないほうがいい、どうしても話すならあんまり本物らしくないほうがいい、ってこと？」

「そう、そういうこと。最新の音声合成技術はめったに実用へ出てこないんだ。怖がらせちゃうから。同じ理由で、ずば抜けて本物らしいアンドロイドをだれかが開発したとしても、きっと売り先はないと思う」そう話して、エマは座りなおした。「先にお風呂行ってくる」

言いながら立ちあがってバスルームに歩いていき、その戸口で足を止めた。こちらを振りむいて、「PCが鳴っても放っておいて、ただのメールの通知だから」と言いのこす。そのあと、向こうへ入っていってドアを閉めた。一分ほどして、バスルームから水音が聞こえはじめる。

私はバッグから小型の書籍リーダーを取りだして、スイスのドイツ語作家の新作を読みはじめた。何年かまえ、この作家の処女作を脚色して深く印象に残った。ただイギリスでのその本の売れ行きはあまり順調でなく、それからはどの出版社も彼の小説を翻訳する気をなくしている。先週発売されたばかりのこの本、『ヌーシャテル湖畔の羊飼い』は、ヨハン・ハインリヒ・ペスタロッチの教育活動を題材にしている。私はペスタロッチが孤児院を建設するところまで読んでいた。この本がイギリスで出版される可能性はほぼゼロだと察することができる。

水の音はいまもとぎれとぎれにバスルームのほうから聞こえてきていて、そこに属七和音《セブンス》の響きが耳に届いた——エマのPCの鳴らした音だ。私は放っておき、本を読むのに戻って、三百行くらい読みすすめたところで、白いバスローブを着たエマがバスルームから出てきた。

その髪から水滴がしたたりつづけているのを見て、なにも言われてはいないけれど私はドライヤーを取ってきて手渡した。

エマがドライヤーを使っているところに、ふとさっき聞こえた属七の和音のことを思いだして知らせる。「さっき、エマのPCが鳴ってた気がする」

「たぶんバーミンガム大学からモニカの論文を送ってくれたんだよ」そう言って、PCに手を伸ばす。

「じゃあ、私も入ってくる」

バスルームの入り口まで来ると、やたらと大きい浴槽が目に入った——いや、湯船と呼んだほうがいいかもしれない。エマの脱いだ服はぜんぶドアを入ってすぐのかごに入っている。鏡のそばにバスローブがかかっていて、使うまえのタオルもあった。

「冗談じゃない！」

憤りのこもったエマのひとりごとが聞こえてきて、振りむくと、平坦に固定されていたフレキシブルPCを持ちあげて乱暴に床へと叩きつけている。衝撃を受けて、PCはたちまち軟化して収縮を始めた。

コルク栓くらいまで縮んだPCまで歩いていって拾いあげ、エマのところへ行って、相手の気分が落ちついたらPCを渡そうと思った。顔を上げて私を見る目にはまだ憤懣がこもっていて、口の端が絶えずひくついている。

「バーミンガム大学の人はなんて言っていたの？」

「大学じゃない」首を振る。「言語学会から来たメール。どうしてモニカの論文を却下したかの説明だった。どうかしてる。あいつらは〈墓石《トゥームストーン》〉でモニカの論文を検証しただけで、証明は成立しないものとみなしたって……」

「〈墓石〉？」

「トリニティ・カレッジで開発された人工知能。数学上の証明が成立するかを検証するのに使う。いまでは学術雑誌のかなりがあのシステムを使ってる」エマは気の沈んだ様子だった。「もう予想はしてたんだ。七百ページ超えの論文がこんなに早く却下されたんだから、きっと人間が検証したんじゃないって」

「どうしてコンピュータに検証をやらせるの？　無責任すぎるじゃない」

「あっちを責めてばっかりもいられないんだけど。モニカの論文はすごく長いし、新しい数学的手法をあっちこっちで使ってるから。博士論文の時点でもう難解で理解に苦労したんだよ。今回は実際にどんな方法を使ったかわからないけど、ただ、モニカの使った数学的手法を把握するのにはそうとうな時間がかかるのは想像できる。あたしだったら少なくとも一、二年は必要。言語学会で離散圏の考えかたに精通しているのは何人もいないだろうから、その知識を勉強するのにさらに時間が必要かもしれなくて、それでやっと検証が始められるし、検証のプロセスも楽な作業じゃないのは間違いない。解析数論の分野の論文だと人の手では検証に十年以上かかる場合があるらしくて、だからトリニティ・カレッジの人はこのシステムを開発したわけ」

「モニカの論文は、いったいどこに問題があったの？」

「それがなにより許せないところ」こめかみを揉みながら答える。「学会の人は理由を説明しなかった。そもそも、〈墓石〉も理由は教えてくれない。あれは論文が成立しているかどうかを判定するだけなんだ」

「理由を教えない？　判定のプロセスは確認できないの？」

「残念だけど、できない。〈墓石〉には説明可能性がないんだよ。どうしても解読するとなると、たぶんとてつもない時間がかかる――モニカの論文を人の手で検証するよりも長い時間が」

そう話して、エマはうなだれるとため息をついた。

腰を下ろした私は、その手にフレキシブルPCを置く。

「〈墓石〉はブラックボックスなんだよ。向こうの人間はただモニカの論文をそこへ入力するだけで、〈墓石〉が結論を出す。そしてあの人たちはその結論を信じて、問題の論文を却下した。論文のどこが間違っていたのかはだれも知らない。いや、もしかすると論文は正しくて、ただ複雑すぎて多項式時間では検証できないのかも、そういう場合だと〈墓石〉は論文が成立しないと判定する可能性がある……」

エマの手から力が抜け、PCはソファへと滑りおちて、背もたれとクッションのすき間へと転がっていった。振りかえって私の目を正面から見つめ、一言付けくわえる。

「……そのブラックボックスが、モニカを殺したのかもしれない」

4

ブラックボックスに悩まされて、私とモニカの機械翻訳についての研究は、最初の学期のうちに壁にぶつかっていた。

初めはすべて順調だった。前世紀の商業翻訳ソフトをいくつか分析することになった。扱ったソフトの原理は基本的にとても単純で、私にも理解することができた。ようするにまずもとになる文章をひとつひとつの語句に分解し、それから辞書をもとに語句を目標言語へと翻訳して、目標言語の文法規則に従って語句をふたたび組みあわせると翻訳の結果が手に入る。この方法は簡単な文章にはいちおう役目を果たすけれど、これで慣用句だとかを翻訳するとなると、おかしなことをしでかすのは避けられなかった。目標言語には似た表現がないかもしれないからだ。

そこで、翻訳ソフトの開発者に対策を思いついた人たちがいた。たとえば固有名詞や慣用句、決まり文句などによって言語データベース《コーパス》を作り、ソフトは翻訳をおこなうときコーパス内に符合する内容がないかを検索する。この方法はたしかに、翻訳の正確さと自然さをある程度高められる。ただ、語義の曖昧さは難題として残った。なかでも、ある単語が起点言語と目標言語のあいだで等価でないときは、大量の問題が噴出してくる。

とくによく例に挙がってくるのは、英語の〝sheep〟《シープ》とフランス語の〝mouton〟《ムートン》だ。英語では〝sheep〟は羊のことを指すけれど、フランス語の〝mouton〟が指すのは羊だけではなく羊肉——英語の〝mutton〟——の場合もあって、二つの単語は等価じゃない。それぞれの翻訳ソフトが語義の曖昧さをうまく処理できるか検証するため、私は〝mouton〟

の場合と似たような単語を入れたフランス語の文章を作って、ソフトに英語の訳文を生成させた。原始的な原理を採用したソフトはだいたい〝mouton〟を〝sheep〟としか訳さず、語義が適切かどうかは考えることがなかった。そこで、開発者によっては統計学的な方法で曖昧さを処理していた。わりと広まった方法でいうと、まず二つの言語の平行コーパスを制作してから統計的に処理し、〝mouton〟が草原や牧羊犬、羊毛といった言葉と一緒に現れていたら、基本的に〝sheep〟と訳す。食事や料理に関する動詞とともに現れたら〝mutton〟と訳すわけだ。

続けてモニカは、今世紀初めの機械翻訳ソフトをいくつか分析していった。ソフトによっては大々的に統計学の手法を取りいれて、潜在変数や対数線形モデルを使って（ここの用語はモニカが教えてくれたもので、私にも自分で言っていることが正確かはわからない）翻訳を実現していた。そこの作業に私はほとんど参加していない。モニカは私に線形代数の基本的な知識を教えてくれようとして、こちらも努力はしたけれど、最終的にはあきらめる結果になった。あるときはロンドン大学の講師を会議室に呼んで、モニカは高次空間での線形分離不可能な問題について話を聞いていた。私にできたのは、そばで待っていて紅茶を淹《い》れることだけだ。

初めの学期のうちに、私たちは二〇一三年までの主だった翻訳ソフトをすべて検証しおわっていた。モニカもすこしフランス語がわかったから、重点的に検証したのは英仏間の翻訳だ。ソフトたちが文章を処理するとき役に立ったり立たなかったりする理由を、モニカは毎度すらすらと説明してくれた。でも、ほんとうに厄介なのはもっと後に開発されたソフトで、それらのほとんどが利用していたのがディープラーニングの技術だった。これまでと同じように私たちは、英語とフランス語相互の翻訳を検証して、翻訳の結果を記録し分析した。ただモニカは、私たちの手が届くのは結果の分析だけで、プロセスのすべては隠れ層《ヒドゥン・レイヤー》で完了していることを知った。翻訳の具体的なしくみを説明するとなると、モニカの知識の範囲を超えてしまっているのは明らかだった。

「いまの私には、ニューラルネットワーク構造のうちどれがほかよりもすぐれていて、翻訳の正確さを引きあげられるかはわかる。アテンション機構を導入すれば勾配消失の問題も減らせる。ただ、翻訳の作業が隠れ層でどう行われているかの説明はできないの。ここにある翻訳ソフトは、私にとってはブラックボックスが並んでいるようなもの」

「ごめんなさい、よく理解できないんだけれど」

「大丈夫、私もわからないから」向かいに座っているモニカは首を振った。「それにこれはまだ、二、三十年まえに流行ったディープラーニングだから。そのあとには、スイス連《E》邦《T》工科大《H》チューリヒ校のグループがマリアナ・ラーニングのアルゴリズムを開発して、人工知能が必要に応じてリアルタイムで自分のニューラルネットワークを改良できるようになったの。それまでは可視化が実行可能だったニューラルネットワークモデルも、いまではそこまで隠れ層に入ってしまって、具体的な計算のほとんどは隠れ層のなかの隠れ層で進んでいるというわけ。その機構を採用しているのが、最新の機械翻訳ソフトなの。正確さはおそろしく上がっていて、勾配消失の問題も完璧に解決されているというし、トレードオフといったら完全に説明可能性が失われたことぐらい。私にその分析はできないし、だれにもそんなことはできない」

「それはつまり……」

「課題を変えたほうがいいかもしれない」モニカはいう。「ごめん、ジュディ、私が課題の難易度を見くびっていたせいで、一緒になってこんなに長い時間を無駄にさせてしまって」

「私もいろんなことが勉強できたし」たとえば簡単な文法理論に初歩の意味論の知識、もちろんほかにも、この世に線形代数という学問分野があることとか、matrix という単語に〝母体〟以外の意味があることとか。「その知識は、課題が変わっても役立てられるはずだよ」

そこから私たちは、一時間くらいをかけて今後なにを研究すればいいかを話しあった。どう考えるかというと、モニカの得意分野はコンピュータテクノロジー、そして私の得意分野は歴史言語学で、私たちはその二つの結節点を探すことになるだろう。そこで私は、コンピュータテクノロジーを利用して古代の言語を復元できるかもしれないと提案してみた。それを聞いたモニカは肯定も否定もせず、私のほうも言ったあとで的外れのような気になってきた。たしかに挑戦する価値のある課題で、それに私たちそれぞれの長所も生かせるけど、応用価値はまったくないように見える。でももしかしたらどこかの映画かゲームが、ルウィ語やセロニア語をちょっと話すキャラクターを必要とするかもしれない、なんて……

そのとき、会議室のドアが乱暴に開いて、私たちと同い歳に見える女の子が入ってきた。ほんのすこし暗い金髪のショートヘアで、輪郭のはっきりした顔の子だった。灰色のパーカーとスキニーのジーンズを身につけている。パーカーはど真ん中にアルファベットの〝A〟が赤く書いてあって、この子も、服をデザインした人もホーソーンを読んだことはないみたいだった。何歩か歩いてきて、このときになって相手の瞳の色がはっきりと見えた――灰色のなかにごくわずかな青、イングランドのいたるところで見られる空のようだった。

「ここは言語学班でいいの？」そう言いながら振りかえる。ドアに貼ってある紙を確認しようとしたみたいだけれど、ドアはもうひとりでに閉まっていた。「場所を間違えてはいないよね？」

「間違えていないわ」モニカが立ちあがった。「私たちになにか用？」

「ここに入れてもらえない？　機械学習班の連中とはもうやってけない」

「どんなことをされたの」

　モニカが座るように促《うなが》しても、女の子は立ったままだった。

「問題はなにをしたかじゃなくて、なにをやろうとしてるか。ほんとに信じられない、あの人たちときたら、あらゆるグラフ理論の問題を自動で証明する人工知能を作ろうとしてるんだ。まるで笑い話みたい、十九世紀末になっても永久機関を作ろうって人がいたのと同じようなことだよ」かなりの早口だった。「あの人たち、ヒルベルト・プログラムって聞いたことがないほうに五千ポンド賭けるね」

「賭けを受ける気にはならないわね、私も同じ考えだから」モニカは微笑んだ。「なんて呼んだらいい？」

「エマ・ソフロニツキー」そう答える。「エマって呼んでいいよ」

「目立つ姓ね」

　これと同じ年、トリニティ・カレッジ数学科のソフロニツキー教授はある数論の重要問題を解決したことでナイトに叙勲されていた。当時マスコミはその報道で埋めつくされる勢いで、私のようなグラマースクールの生徒も彼のことは知っていた。

「機械学習班でも訊かれたよ、ニコラス・ソフロニツキーは父親なのかって」モニカの横の椅子へと歩いていく。二人はそろって腰を下ろした。「でもあいにく、うちの父は普通の医者だから」

「でもイギリスではめったに見ない姓なのは確かでしょう」

「それはそう。うちとニコラス伯父さんの家族のほかに、ソフロニツキーって姓の人には会ったことがない」

「サー・ニコラスはあなたの伯父さん？」

「そうだよ」なんでもないかのように答えた。「ただ断じて誤解しないで、あたしはあの人の姪だけど、あの人とは考えの違うところばっかりだから。あたしはブルバキ学派の信者じゃないし、純粋数学の研究をやるつもりもない。それで、あたしは参加していいの？」

「私はとくに文句ないけれど」モニカは私を向いた。「ジュディ、どう思う？」

「私も文句はない」そう答える。「でもソフロニツキーさん、いま私たちは難題にぶつかってて、課題を変えて再出発しないといけないかもしれないの」

「ちょうどいいんじゃない？」何分かまえにこの会議室へ闖入《ちんにゅう》してきたばかりのエマは堂々たる態度で言った。「あたしが新しい課題を考えてあげる」

その言葉を聞かされたモニカは、苦笑しながら首を振っていた。

5

モニカのお葬式は郊外にある墓地で行われた。この墓地は何年かまえ、ロンドンの墓地不足から作られた場所で、立案者は丁寧なことにすぐ近くへ小さな教会を建てていた。この教会に奉職する聖職者の毎日の仕事といったら、葬式で決まりきった祈りの言葉を読みあげるのが大半だろう。

もし両親の期待どおり神学校に進んでいたら、私も似たような仕事をしていたかもしれなかった。

牧師が祈りの言葉を言いおえたあと、エマは同業者と友人を代表して簡単なスピーチをした。

「モニカとあたしは同じように、とても純粋な好奇心につき動かされて科学の道に進みました。でも、モニカはさらにぬかるみだらけで孤独で、絶望的な道を選びました。生きているあいだ、モニカの研究を完璧に理解したのはだれひとりいないかもしれません。でもあたしは、モニカが遺してくれたそんなに多くない論文には、きっと人類の知恵の最果てにある思考がそこかしこに埋まっているんだと信じてます。それは、科学に身を捧げる人間としてあるべき姿でもありました――理解されなくても、もしくは不公平な扱いを受けたとしても、ひとり孤独に真理を追求すること。その真理も自分と同じように世の中の誤解と軽視にぶつかったとしても。どうして自分の選んだ道を歩ききらなかったんだと、責める資格はだれにもないんです。そんなことじゃなく、あたしたちは賞賛するべきです、こんなに厳しい環境でも、ここまで歩きつづけてきたんだって……」

エマは嗚咽《おえつ》しながら、話を終えた。

モニカと比較して、エマははるかに幸運だった。カリフォルニア工科大学の博士課程にいたときにBHLグループの援助を得て、エマは〈パシテア〉の開発に着手していた。テキストから視覚効果と仮想空間の両方を生成できるソフトは、〈パシテア〉が初めてではない。当時はある日本企業の開発した〈シンキロー〉が独占的な地位を占めていて（現在でもこのシステムは、マンガやアニメの生成についてはシェアを保っている）、〈パシテア〉の最初のころのバージョンも、成功とはいえなかった。ただバージョン3・0が現れて以来、〈パシテア〉はすこしずつ世界的な市場を征服していく。成功の原因についてはかなりの数のメディアが分析してきた。そういった分析のすべてが最低でも共有しているのは、エマの功績が不可欠だったということだ。〈パシテア〉のためにエマが設計した織維束ニューラルネットワークは、マリアナ・ラーニングの有名なお手本となっている。

ひょっとするとモニカと顔を合わせるとき、エマの心にはいくらか罪悪感があったのかもしれない。モニカの不遇は自分の責任ではないとしても。バーミンガム大学からはだれも葬儀には出席しなかったし、王室勅許言語学会も同じだった。この場で学術界を代表できるのはエマ一人だけだった。

ほかには何人か、モニカの高等課程での友人も来ていて、ほとんどが政府部門に就職し、エマの父親の同業者も一人いた。モニカの死の調査を担当している中年の刑事も墓地へ姿を現して、私たちからすこし距離を置いた墓石のあたりで煙草を吸っている。

お葬式が終わったあと、刑事は私とエマを呼びとめた。

「イーディス・スクール時代のご友人ですかね」そう訊かれる。私たちがうなずくと、ポケットから何枚か写真を取りだしてこちらへ見せてきた。「ここのものに見覚えはあるかな」

一枚目の写真は、旧式の三日月形の断面をしたプラグを写していた。十年まえまではポータブルストレージをPCに接続するとき、だいたいこういうプラグを使うことになっていた。二枚目の写真に写っているのはベルの形をした透明な容器で、外側に二つ、小さな穴が開いている。写真の隅には一枚目にあった三日月形のプラグが見える。透明な容器と差込口との寸法は合致していた。

「これ、見たことある。SYNE《サイン》だ」エマは考えこむことなく答えた。こちらに顔を向けてくる。「ジュディ、覚えてるよね、モニカと一緒に三人で、マグ・メルに液体ハードディスクを買いにいったとき」

「あの緑色の？」がんばって思いだそうとする。「たしかに、こんな形だったような」

あれは韓国の企業が開発した液体ハードディスクで、それまでの重たいものよりも小ぶりで気のきいたつくりで、しかも記録できる容量が大きかった。エマの言う〈SYNE〉というのはシリーズ全体の名前だ。その会社が出していた液体ハードディスクはすべて、宝石から名前を取っていた。私の記憶が確かなら、モニカと一緒に行って買った緑色のは、たぶん〈玉髄《カルセドニー》〉シリーズの〈クリソプレーズ〉だ。あのときはちょうど課題にいくらか進展があったときで、大量のデータを保存する必要があったから、それでモニカはポータブルストレージをみんなで買いに行こうと言いだしたんだった。モニカはそのまえから〈玉髄〉の別の型、赤色の〈カーネリアン〉を欲しがっていたから。SYNEシリーズはかなりの人気があってネットショップでは売り切れで、だめもとでマグ・メルに行ってみようと思ったわけだ。ただその店でも品切れになっていて、しかたなく緑の〈クリソプレーズ〉を買うことになった。

エマの話だと、液体ストレージは最新技術というわけではなく、今世紀の初めにはすでにアメリカのグループが原理を開発していたという。それでも、ほんとうに大規模な実用化が始まったのは三〇年代末だった。その時期、例の韓国企業がある記録粒子を発見して、流体がさまざまに運動するなかでも幾何構造の一定性を保つことができるようになり、その構造はパルスを用いて編集することもできた。この原理をもとにその会社が開発したのが第一世代のSYNE、コーラ缶ぐらいの大きさの液体ハードディスクだった。

四〇年代を通してSYNEは進化を続け、だんだんと流行しはじめた。外装のレベルも

〈玉髄〉シリーズで頂点に達していた。そのころは、学校にいるときもＳＹＮＥを首にかけてネックレスにしている女の子をしょっちゅう見かけた。

だいたいそのあたりのころに、ＳＹＮＥに使われている記録粒子が自然にも微量に存在していることが発見された。そこでライデン大学に通っていた学生が妙なことを思いつき、あらゆる液体から記録粒子を識別できる装置を作りあげて、そのうえネット上で販売を始めた。考えるまでもなく、ＳＹＮＥの溶液以外の液体から取りだせるのはランダムな、なんの意味もない情報でしかない。本来はまったく応用価値がないはずのこの発明が、エコロジストの芸術家たちの目に留まった。その装置を使ってさまざまな液体のなかの記録粒子を読みとり、その情報を図像や音声、あるいはテキストへとまとめるわけだ。私があるとき行った展覧会では、世界各地の汚染された川から水のサンプルを採取して、そこから情報を読みとり、情報を視覚的にまとめるという作品があった。重金属の一部が記録粒子の分布に干渉するせいで、タイプの違う汚染ははっきりと違う図像を生みだす。覚えているかぎりだと、アマゾン流域の水銀で汚染された水から生成した図像は不規則な橙《だいだい》色の縞模様で、中国の内陸、ニッケルで汚染された水からは群青色の背景とピンク色のノイズが生みだされていた。音楽家の手による実験はもっと興味深かった。イタリアのある偶然《アレアト》性《リー》の作曲家は、二十ミリリットルのコカコーラをその装置に入れて、案外不快でもないノイズ（金蛉子《きんれいし》の鳴き声に似ていた）を誕生させた。そのうちコカコーラの会社はその音声を買いとってCMに取りいれていた。あるロックスターのやったことはさらにもうすこし大胆で、その人は自分の尿や精液から音声を読みとり、さらにミレニアム・スタジアムでライブを開いたとき、数百のスピーカーで観客にそれを聞かせていた。

〈玉髄〉シリーズが大成功を収めたあと、その会社は今度は〈誕生石《バースストーン》〉のシリーズを発表した。一年のあいだをかけて十二種類のSYNEを売りだし、それぞれ十二の月の誕生石にならったデザインになる予定だった。ただ、八月の〈ペリドット〉が発売されてまもなく、中国のある企業が超限ストレージ技術を開発することになった。いくらもしないうちに、新技術を利用した第一世代の〈アレフ〉が発売され、〈誕生石〉はSYNEの最後のシリーズとなった。

いまでは、三日月形のプラグを差しこんで、SYNEに保存された情報を読みとれるPCなんてどこにもないだろう。

「そのころこのハードディスクになにを保存していたか、心あたりはないかな？」刑事が質問する。

「研究のデータかな……」エマが答えた。「そのころあたしたちは青少年学術財団のプロジェクトに参加してて、一緒になって人工言語についての研究をしてたんです。モニカは実験のデータをぜんぶそこに保存してたと思います」

あの時期、エマの提案で私たちは、ランダムに人工言語を生成するソフトの開発を始めた。

それは難しくはない仕事で、音韻と造語法、文法を決めてしまえば大まかには完了だった。そのあとに残るのは何度も検証をしてこまごまと手を入れていく作業でしかない。そもそも、当時でも五ポンド払えばネットから同じ用途のソフトをダウンロードでき、しかも大半は音声生成機能も搭載していて、ゲーム開発者の多くはそういったソフトを使ってキャラクターに声を当てていた。

初めに開発したのは膠着語を生成できるソフトだった。文法規則の構築が簡単な部類だったからだ。作業に費やした時間は二週間にもならない。続いては屈折語で、このときも一ヵ月で終了。ただ孤立語を生成するソフトとなるとすこしばかり面倒なことになって、それで結局私たちは、孤立語や抱合語についてはひとまずあきらめることになった。

でも、人工言語生成ソフトはエマの計画の第一歩でしかない。真の目標は、人工言語のランダムな生成によって、一つの生態系モデルを作りあげることだった。なので私たちは〝サピア大陸〟と〝ボアズ諸島〟というそれぞれ独立した系を作成して、言語たちに位置関係を設定した。それからは、言語それぞれが決められたルールに従いながら相互に影響するようにし、あと一部の言語は一定の段階でグリムの法則やヴェルナーの法則、グラスマンの法則といった規則に従って進化を始めるようにして、そのうえ一部の言語からはいくつかの方言が枝分かれするようにもした。適当な時期が来ると、大陸と諸島のあいだでも行き来が起きるようにした。

四度目の観測を始めるときからは、モニカが政治や経済の要素をシミュレートするパラメータをいくつも設定して、言語どうしの相互影響はさらに複雑になった。いくつかの言語は政治経済の面で勝《まさ》っていたせいで放射状に周辺のあらゆる言語に影響していき、またいくつかの言語はしだいに姿を消して、最終的にはほかの言語に一、二個の単語や語根を残すだけになった。

私たちの実行した四十回のテストでは、半数を超える場合で孤立語や抱合語の性質を持った新言語が誕生してくれた。

この研究でモニカやエマがなにを学んだのか私はよく知らないけれど、私のほうは人工言語の変化の観察を起点に、クレオール言語の発生過程についての論文を二本書いた。最終的に、私たちはそれぞれの研究成果を財団に提出して、そのほかに生成結果の人工言語のなかでもとくに複雑ないくつかをゲーム会社に売って、手にしたお金でそろってスコットランドに行った。

プロジェクトが終わったあと、モニカはすべての実験データをSYNEのなかに保存していて、エマがバックアップを持っているか私は知らない。

「どうしてこれが気になるんですか。モニカはなにか、調査中の事件と関わりでもあるんですか」

「いや、気になっただけでね。私は今回の自殺の調査を担当していて、そろそろ結論を出す時期なんだ」刑事は写真をポケットにしまいながら、一言つけ加えた。「モニカ・ブリテンはSYNEの溶液を飲んで自殺したんだよ」

6

「SYNEの溶液は毒があるっていうから、割らないように気をつけて」

新しく買ってきた液体ハードディスクでエマが手遊びをして、いつまでもやめようとしないのを見て、モニカが小言を言った。そこにタイマーが鳴る。私とモニカでフライヤーのところへ行き、三人分のフィッシュ・アンド・チップスを手にいれる。私たちが戻ると、エマは緑の小物をモニカへと返した。

「安心してよ、SYNEの外装は透明のアモルファス金属を使ってて、そう簡単には壊れないから」エマが言う。「ここのねじも特別な工具がないと外せないし」

「まえはネットの写真を見ただけで、ぜったいに赤のを買うんだって思っていたけれど。実物を持ってみると緑もいいような気になってきた」そう言いながらモニカは顔を上げ品物を目のまえに持ってきて、緑の液体を通して照明の光を目に射しいれた。横に座っている私には、星々のように容器のなかを埋めつくしている光の粒を横から見ることができて、角度を変えてみると波の光が湖面へ広がるかのようでもあった。SYNEを軽く動かせば、なかの液体もゆっくりと移動する。「二人は買わないの？」

「いまのところ使いみちはないね。バックアップが必要ならだいたいネットにアップロードするから」

「私もまえはそうしていたけれど」モニカが言う。「ただある日、サービスを提供してた会社が突然倒産して、あやうく期末の課題を提出できないところだったの」

「なんだかあたしも、ポータブルストレージでバックアップするのを考えたほうがよさそう。そのSYNEを使っていい？」エマの言葉を聞いて、モニカはいつもの苦笑を浮かべた。

「ジュディは、一つ買わないの？」

「使わないと思う。PCのハードディスクで充分だから」私は答えた。「課題は全部テキストだけで、使う必要がある資料も同じだから、メールでバックアップができるの。ラテン語の先生なんか、手書きの文章を提出しろって言うし」

「グラマースクールはふだん、どんな課題が出るの？」モニカが訊く。「基本は外国語の翻訳？」

「ときどきは翻訳の課題もあるよ。それより読書レポートが多いかな。いろいろな言語の本の読書レポートで、書くのも外国語でないといけないときもある。今週はドイツ語の小説で苦戦してて、感想は最初英語で書いてから、ゆっくりドイツ語に翻訳しようと思ってるところ。あの授業を取ったのはすこし後悔してる」

「難しい本なの？」

「難しい。小説なのにぜんぜん物語らしくなくて、どこもかしこも長い文章とわかりにくい比喩だらけで、もしかしたら作者は哲学書のつもりで書いたのかもと思う。私は、それに出てきたある比喩について考えるつもり――〝木製の鉄で作られた、四角い円〟」

「その比喩、作者はなにを表現しようとしたの」

「矛盾に埋めつくされた時代を描こうとした」深く息を吸いこむ。「その時代は、相容れない目標や立場が大量に存在していて、そうやって矛盾しあうものが同時代のひとりひとりを引きさいていたの。あの時代を詳細に腑分けしたいと思っても、見えるのはそんな矛盾だけで、〝木製の鉄で作られた、四角い円〟と似たような、意味のない結論が出てくると思う。でもそうやって矛盾したものがひとつひとつ集まって作られたその時代は、ちゃんと意味を持っていて、燦然と輝いてたってぐらいに言ってもいい」

「なるほどね」モニカはうなずいた。「聞いた最初は矛盾した文章に思えても、作者はそれで時代の矛盾を表現したかったってことか」

「あたしも最近、似たような話を読んだな」エマが割りこんでくる。「二人が貸してくれた、あの生成言語学のテキストで」

「MITの作ったあのテキスト？　どの文章かわかると思う」モニカは何秒か考えていた。

「あれじゃないかな、〝色のない緑の考えが猛烈に眠る《Colorless green ideas sleep furiously》〟？」

「そう、それそれ」

「チョムスキーの言っていた文章？」私もなんだか覚えがあった。「たしかその文章は、文法のレベルでは成立している文章が、語義のレベルでは成立しない場合があるって説明しようとしたんでしょ」

「そうなの？」エマの顔は困惑に覆われていて、あの本を詳しくは読んでいないようだった。「なんとなく思いだしただけなんだけど」

「そういう目的だったのはたしか」そこへモニカが説明する。「百年近い歴史がある文章なのよ、そもそもは、チョムスキーが一九五七年出版の『文法の構造』で挙げた例だったの。この本は生成言語学の基礎を作った本でもあって、おおまかにチョムスキーの第一期の思想を表している。これが例として挙げられたのは、文法と語義を区別するためなの。〝色のない緑の考えは猛烈に眠る〟という文章は意味論のレベルでは成立することがないから。〝色のない〟はふつうぜったいに〝緑〟とはつながらなくて、〝考え〟が〝眠る〟ことはないし、まして〝猛烈に眠る〟のは無理。でもこれは、英語の文法には反していない。対して、この文章をもし〝猛烈に眠るに考え緑の色のない《Furiously sleep ideas green colorless》〟と変えたら、意味がないのは同じでも、文法から外れてしまう……」

「この〝色のない緑の考えは猛烈に眠る〟は、ほんとうになんの意味もないわけ？」

「完全に無意味なわけではないと証明しようとした言語学者は何人もいて、それぞれ文脈を設定して、どんな状況だったら〝色のない緑の考え〟が〝猛烈に眠る〟のか説明をつけているわ。言語学者たちお気に入りのゲームにまでなったということ」

「面白そうな気がしてきた」エマは言う。「あたしたちもやってみる？」

「この文章に文脈を考えること？　最初に本でこの文章を見たときに、私は挑戦してみたの。でも思いつかなかった」

「私もやったことがあるよ」私は言った。「うまくいかなかったけど」

それを聞いてエマはうつむいて考えこみはじめた。この文章にふさわしい文脈を探しているらしかった。私とモニカは邪魔をするつもりはなく、黙ってフライドポテトを嚙みしめている。一分ほど経って、エマはようやく口を開いた。

「やってみるから聞いて。一人のカメラマンにある日突然アイディアが浮かんで、映画のなかに、白黒のレンズで撮った緑の丘を挿入することを思いつきました。あとは、同じ方法で緑色の湖を撮影することも考えついて、緑色を無色に撮影しちゃうことで、なにかエコロジーに関する理念を伝えようとしたわけです。その考えは監督に伝えましたが、監督のほうはその映像が映画全体のスタイルに似合わないと考えて、その撮影方法に賛成しませんでした。なので、カメラマンは〝色のない緑〟についての考えを引っこめておくしかありません。ただ、映画の後半を撮影しているあいだ、その考えは頭のなかで眠らされてはいましたが、それでもカメラマンはその映像を撮りたいと猛烈に欲求をつのらせていました……どう、これなら文脈が通るかな？」

「ちょっと強引なところもある」モニカは正直に答えた。「でもなかなかうまくいっているわね」

「けっこう面白いゲームだね。来週、昼休みにクラスの友達に教えて遊んでみようかな」エマはコーラを飲む。「文法にのっとった文章だったら、なんでも文脈を設定すれば意味を与えられるのかな」

「その結論なら、どうにか形式手法で証明できるかも……私たちが大学に進んだら」

あとでモニカは必要な資料を調査して、ヤギェウォ大学の一人の学者が三〇年代末にその結論を証明していて、言語学の分野では〝ミコロフの整列可能定理〟と呼ばれているのを発見した。それからいつかの土曜日の午後に、モニカとエマは二人で必要な文献の読みこみを始めてみたけれど、自分たちの知識の範囲を超えた内容が山ほど出てきて最終的にはあきらめることになった。

ひょっとするとまさにあのとき、モニカは形式言語学に興味を持ちはじめ、エマは生成言語学に惚れこんだのかもしれない。二人はファストフードの店でのなにげない会話から、未来の研究の方向をつかんだということだ。

7

街はときに人よりも早く老いる。マグ・メルはうってつけの証明だった。十四年ぶりにここへ来てみると、なにもかもが変わっていた。簡潔なつくりの模続主義の建物は荒れはてて、壁は下品な落書きに埋めつくされている。わずかに何枚か汚されずに残っているショーウィンドウのガラスも、見るに堪《た》えないひび割れに覆われている。外壁に金属の質感を再現したガーンズバック様式の建物も、長年研磨されていないせいで、表面をさびのような汚れが覆い、まるでほんとうに壁を鉄で鋳出《いだ》したかのようだった。いまでは人の消えたここの小ぶりな建物では、かつて平日でもけた外れな数の商品が売れ、週末となると訪れた客の人波に埋めつくされていたというのに。

モニカと一緒にSYNEを買いにいったころが、マグ・メルの全盛期だった。開業して五年のあいだで、イングランドのあらゆる新興商業地帯ははるか後方へ引きはなされていた。車を高速軌道に乗せれば、ロンドン市内からマグ・メルへの道のりはたった十五分。平日の午後には三時半以降、十分おきにバスが出て、放課後の時間を持てあました女子高生たちを運んでいた。明らかに、そんな女の子たちの電子ウォレットにはごくごくわずかなおこづかいしか入っていなくて、マグ・メルまで来てもアイスクリームとフィッシュ・アンド・チップスぐらいしか買えなかったと思う。それでも放課後に時間をつぶすにはここが最良の選択だった。古い映画に出てきた、ティファニーのショーウィンドウのまえで朝食をとるのを好んだヒロインのように、女の子たちは流行りのブランド品が並んだショーケースのまえに立って、色鮮やかなジェラートを舐めながら、いつかここに展示された新作のファッションを買うことを夢見るだけで満足していた——ひょっとするといまではそれだけのお金を手にしているかもしれないけれど、あいにくとここのショーウィンドウのほとんどからガラスは消えている。

おぼろげな記憶のなかに、SYNEを開発した例の韓国企業の専売店へ足を踏みいれたときの光景が残っていた。一階は新製品の展示フロアで、天井から垂れさがった細いケーブルで用途のわからないさまざまな電子製品が空中に吊り下げられ、二階ではそれを買うことができる。黒い壁のあちこちに投影されている映像は、新鋭の監督が撮影したショートフィルムだったり、一糸乱れぬ踊りを見せる女の子たちだったりする。店にあるイヤフォンを着けて映像のまえへ歩いていくと、画面と連動した音声を聞くことができて……

現在、エマと二人でタクシーに乗りマグ・メルをふたたび訪れると、自動運転システムはあの専売店の位置を特定できずに、私たちをかつての中心広場へと運んでいった。ロンドン市内とマグ・メルのあいだの高速軌道も何年かまえに閉鎖されて、車に乗ってくるとたっぷり一時間半もかかった。廃墟が並ぶあいだを歩いて、あのときみんなで訪れた赤い建物を探していく。

歩きながら私たちは、地面の汚水や瓶や缶、なにかの包装をおそるおそる避けて進まないといけなかった。大規模な野外ライブが終演したあとのように、まだ取りこわされていないセットと、いたるところにゴミだけが残っている。だいたいどの店の入り口にも、何人か物売りが出ていた。暖かさのろくにない服装で、ほとんど全員が身体を震わせている。それぞれまえに一つ二つ段ボール箱を置いていて、なかには怪しげな売り物が詰まっていた。夜になったらきっと、打ちすてられた建物へと入ってゆっくり眠るわけか。たぶん、客を店舗の暗がりへと呼びこめる気がしないから路上に店を開いているんだろうと、私は思った。

ほかに気づいたことでは、かつて化粧品の店だった新分離派の建物のまえには物売りの姿がなく、アイスラー診療所——と目立つ看板が立っていた。うす黄色のまだらになった壁を見れば昔は白色の建物だったのはすぐにわかることで、ここへ落ちぶれてきた医者は、きっとそれを理由に山ほどある空き家からこの場所を選んだんだろうと考える。

歩いているあいだ私とエマは口を開かなかった。一つは物売りたちの注意を引きたくなかったからだし、もう一つは話すことなんてなにもないからだった。同行者がエマでなく外国からやってきた友人だったなら、私はここが衰退した原因を説明していたかもしれない。ただエマにそんなことを話す必要はわずかたりともなかった。ここがどうして短期間で衰退したのかは、イングランドのだれもが承知していることだから。二〇五二年四月に始まったインフルエンザの大流行ではいろいろなことが変化した。それまでは、ネット通販で日常の必要はすべて満たされていたとはいえ、社交の必要から、若い世代は時間ができれば商業地域をぶらつくことを選んでいた。これはもしかすると、よりよい家庭用の映像設備が現れていたのに映画館の事業が五〇年代初めまで人気を保っていた理由でもあったかもしれない。ただ、あのインフルエンザの大流行のせいでだれもが可能なかぎり外出を控えるようになり、まして商業地域へ人が詰めかけるなんてことはありえなかった。そしてみんなが、その生活へすぐに慣れてしまった。伝染病が蔓延した半年のあいだに、どれだけ保守的な人でも公共のヴァーチャル空間の安全さと利便性を理解するようになった。一歩も外出しなくとも、あらゆる社交の必要が満たされるわけだ。そうして、次の年からはイングランドでもとくに大規模な商業地域が続々と廃業していった。マグ・メルはまだ長く持ちこたえたほうで、運営者が破産を宣言したのは二〇五五年、大多数の店舗はそれよりもまえに営業をやめていた。

私たちは、あのとき一緒にフィッシュ・アンド・チップスを食べたセルフサービスのファストフード店のまえを通りがかる。あのころの店は、たぶんイギリスじゅうでいちばん騒がしい飲食店だった。近くの店で働く人たちはここに座って仕事の忙しさや給料が安すぎるのに文句を言って、マグ・メルをただ見物するだけでなにも買うことはできない女子高生たちも、ここでいろいろなつまらない話題を大声で話していた。私たちと同じように、ここに座ってチョムスキーの話をした人がほかにいたかはわからない。ただある報道で聞いた話だと、去年のブッカー賞の受賞者は以前、ここでまる一日を過ごすのが好きで、ほかの人の会話に耳をすまして小説に取りいれたという。現在、もちろん店の入り口は閉まっていて、そのまえにはささやかなホットドッグの屋台があった。

どうやら、マグ・メルは密航者と難民がおもに利用する闇市へと変じているらしい。身分の証明を得られない人たちは、電子通貨を使わないといけないネット通販では買い物ができないし、新しい商品を買えるだけのお金を持っていない。ここでは、紙幣で買い物ができる中古品の物売りたちがすべての必要を満たしてくれる。車でここへやってきて、そろそろマグ・メルの区域に入っていくあたりで、道ばたに多くのプレハブとテントがあったのを私は見ていた。道を歩いているときも、崩れた恰好の若い人たちが連れだって歩き、私の聞いたことがない言葉でおしゃべりをしているのをときどき見かけた。

私たちは西へもう百メートルほど進んで、ようやくあの赤い建物と対面した。

モニカのお葬式が終わったとき、エマがロサンゼルスへ戻る便の離陸まではあと五時間残っていた。警察の人からモニカの自殺の方法を聞かされたあと、エマは急にマグ・メルへ行ってみたいと言いだしたのだ。その提案を私は否定しなかった。とはいえ、ここへ来たとしても、廃墟のなかに当時の記憶を呼びおこすものはきっとなにもないだろうと私にはよくわかっていた。

専売店のかつての入り口にも物売りが座っている。まだ十三、四歳にしか見えない女の子だった。ぼろぼろになったビーチパラソルの下に座って、毛布のなかに身体を縮こませている。ゆるく巻いた黒髪と黒い瞳、褐色の肌を見ても、どこの生まれなのかは判断できなかった。私たちが近づいていくのに気づいて、商品を見ていってほしいと声をかけられた。訛《なま》りを聞いて私は、きっとシンハラ語かタミル語が母語だろうと推測する。

まえに置かれているのは紙箱で、背後には大きな古いスーツケースを置いている。

「ここで売ってるのはなに」エマが歩いていって尋ねた。

「廃棄品《ジャンク》です」顔を上げると、ぎこちない英語で答える。「ここの店はむかし電子機器を売ってたらしいから、ここで売ることになって」

私も近寄っていくと、箱のなかには十年や二十年むかしのさまざまな電子機器がぎっしりと詰まっている。重たい旧式のノートPC、性能の落ちた太陽光充電器、三〇年代に一世を風靡したVRマスク、ほかにも私には名前のわからないものがあった。どれもかなりがたがきているように見えて、いまでも使うことができるとはとても思えない。

「これの修理はできるの？」私が訊く。

「できない。でもお兄ちゃんはできます」答えが返ってくる。「でも忙しくて、週に二日しか来ない」

女の子が背にしている赤い建物をエマは指さして一言訊いた。「この店でむかし売ってたものはある?」

相手はすこし考えてからうなずいた。毛布のなかから腕を出して、紙箱のなかをまさぐる。扱いはかなり無頓着で、プラスチックの外装がぶつかる音がずっと聞こえてきた。しかし、売り物が使いものになるかは気にとめていないようだ。一分もかからずに、女の子は紙箱のなかからペン型レコーダーとGPS追跡装置、透明な液体の入った小さなペンダントを取りだしてみせた。

エマはペンダントを手にとり、ためつすがめつしている。

「これはSYNEかな?」私に訊いてくる。「透明なタイプのSYNEがあるなんて聞いたことないけど……」

ただ、物売りの女の子のほうが先にその質問に答えた。

「これは〈玉髄〉シリーズのやつ」そう口にする。「色が抜けてなかったら、高く売れるんだけど」

「色が抜けた?」

「知らないの、SYNEはずっと太陽の光に当たってると色が抜けるから。お兄ちゃんは、このSYNEの色が抜けてなかったら高く売れたって。赤いやつだったら、二百ポンド。緑色は昔そんなに人気がなくて、作った数が少ないから、何千ポンドも出してくれる。色が抜けたら五十ペンスにしかならない」

「このSYNEはもともと何色だったの？」

「自分も知らないです。商品名は差しこむところの横に書いてある。単語がわからないから」

エマはSYNEを目に近づけて、プラグの側面の単語を読みあげた。「〈クリソプレーズ〉——もともとは緑色だったはず。あいにくもう色が抜けてるけど。でも五十ペンスで売ってくれるかな」

エマの言葉を聞いた女の子はため息をついた。まるで一千ポンドがこぼれ落ちていったみたいに。

「Colorless green……」

エマが手にした透明なSYNEを目にして、私は可能なかぎり小さな声でつぶやいた。できれば聞かれないようにと。

8

プロジェクトが終わり、ほどなくしてモニカはロンドンを離れてシェフィールド大学で学びだした。入学するときには、学部の課程を学びおえたらすぐに自然言語処理実験室で博士課程に進めるよう承諾を得ていた。モニカは一年のあいだに計算言語学の学部の課程を終え、それからまるまる四年をかけて博士論文を完成させると、研究所の人たちは一年間を費やして審査を進め、博士の学位を授与することに決めたという。学位を手にするよりまえにモニカはバーミンガム大学からの招聘を受けていた。

私はケンブリッジ大学のニューナム・カレッジに進むことができた。グラマースクールの卒業生の大半と同じように、私は一年間で学部の課程を終え（半分は試験を受けるか論文の提出しかしていない）、二年目にはエドワード・トマスの有名な詩、「ザ・チェリー・ツリーズ」を題材に論文を書いた。十九世紀末から第一次大戦の勃発までに英語で日本文化を紹介した文献をほぼすべて調べあげて、そこから私は一つの結論を導いた。この詩における〝cherry〟が指しているのはサクランボの木ではなく、桜の花だと——日本文化においてはしばしば死を象徴するもので、その考えがトマスの時代にはイギリスまで伝わっていて、当人もおそらく触れていたはずだ。試問にたずさわった教授たちは全員私の考えに賛同していなかったけれど、論文は学術的なルールにはなにも違反していなかったので受理されることになった。

学部を出たあと私はヨーロッパ大陸へ行っていた。初めの半年はフランスを旅行して過ごし、それからハイデルベルク大学で博士課程に進んだ。そこでは、十八、十九世紀のヨーロッパの小説から第二言語の習得についての描写を集めてきて、その材料をもとに当時の言語学についてのとらえかたを分析した。そのころ一度、エマが休みを利用して会いにきてくれて、ハイデルベルクに一ヵ月滞在し、私は第二言語の習得についての大量の知識を教えてもらった。エマの助けがなかったら、自分が博士論文を仕上げるのは難しかったと思う。

私たちのなかで学部にいた時間がいちばん長かったのはエマで、まる六年いたことになる。もとはといえば、トリニティ・カレッジの数学科を志望したエマが面接官に、学部を出たあとは計算言語学の研究に就きたいと話したところ、運悪くその教授が純粋数学以外の分野を軽視する側にいたせいで、エマが言いあらそいを始めたのだった。そのあと、エマがインペリアル・カレッジの面接に向かうときには私とモニカが付きそった。数学科の学部の課程を学びおえるまでに二年かかり、さらにコンピュータ科学の学位を取るのに一年をかけた。そしてその時期に、エマは〈パシテア〉を開発するというアイディアを思いつくことになる。当時、日本企業が開発した〈シンキロー〉は規定の形式の脚本しか処理できず、小説からの映像生成には向いていなかった。コンピュータが文学作品を的確に処理できるようにするため、そこからエマは私の母校、ニューナム・カレッジで三年間英語文学について学んで、ただ結局学位論文を提出することはなかった。

エマが大西洋のかなたで博士課程に進むと決めたとき、私とモニカはすでに博士の学位を手にしていた。

アメリカへと旅立つそのまえ、私たち三人はセント・ジェームズにある閑古鳥の鳴くバーに集まって壮行会を開いた。モニカはバーミンガム大学の招聘状を受けとって、まだ赴任はしていないころだ。私はドイツから戻ってきて、ある出版社に入り脚色員となった。収入があるのは私だけだったから、ごく自然に会計は私持ちになった。

エマはロシアの血を引いてはいるけれど、それは明らかにイギリス人の遺伝子によって薄まっていて、お酒にはあまり強くない。水割りでスコッチを二杯とフォーギブンを一杯（アメリカに行くとバーボンしか飲めないからとわざわざ頼んでいた）飲んだだけで頭のくらくらにやられていた。マスターは親切にクッションを持ってきてくれて、エマはぼんやりとそれを受けとると、頭をあずけて眠りこんでしまった。

そして、私とモニカはドライジンを一杯ずつ頼んだ。

「仕事はひとまずうまくいっているんでしょう？」モニカが訊いてくる。

「まあまあね。機械翻訳の結果に脚色をしてあげるだけの仕事で、とくに技術は必要でないけれど」

「文学の翻訳をあとから編集するのってかなり手間がかからない？　文章は複雑なほうだ

し、文脈だとか文化的な背景を考える必要があって、場合によっては外国語の表現をイギリスの読者に受けいれられる形に変えないと。ちょっと考えてみても楽な仕事ではないと思う。まえに、うちの実験室でも訳文の編集員を雇っていたけれど、それは慣用句だとか決まり文句しか扱わないで、修正した結果を翻訳データベースに入れて次回使えるようにするだけだったわ。そういう仕事だったらずっと簡単で、たいして外国語がわからなくても務まるけれど」

「まえには、翻訳ソフトの開発を専門にしてる会社からも訳文編集員としてオファーがあって、もらえる給料はいまの三倍だったの。でも私は文学にある程度関わる仕事がしたくて。昔からの意味での翻訳家にはたぶんなれないけど」

「いまは、外国語の本の翻訳に人を雇っている出版社はないの？」

「ほとんどない。詩歌の翻訳の仕事がすこしあるくらいで、ほとんどは無償奉仕」私はジンを半分流しこんだ。「ソフトウェア会社にあまり行く気が起きないのはほかの考えもあって。翻訳データベースを作りあげたら会社を追いだされるんじゃないかってなんだか心配なの。学部で知りあった上級生の人は学校を出たあとソフトウェア会社に入って、いくつかの言語の平行コーパスの作成に参加していたけど、プロジェクトが完成したあとに失業したらしくて。文学の翻訳の脚色をするなら、そこまで短期間で追いだされることはないかもしれない。でもわからないな。いまうちの会社が力を入れているのは外国の流行小説の出版で、文章も俗っぽいほうだし、正直に言って翻訳の難度はそこまで高くない。翻訳ソフトがもう何度かアップデートされたら、もしかすると私は失業するかも」

「あんまり悲観しないでよ。文学の翻訳は利潤の大きくない分野だから、機械翻訳に人の手を加える現在の方式でだいたいの必要はまかなえていて、将来も、この領域の性能向上に企業がこぞって大きな労力を費やすことはないから」

「私は引退の歳までやっていける？」

「できる、かもしれない。技術がどれだけ進歩しても、人にしかできないことというのはあるのかも」モニカは言う。「覚えているかしら、一緒にプロジェクトに参加したとき、初めにやったのが機械翻訳の研究だったのは。あのとき私たちはいつも、多義的な意味のある単語を使って翻訳ソフトをテストしていたでしょう。いまになっても、語義の曖昧性の解消は機械翻訳ソフトをテストするならとても重要な標準でありつづけている。私の取りくんでいる抽象解釈はその方面ともすこし関係があるから、この分野の論文にもいくらか触れたことがあるのだけれど。ニューラルネットワークの技術を採用した人工知能でも、人間のように直観と語感を頼りに語義の曖昧性を解消することはできないと言う人がいるの。だとすると、人間なら苦もなく解釈できる文章なのに、機械には永遠に解釈できなくて翻訳するにも間違いが起きるという場合もありえる」

「その考えは証明されているの？」

「いまはまだ。エディンバラ大学の形式意味論チームが四〇年代に提示した仮説だから、〝エディンバラ予想〟って呼ばれているわ。具体的に説明していくともっと複雑になるけれど。学会では意見が分かれているの。私の指導教官はこの予想には否定的で、たんにマリアナ・ラーニングに欠陥があるというだけで、将来新しいアルゴリズムが生まれたらきっとこの問題は克服できると言っていた」

「モニカはどう思うの」

「詳しく研究したわけではないから、いまのところ結論は出せないわ。学者によっては形式手法を使っているかぎり、この問題を完全に避けるのは無理という意見もある。ペアノの公理系を含んだ形式体系で無矛盾性と完全性を兼ねそなえるのが不可能なように。これは方法そのものの欠陥で、そして人工知能はこの方法を使わないかぎり世界を理解できないんだと。でもこれも、ただの推測でしかない」

「その結論を証明するのはかなり大変なんでしょう？」

「大変ね。いくつもの分野の最新の知識を使わないと。さらにどうしようもないのは、この問題に本当に興味がある学者がたいしていないこと。基礎的な問題で、なんの応用価値もないから。精力をつぎこんで、ある微分方程式に厳密な解がないのを証明するようなもの。みんなが必要なのは実用にできる近似解だけ。厳密解が存在するかを気にするのは何人もいないのだから」

「そっちの業界も、いろいろとどうにもならないことがあるみたいね」

「理論研究をしていて、理解されようと思うとほんとうに大変だから」モニカはグラスのお酒を飲みほした。「わかりやすい収獲のある実験結果が出るのはいいほうで、演繹的な方法を使うような科学はどれも、ほんとうにまったく理解されないの。一本の論文を読むのに何ヵ月も費やそうとする人はいないし、基礎知識のすべてを把握するのに何年も費やそうとする人なんているわけがない」

「私にモニカの論文が理解できたらよかったんだけど」

苦笑いしながら「そうね」と言って、モニカはマスターにソーダ割りのフォーギブンを頼み、私も一緒になって一杯頼んだ。お酒が出てくるまで、私たちはマスターがマドラーを手慣れた様子で扱い、四角の氷を回転させるのをただ見ていた。ちびりと口にしてみた私は、うっかりむせてしまった。私がずっと咳をしているあいだ、モニカは背中をさすってくれていた。幸い店にいる客は私たち三人だけで、他人に醜態を見られることはない。これだけ大騒ぎをしていたというのに、エマを夢から醒まさせることはなかった。

紙ナプキンを持ってきてくれたマスターにお礼を言って、私たちは話を続ける。

「本当を言えば、いまの仕事はぜんぜん好きじゃないんだ」一口お酒をすする。今度はことさら慎重に。「モニカ、私がいちばん耐えられないのがなにかわかる？」

「ソフトの翻訳した文章があまりにしっちゃかめっちゃかだとか、外国語の表現の癖がそのまま残っていて、仕事が大幅に増えたとき？」

「いいや」首を振る。「その反対、私がなにより気にいらないのはソフトがそこそこに良い訳をしてきたとき。まるで外国語の読解能力がすばらしくて、だけど母語の作文能力は平凡な人が翻訳したみたいな。そういう人にはグラマースクールでたくさん出会ってきたの。同じ本でも、そういう人たちがこのレベルで翻訳するなら少なくとも一ヵ月は必要で、だけどソフトは二分もかからないで完成させる。それどころか、とくによく使う外国語を手のうちにおさめるまでに、一人あたり五年から十年を費やすわけだから……」

「でも、言語が背負っている文化は人間にしか理解できないわ。マリアナ・ラーニングの技術を使った翻訳ソフトは、ほんとうに起点言語を理解しているわけではなくて、平行コーパスと翻訳データベースを頼りに、そこから一工夫して訳文を算出しているだけだから。ようするにただのおうむ返しで、人間と同じように読んで、考えて、書いているわけではない」

「だけど、役に立つことでは私以上。その一点は認めないといけないでしょう」

「ジュディ、ごめんなさい」モニカは手にしていたグラスを置く。「私とエマはずっとその方面の研究をしていて……」

「たしかに二人のしてる研究は大嫌いだけど、だからって二人のことは嫌いにならないから。結局はぜんぶ私自身の問題。私が時代についていけないから。ときどき思うの、自分の人生はチョムスキーのあの言葉に似てるって」

「例の〝Colorless green ideas sleep furiously〟のこと？」

「そう」私はうなずいて、グラス半分を流しこんだ。「その文章。文法には従っててもなんの意味もない、私となにが違うんだろう――私は自然界の規則とでもいうものに従って生まれてきて、この人生も自然と人間社会の規則を外れたことはない。なのに私は、自分の人生のどこにも、〝意味〟と言えそうなものが見つからないの。私の人生はまさしくあの、〝Colorless green ideas sleep furiously〟って文章みたい」

「でもエマが証明してくれたんじゃなかった？　この文は、文脈によっては意味が生まれると」

「現実に、そんな文脈なんて存在するの？」

「いまこのときがそうかもしれないし」モニカは言った。「まだそのときは来ていないだけかもしれない」

9

来るときに乗ってきたタクシーを二人で探しているときに、エマはバーミンガム大学から送られてきたメールを受けとった。移動中ずっと、エマはフレキシブルPCで例の七百ページの論文に目を通していた。横からちらりと覗いても、数式がページを埋めつくしているのしか見えない。空港に着いてもエマはラウンジでしばらく読みつづけ、搭乗の一時間まえになってようやく最後のページをめくり終えた。

PCをしまっても、顔を上げようとしない。

「たぶん、モニカがどうして自殺したかわかった」エマは言う。「あまりにも皮肉だと思ったんじゃないかな」

私は息をひそめて次の言葉を待ったけれど、エマはしばらく黙りこんでしまった。

「皮肉？」

「モニカがこの論文で証明しようとしていたのは人工知能が万能なんかじゃないこと、すくなくとも理論上は能力の限界が、欠陥とさえいえる点があることだったんだよ。その一点を証明するためにモニカは、新しい離散圏の理論を構築して、これまでの形式意味論よりもはるかに抽象的な数学的手段を使うことにした。今回の理論を完全に把握するには、あたしで一、二年は必要かも。でも言語学会の人たちは〈墓石〉にこの論文を検証させただけで、完全に否定することを決めた。どうしようもなく皮肉な話だよ。長年の苦心が否定されたそのうえに、自分を否定したのがあろうことか同業者じゃなく、完璧ではないだろう人工知能だったんだから。この文章は人工知能の欠陥を論証しようっていうのに……」

それを聞いて私は急に、なにか不吉な予感を覚えた。

「モニカの論文にはなにが書いてあるの？」

「証明の目標は、有限次数のカッチェン＝スグロス完備空間では、ミコロフ整列可能だけど、コブリン可測集合ではないような語義ベクトル集合が存在すること」エマが話す。

「ミコロフ整列可能っていうのをざっくり言うなら、ある文章が意味をもっているってことで、それと重要なのは、一つの文脈を扱うかぎり、一つの意味しか存在しないで語義の曖昧性をもたないこと。コブリン測度は、曖昧性の解消を数学的に表現する方法の一つで、そのほかにも等価になるような表現法はいくつもあるけれど、コブリン測度を適用できるのはカッチェン＝スグロス完備空間だけで……」

ここまで話して急に口をつぐむ。もっと簡単でわかりやすい説明を思いついたようだった。

「もしモニカの論文が成立しているなら、それは弱いエディンバラ予想の証明になるんだよ。カッチェン＝スグロス完備空間は特殊な部類の語義ベクトル空間でしかないけど、そこでこの結論が証明されたら、あらゆる語義ベクトル空間へと拡張する方法が発見される望みが出てくる。言いかえると、モニカはエディンバラ予想を証明するための第一歩を踏みだしてた。もちろん、この証明が成立していることが前提だけど……」

「モニカがエディンバラ予想の話をするのは聞いたことがある。八年まえ、セント・ジェームズのあのバーで。そのときエマは横で眠ってたけど」

「そのころから同じ問題を研究してたの？　あたしは聞いたことない」

「いや、そのときはまだ研究は始まってなかった。モニカはあのとき、ただ私を慰めようとしてその予想の話をしてきたの。私はあの子に、技術がもうすこし進歩したら私は仕事を失うのかって訊いた。モニカは、機械は翻訳を間違えても、人間は直観を使ってどんな意味かわかるような文章はあるって言って慰めてくれたの、すくなくともそんな仮説があるって……」

目から溢れてこようとする涙をおしとどめたかったけれど、うまくいかなかった。

モニカはひょっとすると、私のためにエディンバラ予想の研究を始めて、その予想に精力のすべてを費やしたすえに、破局へと追いやられたのかもしれない。

「モニカがこの問題に注目したのは、焦りのようなものがあったのかも」エマが言った。

「たとえば二十世紀、生産ラインの作業員が自動化設備に仕事を取られたように、いまは翻訳の仕事がすこしずつソフトに取って代わられていて、もしかするといつか、あたしやモニカの仕事も機械に取られて、人工知能が人類に代わって科学研究を進めるかもしれない。だからモニカはそこまで切実にエディンバラ予想を証明しようとした。まるでエディンバラ予想が成立すれば、人間は永遠に機械に仕事を取られないみたいに。なのに現実では、その焦りは想像よりはるかに早く実現してしまった。言語学会の人たちはモニカの論文を〈墓石〉を使って検証したんだよ、ほんとうならモニカの同業者がするはずの仕事だったのに。モニカは、あたしが見てきたなかでいちばん純粋な研究者だった。だれよりも純粋な知識欲を持っていて、可能なかぎりこの世界を理解して、説明しようとしていた。なのに、技術の発展する方向とモニカの理想の科学とはまったくの反対を向いてたってこと。あたしを入れた大勢の学者がやっている研究は、世界のブラックボックス化を促進してるだけなのかも」

「ブラックボックス化？」

「科学技術が進歩するほどに、技術の背景にある原理はどんどん理解が難しくなっていくんだ。工業化以前の技術なら、簡単な説明だけでだれにでも理解させることができた。でも時代が移るにしたがって、研究者以外の人が技術の背景にある原理を理解するのは、ひたすら難しくなっていったよね。あたしたちがハイテク製品に触れるときは、背景の原理なんて探らないでただ使うだけ。現在の製品は、原理を探ったとしても、そんなに簡単に説明ができるようなものじゃないし」

そう言うと、エマは鞄から圧縮されたフレキシブルPCを取りだした。

「たとえばこのフレキシブルPCみたいに。使われている原理を知らない、こちらにとってはブラックボックスなのに、実際に使うのには影響しない。ただ、すくなくともだれかは原理を知っているから、全人類にとってはまだ説明可能性が残ってるよね。でも、マリアナ・ラーニングを使って誕生したブラックボックスはそうじゃない。たとえばタクシーの自動運転機能、〈墓石〉、それとあたしの開発した〈パシテア〉と〈ヘシオド〉も。隠れ層でどうやってデータの計算がおこなわれているかは、だれ一人知らないし、説明もできない、すべての人間にとってそれはブラックボックスなんだよ」

「そういうブラックボックスが、毎日増えつづけてる」

「そうだよ」エマは肯定しながら、でも首を振っていた。「でもそんなことはなんでもない。見方を広げてみるなら、出発点のニューラルネットワークモデルも、訓練データも人の手で作ったものではあるよね。すくなくともあたしたちは、マリアナ・ラーニングって技術がどういうものかは理解している。でもこれからはどうなるんだろう？　もしある日、人工知能が人間に代わって技術開発の仕事を進めて、あたしたちがすべきは人工知能の開発した技術から、人間の役に立つものを拾いあげる作業だけになったら。その日が来たら、あらゆる新技術についてあたしたちが知ってるのは結論だけで、具体的な原理はわからないし、隠れ層の奥に埋まっている開発過程もわからない。言葉を換えれば、そういう技術のひとつひとつが、人間すべてにとってのブラックボックスになるんだよ」

「その日が来るまで、あとどれくらいあるの」

「わからないよ。十年かも、それとも二十年かも。わかるのはその日がいずれやってくることだけ。それに、ほんのすこしの研究者を別にして、だれも変化には気づかない。だってあたしたちは、日常生活にブラックボックスがあることに慣れてるから。そもそも説明可能性よりも、役に立つことのほうが価値があるからね。たとえば微積分が、理論的な基礎が明確になるよりもまえに、二百年以上数学者に使われてたみたいに。実際に役に立つんだから。そのときが来たら、ブラックボックスみたいな技術のことをどうにかして説明しようとする人は出てくるよ。説明は、ブラックボックスが生まれる速さに永遠に追いつかないかもしれないけど」

「モニカも、同じような未来を予想したの？」

「こういうことについては、モニカはあたしより間違いなく敏感だった」エマは言う。

「それに、モニカはきっとこんな未来を受けいれたいと思わなかった」

エマはPCを鞄に戻して、そこから今度はあの、色の抜けたSYNEを取りだし、私に手渡そうとしたけれどためらって、手を引っこめた。

SYNEを私に保管させたら、いつか私がモニカと同じ死にかたを選ぶんじゃないかと心配になって、気が変わったのかもしれない。

「モニカは、どうしてあんな方法で人生を終わらせたんだと思う？」エマが私へ訊く。たぶん、エマはこの質問への答えしだいで、そのSYNEを渡すかを決めるんだろう。

もしあのときバーで私とモニカとの会話を聞いていたなら、質問の答えは予想できたんじゃないだろうか。あいにくとエマは聞いていなかった。エマは〝Colorless green ideas sleep furiously〟が生成言語学のテキストに載っていた例文だったのと同時に、人生への隠喩にもなりうることを知らない——法則を外れず、規律を守り、それなのに結局は意味のない人生の隠喩として。

モニカの持っていたＳＹＮＥも、保存環境が良くなくて色が抜けていたかもしれない。もともとは緑色だったのに透明に色が消えてしまったＳＹＮＥを見たモニカは、あの文章を思いだして、それから私がバーでこぼした悲観の言葉を思いだし、そして自分のことに思いいたった。だけど、その答えはあまりに悲しすぎる。エマまでがそんな消極的な気分に染まるのを望まない私は、この問いに違った答えを考えないといけない。間違ってはいても、慰めの役に立つような答えを。

だから、私は答えた。

「モニカは、ただ自分の思い出を飲みほしたの——自分にとって、なによりも美しい思い出を」

参考文献

奥野陽、グラム・ニュービッグ、萩原正人（著）、小町守（監修）『自然言語処理の基本と技術』翔泳社、二〇一六

坪井祐太、海野裕也、鈴木潤（著）『深層学習による自然言語処理』講談社、二〇一七

笹野遼平、飯田龍（著）、奥村学（監修）『文脈解析：述語項構造・照応・談話構造の解析』コロナ社、二〇一七

ツインスター・サイクロン・ランナウェイ

小川一水

小川一水（おがわ・いっすい）
1975年岐阜県生まれ。1996年、『まずは一報ポプラパレスより』で長篇デビュー（河出智紀名義）。2003年発表の月面開発ＳＦ『第六大陸』が第35回星雲賞日本長編部門を受賞して以降、骨太な本格ＳＦの書き手として活躍を続けている。また、2005年の短篇集『老ヴォールの惑星』で「ベストＳＦ2005」国内篇第１位を獲得、収録作の「漂った男」で第37回星雲賞日本短編部門を受賞した。他の作品に『天冥の標』（全17巻）『時砂の王』『アリスマ王の愛した魔物』（ハヤカワ文庫ＪＡ）『こちら郵政省特配課』（朝日ソノラマ文庫）、『煙突の上にハイヒール』（光文社文庫）など多数。

1

　ガス惑星の景観は毎日変わる。動物の姿や人の顔、食べ物やドレスの形へと、水素雲は千変万化に移ろう。テラはいつも想像をかき立てられる。

　今日の眺めはカルガモの親子だ。くちばしみたいな高層雲を突き出した、高さ一〇万メートルの巨大柱状雲が行儀よく並んでいる。ひときわ大きなお母さんガモと、いち、に、さん、し……十二羽の子ガモたちだ。

　四番目の子ガモの背中に、チカリと昏魚《ベッシュ》が光った。

　テラ・テルテは叫んだ。

「いた！　いました昏魚《ベッシュ》！　距離三千！　ダイオードさん！」

「どこ」

「四女の背中！　あそこの！　カルガモの！」

「あっカルガモってアースエイジの、純地球生物の鳥類で、いえ分類はどうでもいいんですけど映画に出てくる、あっそうそうちょうど大巡鳥《ターシンニャオ》みたいな」

「カルガモって何」

「わからない、マーカー出してください」

相棒のそっけない物言いに、テラはがっくりと肩を落とす。またやらかした。自分はいつもこんな調子で、他人にはわからないたとえ話をして、相手を苛立《いらだ》たせる。

そのせいで、作り話《テル・テール》のテラという不名誉な呼び名を奉《たてまつ》られている。

今回の相手と組むのは初めてだ。それもちょっと普通ではない組み合わせだ。港で出くわした知り合いからは変な目で見られたし――というか遊びで漁に出るなとはっきり言われたし――自分でも間違ったことをしている気がすごくする。

だからこそ、うまくやってのけたかったのに。

しょんぼりしながら前方を見つめていると、ふと気になることがあった。柱状雲《ちゆうじようん》の形が変に思える。変というか、整い過ぎている。

柱状雲ってあんなにきっちりしてたっけ……？

「あの、マーカーを」いぶかしげな声。「……不調ですか、テラさん」

はっと我に返ると、足元の前席ピットにいるペアのダイオードが振り向いていた。

彼女の舶用盛装《デッキドレス》は銀と黒で、ボディラインの出るスキンスーツ型に作ってきた。薄い胸や尻の線はくっきりと見て取れるし、細い二の腕や白い内腿《うちもも》はあらわになっている。レースのヘッドカバーに包んだ銀髪が肩下まで流れ、ひそめた眉が細くて涼しい。睫毛《まつげ》は日陰ができそうなほどに濃い。

その姿は飛び抜けて大胆で美しい。今朝、待ち合わせて乗船した瞬間に、テラは自分の平凡なヴィクトリアン型ロングドレスを後悔した。

今も後部ピットで見惚《みと》れていたテラは、聞かれてあわてて返事をする。

「あっはいすぐ今！　今出します！」

長い人差し指で彼方を差す。ガイドレーザーがまっすぐに伸びて目標を示した。

昏魚《ベッシュ》たちがいた。ちらちらと紺色にきらめいて見える生物の群れ。一頭一頭はまだ解像できないけれど、生き生きと動くものが集まっているのは離れていてもわかる。

テラは食い入るように見つめる。昏魚《ベッシュ》、暗い金属的な色味をした鉄質黒雲母《てつしつくろうんも》の鱗《うろこ》のせいでそう呼ばれているけれど、昔の地球にいた魚類とは縁もゆかりもない生き物だ。ガス惑星の上層と中層の大気を動飛行している各種生物のことであり、その体は深層で摂取してきたらしい炭素、珪素、ゲルマニウムなどの炭素族元素や、窒素、酸素、塩素のほか各種の重要元素で構成されている。

地面のないこの惑星を巡るサーキュラーズに、多くの恵みをもたらしてくれる獲物の群れだ。唯一の欠点は、煮ても焼いても人間には食べられないことである。

「あれか……カタクチかな」

遠方を見晴るかしたダイオードがうなずいた。二つのピットは本当は船の別々の位置にあって、物理的に独立しているけれど（その理由は誰だってわかる）、映像的には前後くっついているかのように処理されており、テラが指したものはダイオードにも見える。

テラはでかいおっぱいのせいで見づらいVUIパネルを胸の上まで持ち上げて、十指でこちょこちょつつき回し、魚群諸元と彼我運動条件をどうにかこうにか弾《はじ》き出した。しばらくじっとにらんでから、漁獲戦術計画を二本立て、ファイルを前席ピットへ投げて送る。

「戦術です！」腕利きとはとても言えないデコンパだが、なんだかんだで十回以上出たことはあるから、仕事の段取りぐらいは理解している。「柱状雲上流で高度方向の幟群《のぼりぐん》をやっているので、あの昏魚《ベッシュ》はカタクチに見えると思います。カタクチだったら風上を向いてほとんど動かないので、ビームトロールで下流上方から俯角でかぶせていこう、そういう流れに、普通はなると思います」

「なんですか、その言い方……」ダイオードがアルトの声を不審に曇らせる。「カタクチ『に見える』って何。あれはカタクチじゃないんですか。私もそう思ったけど」

「カタクチじゃないです」テラは断言する。「というか、あそこ柱状雲じゃないんです。だから魚も、カタクチじゃない」

「は？」

ダークブルーの瞳が、初めて驚きに開かれた。

「何？　柱状雲じゃない？」

「たまたま真横から見ているから柱に見えるだけなんですよ。位置取りの問題です。あれ接近したら多分こう見えます――」テラは二本目の漁獲戦術計画を開き、側面図をぐりっと回して予測平面図を示す。「鰭状雲《きじょううん》です。風上に対して柱じゃなくて板になってますよ、きっと」

「鰭状雲《きじょううん》!?」

ダイオードが声を上げて、戦術計画と前方の実景を何度も見比べた。目を凝《こ》らして、うなずく。

「そうだ、あれ、鰭状雲《きじょううん》だ……よく気づきましたね」

「はい、なんかリズムが変だったので！」

「リズム」

ちらりと振り向いたダイオードに、テラはうなずく。

「リズムです。十三本がトントントントン、って並んでる。でも柱状雲はカルマン渦だからタントンタントン、って並ぶはずなんですよね。一個おき。滑《なめ》らかにならない」

「タントンタン」

ダイオードがおうむ返しに繰り返した。テラはあわてて手を振って話を戻した。

「すみません、いいです。つまり言いたいのは、あれは鰭状雲《きじょううん》なんで、昏魚《ベッシュ》はカタクチじゃなくて、真横から見て立群に見える群れ。つまり長幕群《ちょうまくぐん》を作るタイプの獲物だってことで——うわわっ！」

話が終わらないうちに船がグンと加速し始めたので、テラは後ろへのけぞってしまった。あわてて「あの！」と声をかける。

「いいですか!?」

「何が」

「魚種！」

「長幕群なんでしょう」考える必要があるのか、と言わんばかりのそっけなさ。「長幕群って、要するにロープみたいな細長い群れがたまたま上下に扁平《へんぺい》になったもの。ロープ状の長幕群といったらナミノリクチしかいない」

テラは黙った。自分の見立てと同じだった。それほど難しい推理ではないが、似た候補は他に三つほどあるはずだった。

「そしてナミノリクチだったら——」ダイオードは続ける。「カタクチと違って高速で回遊している。つまり今あそこで動かないように見えている群れは、こっちへまっすぐ向かっているか、向こうへまっすぐ遠ざかってる」

「後者だと思います！　どんどん見えづらくなってるので！」

「それ」

短いひと言に含まれる、かすかな成分を感じた、と思うか思わないかのうちに鋭い挑戦が来た。

「〝追い網は丸坊主〟。どうしますか」

魚群を追いかける形での漁は不利、という意味のことわざだ。網は、魚の行く手に打つものだ。現在の位置関係は、端的に言ってものすごく悪い。

「曳《ひ》いて追うのは論外、でも抜けばバレる」

船が網を広げると、空気抵抗で速度が落ちるので、群れに逃げられてしまう。かといって、いったん回りこんでから待ち伏せしようにも、追い抜くときに気づかれて、群れがバラバラに散ってしまう可能性が高い。

「トロールで下から刺し上げるしかないかな。一刺しで二ハイ、なんとか三刺し」

「それでもいいですけど、あの――」ダイオードの言葉を遮り、テラは唇を舐《な》めて言った。

「群れのすぐ下をかすめて、全速で直進してもらえますか。巻き網やりたいので」

ダイオードが目を剝いた。三歳児を見るような目だ。

「巻き網」

「はい」

「回遊魚相手に」

「はい」

「群れ、バレますけど」

「大丈夫です」

「へー、どうぞ」

アホみたいな提案があっさりと通った。それに力を得て、さらに甘えてみた。

「キューまで透かしで引っ張って、キューで十パイ負荷入れますけど、いいですかね……」

「バカじゃないですか？　好きにすれば」

これも通った。とうとう露骨な罵倒《ばとう》が来たけれど。

「ふへへ、へ、じゃやります。へへ」

テラは武者震いし始めた。まともなところがひとつもない会話だった。通常、ナミノリは刺し網とか流し網で獲るし、寝言以外で負荷十パイなどと抜かすやつはいない。

今までの婚約者たちだったら呆れ返るに違いない、それどころか他にやってる人間を見たことがないような網打ちを、本当にやることになってしまった。

大気の薄い超高層をすっ飛んでいた船が、立ち並ぶ鰭状雲《きじょううん》を前方に臨みながら、圏界面を切り裂いて大気圏上層に突入した。

そう、ここはばかでかいガス惑星ファット・ビーチ・ボールの大気圏内で、宇宙空間とは比べ物にならないほど濃密な気体分子に満ちており、なんなら風も嵐も吹いている。水素とヘリウムとホウ素粉と硫黄と、そのほか絶対に人体に無害ではない気体が時速三〇〇〇キロで渦を巻く大魔境だ。もしブリキ缶みたいな恒星船や惑星船でのこのこ降りてきたら、ボロボロにやすり掛けされてインテイクには粉が詰まり、四千気圧の深淵にブチ落ちておうちへ帰れなくなる。

だから、そこで漁をする巡航国民《サーキュラーズ》は、礎柱船《ピラーボート》に乗ってくる。

礎柱船《ピラーボート》は変形する。船体のほとんどが全質量可換粘土《AMC》で出来ている。太陽発電中の扁平型から、真空航行中での全長二〇〇メートルの円柱型、そして現在、大気圏突入時の砲弾型まで、好き勝手に形を変える質量一七万五〇〇〇トンの粘土棒。

それをいじくるのがデコンパだ。

魚群までの距離が五〇〇キロを割った。テラは目を閉じ、深呼吸する。ろくろを回す人のように、胸の前で両手を構え、力を抜いて体液性ジェルの中に浮かぶ。

精神脱圧《デコンプレッション》。想像を大きく、くっきりと描く。自分の体を包む船体を、広げて、伸ばして、編み上げて、まるで自分の手足のように、自在に揺らし綾《あや》なしていく。

「到達十秒前」

ダイオードが言った。後頭部一次視覚野への刺激投射ですべてが見える。全周三六〇度の光学と、そのほか多周波を重複させた映像だ。すでに魚群が解像できる。

昏魚《ベッシュ》の姿は紡錘形、剣型、鳥型、ロープ型、袋型、網型などさまざまだ。こいつらは——バターナイフみたいな銀色の剣型。確かにナミノリクチだ。こちらに尾を向けて一散に逃げていく。

その数はわからない、横断面で二百匹はいそうだけれど。奥行きは千、二千かも。

「五、四、三、二、一、リーチ」

ごうっ、と群れに追いついた。前髪を剃り上げそうな近さで魚群が頭上をかっ飛び去る。それはもちろん錯覚で、百メートルはマージンを取っているはずだが、でも、ほんとにそうか？　礎柱船《ピラーボート》、背中で群れを削ってないか？

そんな刺激に揺らがされることなく、テラは仕事を始めている。

船体の右と左から抵抗板《オッターボード》を一枚ずつ分離。超音速の航行風に叩かれてあっという間に遠ざかる。そいつに強靭な呼び綱をつないである。ボードに曳かせて、網を編み出す。

そう、デコンパは網を編む——格納してあるものを引き出すのではなく、船体粘土を材料にして、そのとき行う漁に合わせて、その場で網を形成するのだ。目にもとまらぬ紡織速度。

ピンク色の礎柱船《ピラーボート》の後ろ半分が、真っ白なレース布のように細かくほどけて広がっていく。

頭上に翼のような波しぶき。長幕群を形成する昏魚《ベッシュ》が、駆け抜ける礎柱船《ピラーボート》に驚いて左右へ跳ねていく。銀の帯を刃物で切り裂いていくような光景だ。あるいはジッパーを一気に開いていくような。

深い脱圧状態の中で、爽快な光景ににやにやと微笑むテラの耳に、ペアの独り言が届く。

「舵が軽い……まだ刺してないのか」

その通り、まだ魚を獲っていない。透かしている、網をひろびろと展開しているだけだ。

普通の曳航漁業で用いるトロール網ではない。テラがこの場に即して考えだした、前例のない巻き網だ。

それも、もうすぐ出来上がる。

「展網完了します、キューで昇りインメルマンよろしく、十、九、八」

「なるほどね」

今度は、ダイオードが舌なめずりする気配がした。

舵取り《ツイスタ》の仕事の時間だった。

「三、二、一、キュー」

「んふ！」

ズシン、と衝撃が襲いかかった。ダイオードが鼻を鳴らす。デコンパによる漁網形成展張が終了し、牽引が始まったのだ。ツイスタが全制御をハンドル開始。

礎柱船《ピラーボート》は上昇しながら旋転し、元来た方角へ戻り始めた。――その尻から、強靭な主綱を引いている。

四角い広場のように展開した網の上で、バラバラに逃げ散ったナミノリのほとんどが深みへ逃げようとしている。つまり、網全体に、まんべんなく、自分から頭を突っこんでいる。

その四隅に結びつけられたオッターボードが主綱に巻き上げられていく。

全質量が礎柱船《ピラーボート》にかかる。船尾の熱核エンジンが爆光を放つ。テラはデコンプから浮かび上がりながら、負荷の巨大さに気が気でない。

「だ、だいじょぶですか、重さ……」

「十パイ獲るって言いましたね」

船の下では、パンパンに膨らんだ網の中で、昏魚《ベッシュ》の魚体がざわざわと蠢《うごめ》いている。後方にごうごうと噴射を続けるエンジンの光で、雲海がはるかかなたまで赤金色に照り輝いている。構造／燃料共用のAMC粘土が、とてつもない勢いで減っていく。どうも見たことのない光景だと思ったら、このツイスタはノズルを十八個も出していた。十杯《ジュッパイ》すなわち本船質量に等しい漁獲を本気で支えるつもりだったらしい。この高度での惑星重力は二Gに近いので、静止するだけで三十五万トン重を噴射する計算だ。

船底と船尾に生成した十八個のノズルに推力を配分する計算とは、どんなものなのだろう。網の中の昏魚《ベッシュ》は風に揺さぶられるせいもあって、半流体として渦を巻き、高サイクルの制御を要求している。想像力とは無縁の、ただ力学にのみ従う、そして決して力学に逆らえないその仕事は、テラのもっとも苦手な役割だった。それを簡単だというサーキュラーズのほうが少ないだろう。男であってもだし、ましてや女では稀有《けう》――。

自席を囲んだ扇型の仮想スロットル群を、ダイオードは十指でツイ・ツイとはじき回している。メタルブーツの爪先でコツコツとリズム。ポルカをやるピアノ弾きのように軽やかで楽しげだ。

テラも、仲間も、誰も見たことのない「女ツイスタ」の、それが姿だった。

それでも確かに、一ミリの押し引きで一万トン重の推力を加減しているという緊張は、小さな頬の引きつった口の端に窺えた。

その横顔から、耳を疑うような言葉が流れて来た。

「自重で十ギガニュートン食われてる。テラさん、自分が何やったかわかってますか」

「え？」

「何バイ獲ったかっ、つってんですよ」

計算しなくてもわかった。テラの広げた網は、期待をはるかに超える大量の獲物を抱えこんでしまった。

「十一とか十二とか――」「十八パイですよ、テラ・テルテさん」

振り向いた彼女の瞳は、油膜が張ったようにぎらぎらと潤んでいた。

「あなた、最高です」

言うと同時に親指を立て、ギッと首を掻き切る仕草をした。

「なんで――――――――――っ!?」

全量投棄《ジェッサン》のコマンドを受けて、主綱は切断、網が落ちる。

反動で礎柱船《ピラーボート》はパーンと吹っ飛んでいき、テラの悲鳴をくるくるとまき散らす。

2

三十一万五千トンの法外な漁獲を一体なぜかぶん投げてしまう相棒を、テラが選ばずに済んだかもしれなかったのが三日前だった。

「おば様、ただいま……」

「テラ！　どうだった？　ローズ氏のハメット家」

エンデヴァ氏の氏族船にある族用ビアホール、「ワールド・エンド・ボード」。よそ行きのフォーマルドレス姿で、大荷物を両手にぶら下げてよろよろ入ってきたテラに、伯母のモラが椅子から腰を浮かせて呼びかける。

ふらふらに疲れ切って丸テーブル席にやってきたテラは、そのままバタンと突っ伏して、白ハンカチをひらひら振った。

「だめでした〜」

「だめだったかー！　ハメットの三男坊だよね？　あの象みたいな、て言っちゃ悪いけど、でかいけど優しそうな坊ちゃん。合わなかった？」

「はいぃ、私の船で試し打ちに出たんですけど、二回やって、君の網は僕には難しすぎるって言われちゃって……だめでした」

「そっかぁ……」

「あっもちろん、あちら様が下手だったわけじゃないんです、袖網《そであみ》八枚開いた私が悪いんです」

「袖網を八枚も？　そりゃあすいぶん多いね。どうして？」

尋ねたのはモラの夫のルボールで、モラ本人はしかつめらしく首を横に振っている。テラは愛想笑いしながら答える。

「えと、なんていうか、考えてると勝手に……昏魚《ベッシュ》があっちに流れてるな、こっちにも、そっちにもだなって思うと、自然に網が変形しちゃうんです」

「普通に、何も考えずに、袋網と袖網二枚のトロールにしちゃえない？」

「ですよね。あはは……」

「その、何も考えないっていうのが、この子には難しいの。どうしてってのはナシね。そういうふうにできている、としか言えない」

横から説明を挟んだモラが、それじゃあさ、と風向きを変えるかのように言う。

「あんたから見て、向こうの坊ちゃんはどうだった？　ちょっとは素敵な感じだった？」

「あ、はい、よかったと思いますよ」

「思いますぅ？」ぐぐっ、とまったく優しくない笑顔をモラが突きつける。「他人事《ひとごと》みたいに言わない。旦那様になるかもしれなかった相手よ。本当に添い遂げたかった？」

「ちょ、おば様、こわいです……」手のひらで防ぎながら肩を縮めて、テラはつぶやいた。

「私の好みって、あまり関係ないですよね」

「なくはないよ」顔を寄せたモラが、小声でささやいた。「言ってみ？　あたしらだけの話にするから」

「うー……じゃあ、独り言ってことにしてほしいですけど」

「うんうん」

「その、ピンとは来なかったなあと。こういうと失礼ですけど、礎柱船《ピラーボート》のツイスタとしての、気力っていうか覇気っていうか、やるぞっていう感じがもう少しあっていただけたらな……って」

「そいつはむしろ長老会の喜びそうな話ね。本心？」

「ですよ。あ、でも、おば様。無理に私より背の高い方を選んでくださらなくてもいいです。私、大きいお相手より、むしろ可愛いほうが」

「え、そうだったの？」

「はい。ごめんなさい……」

苦笑したテラの、あごの高さにモラの目がある。座ってなおその高さであり、立てば同年代の女子平均より、こぶし三つ分の高みにそびえるのがテラだった。これが理由で二十四歳になる現在まで、色恋の経験はあまりない。

申し訳なさがる大きなテラを見上げたモラは、盛大に嘆息した。

「そっかあ、しまったなあ、あたしの見立て、大体外れてんじゃん……！」

「君は早とちりだからね」

夫妻の嘆きのあとに、沈黙がテーブルを覆った。

お見合いが失敗したというのは、あまり軽い話ではない。サーキュラーズはガス惑星から水揚げされる昏魚《ベッシュ》を原料として、全ての工業資材を製造し、外貨を稼いでいる。一氏族あたりの保有漁船はどこでもだいたい十隻前後でしかなく、テラの礎柱船《ピラーボート》もその一隻だ。

つまり、彼女が片付くかどうかに、エンデヴァ氏二万人の食いぶち、一ヵ月分と少々がかかっている。

テラは言葉もない。ビアホールのテーブルに伏せた顔を横向けて、窓の外の宇宙空間を眺める。赤と白とピンクの綿菓子のようなガス惑星が、窓の右手をゆっくり巡っている。左手にはドッキング中の船の、X字型をした漆黒の巨大翼がそそり立っている。祭りのたびに訪れる、系外交易船の一部だ。

大巡鳥は貴重な客だ。広域人類の各種商品をFBB系にもたらし、離郷者と買い取ったAMC粘土を運んでいく。サーキュラーズの大いなる関心の的であるのだが、今のテラはそれを見て別のことを考えていた。

この鳥を見るのも三度目か。

つまりお見合いを始めてから足掛け四年だ。

やがてモラが威勢のいい声を上げた。

「まあ、しゃあないわ！　ダメだったもんは！　全然合わないのにくっついたり、好き合ったのに引き裂かれちゃうよりはずっとマシだよね。次のチャンスに期待しよう。へーイウェイター、大ジョッキ三つ！」

「あっ、おば様。ここ私が持ちます」

「何言ってんの、出戻った当日に人に奢《おご》るなんて悲しい飲みがあるか！　座っとけ！」

ビールライクのジョッキをカチ合わせて、やけ呑みを始めながら、テラはほとほと感謝する。八年前に両親が事故で亡くなって以来、この伯母には世話になりっぱなしだ。それにくわえて、一ヵ月の大会議《バウ・アウア》のあいだに二度も見合いの口を見つけて来てくれた。

並の娘ならどこにでも嫁に出せようけども、テラは親譲りの礎柱船《ピラーボート》に乗るオーナー・デコンパだ。となればその夫はツイスタ以外にはありえない。しかしやもめでもない限り元々ツイスタである男はいないから、独身の男に他種船から機種転換してもらわねばならない。けれど家格や年齢の釣り合う男は限られる。現存するサーキュラーズ十六氏族の中から、適当な相手を探してくるのは、大変な苦労だったろう。

ましてやテラは、作り話《テル・テール》の陰口を叩かれる女だ。デコンパに求められるのはツイスタの命じるとおりに網を作ることであって、袖網八本のサカダコみたいなへんてこな道具を勝手にひねり出すことではない。モラは売りこみの口上にもほとほと困ったに違いない。

エンデヴァ氏特産の香ばしいビーフフライクステーキとポテトライクマッシュをぱくついて、四杯目のジョッキをごふごふ空けながら、隣のモラが肩を押す。

「しかし向こうももったいないことしたよな、あんたさ、あんた、器量はいいのにな！　器量と体は！」

「別にそんなことないですし……あのっ、ちょっと、おば様！　そっちも大きいだけなので！」

「だけって言うな、これはだけじゃない！　とってもありがたい肉だ、自覚しろ！」

モラがとうとう、だぷん、と両手でテラの胸を持ち上げた。テラは単にでかいだけではなく肉がある。なんでこの乳でそのゆるい脳なんだと中等生の同期に言われたこともある。それによれば、人がこのサイズの脂肪を持ったら、もっとはるかに戦略的な応用を考えるのが普通なのだそうだった。そう言われてもテラは困る。おっぱいに誘引されたらしい男性はどれも話が合わなかった。それだけでなくこの付属物はしばしば手作業の邪魔になり、宇宙服の着脱を阻害することもあった。嬉しかった記憶はあまりない。

「うう、これだけのものを無駄にぶら下げてるだけなんて、損失だ……」

「そうだね、立派だねえ」

酔っぱらって姪を揉み続けるモラの手を、ルボールがそっと引き剝がす。そんな夫妻に苦笑しながら、テラは随想する。

――もうちょい真面目に考えなきゃなあ。

漁にはどうしても出なくちゃいけない。出なくても自分一人なら映像庫の配信司の仕事で食っていけるけど、それでは氏族が食っていけない。礎柱船《ピラーボート》を遊ばせていると、エンデヴァの長老会が困り果てるし、まかり間違ったら船を取り上げられる。

それだけは避けたい。父と母の遺産である礎柱船《ピラーボート》（観光船なんかじゃなくこっちで衛星旅行へ行ってれば墜落なんかしなかったのに！）を没収されるのは絶対いやだ。だからなんとか、見つけるのだ。大漁にならなくてもいいから、自分の網を曳いてくれる男を。見つけて礎柱船《ピラーボート》に乗ってもらって、漁と暮らしをともにして――。

すん、と火に水をかけたみたいに食欲が消えて、テラは表情を忘れる。いつも妄想がこのあたりまで来ると、なぜか気持ちが乗らなくなるのが常だった。漁のうまい（そしてやさしくて頼れて顔のいい）男と結婚して礎柱船《ピラーボート》に乗れたら、それは理想的な人生であるはずなのに。

それ以外の人生なんかあり得ないのだ。サーキュラーズの女にとって。

「……おば様、もう一度だけ紹介してもらえませんか？　いえ、もう時間がないから、どこかの氏族に私が飛びこみで行ってきても――」

覚悟を決めてそう言い始めたとき。

焦ったような声が横から飛びこんできた。

「お見合いでしたら、待ってもらえませんか」

テラは振り向いた。一人の少女が立っていた。

ヘッドカバーで押さえた銀髪、銀紫のフォーマルミニドレス、ロウソクみたいにつるつるの脚。青い瞳と、両手で引きずるでかいトランク。細身で小柄な人形じみた佇《たたず》まい。

テラたちと、その周りのビアホールの客は全員、ふんわり金髪と若葉色のドレス姿を基調とした、エンデヴァ氏特有のざっくりどっしりした田舎風のいで立ちに身を包んでいる。その中で、少女だけが根底から異なる存在感を放っていた。

異氏族に違いなかった。であれば、のんびり話している場合ではない。ルボールが大時計に目をやって言った。

「君は異氏族だね。もうじきパージの時間だよ。あと……二十分もすれば船団解体だ。大丈夫かい？」

大会議《バウ・アウア》は二年に一度。ガス惑星ファット・ビーチ・ボールをバラバラに巡る十六の氏族が、位相と軌道傾斜角と昇降点経度を合わせて、わざわざ一堂に会する祭典だ。百年一日の長老会が全体会議をやる最中に、若者は商売とケンカとコンサートとダンス、何よりも結婚するべく駆けずり回る。誰もがとても真剣だ。なぜなら三十日目の深夜二十四時に、全船団が解体《パージ》してしまうから。

別れた船団はまた別の軌道傾斜角を取る。理由は単純、漁場の分散のためだ。そして次の大会議《バウ・アウア》までは、直径十五万キロの広大なファット・ビーチ・ボールを別々に巡り続けるのだ。

そのパージまで、あと半時間。古い言い方をするなら、この少女は列車が汽笛を鳴らすプラットホームに立っているわけだった。

「大丈夫です」

そうだとは思えないひと言を平然と吐くと、少女は進み出てテラの横に立った。こちらの髪のてっぺんから胸の舳先までゆっくりと眺める。——テラはふと、花か木の皮を燃やしたような、甘い植物的な煙の匂いを嗅ぎ取った。

　少女が言った。

「やっと見つけた。テラ・インターコンチネンタル・エンデヴァさんですね。紹介はありませんけど、失礼します」

「……はい」

　本名で呼ばれたテラは、少しだけためらってから、うなずいた。テラ・テルテのほうが通りがいいはずだが、そう呼んでこないということは礼儀をわきまえている。少しぐらいなら話してもいい。

　けれども少女の次の言葉は、不快であるとかないとかを越えて不可解としか言いようのないものだった。

「私に、あなたの礎柱船《ピラーボート》を操縦させてもらえませんか？」

「は？」「え？」「んお？」

　テラとルボールの目が点になり、彼にもたれていたモラまで酔眼を開けた。

　続く三秒間で、脳内で火山みたいに各種妄想が噴き上げ、テラは眉毛の先まで真っ赤になった。

「えっあの操縦⁉　あなたが？　私を？　どうやって？　女の子ですよね？」

「はい。――あ」

　白い手ではたと口を押さえた少女が、テラよりずっと控えめに頬を染めて、誤解です、と言った。

「すみません、今のは結婚してほしいって意味じゃありません。ただ、昨日六十度帯あたりで誰かがリンゴエビに仕掛けた、婚約打ちを見たんです。あれがテラさんだって聞いたので」

「あれ見たんですか……」

「はい。いえ、ご破談になったっていうのは聞きましたけど、恥じらわないでください。私、あれはすごいと思ったんです。それで――」

「はふえ!?」

声が出た。やにわに手をぎゅっと握られた。アイスバーみたいに冷たく細い指。少女が銀のまつげの下の瞳の奥を覗けそうなぐらい、顔を近づけた。腰かけているテラが、ほとんど見上げる必要もない背丈。

「組んでほしくて。私、ツイスタなんです」

「女の子ですよね!?」

「それはもう、はいって言いました」

ぶっきらぼうとか、無遠慮とかいうのが相応《ふさわ》しい口調なのに、テラはいやだと思えなかった。ツイスタなのに女である、いや、女のくせにツイスタをやるなんて、と驚く余裕もどこかへ行った。グイグイ迫る少女の押しと、何よりも雪のように白い顔に、すっかり捕獲されていた。

「名乗ります。通名ダイオード、DIE-Over-Doseです。当分そう呼んでください。測候《ツナミ》・船長《サーチ》の母に生まれて十八年、もう九千五百時間飛んでます。資格も腕もあるんです。ただ、飛ばせる船を除いては」

「ダイオード？　九千五百時間!?　ああ、でもーっと、漁獲！」反論しなくてはならず、テラは懸命に理由を探し出す。「漁獲はどう分けるんですか？　うちはエンデヴァ氏ですけど、あなたは？　半額をどこの氏族に入れれば？」

「要《い》りません。ただ、飛びたいんです」

潔《いさぎよ》い、という言葉の見本がここにあった。「えええ……」とテラは口を開ける。

とうとうモラ伯母が迎え討とうとした。

「でも、テラは結婚するんだよ！　探しているのは男なんだ！」

「はい、どこかの氏族に飛びこみに、でしたね」

毛ほども動ぜずうなずくと、少女は左手の甲をコンと指で突いた。ミニセルの画面に時刻が光る。

ボ――――――――――――ッ

「パ」「あ」「時間ー！」

全船団パージの時刻を告げる汽笛が、酒場と船全体に響き渡った。

「次のお見合いは二年後です。私は、明日から乗れます」

全高一四八センチの「自信」と題された彫像が、そこにあった。

それがしかし、少しだけ傾いた。

「でも——もし、あなたがおいやなら、けっこうです。テラさん」

「あっ、はい」けっこうなんだ、こんなに押すのに。「ダイオードさん……ですっけ」

「はい」

「もしいやだって言ったら、どうするんですか」

「その場合はこの船で二年間、お皿でも洗って帰るしかないですね」

他人事のように首をかしげる少女の姿に、ずるい、とテラは思ったのだった。

3

地球の雲の十倍もある雄大な積乱雲の向こうに、地球の太陽よりだいぶ小さな夕日が沈む。テラの礎柱船《ピラーボート》はその夕日を斜め前方に見て高空を飛んでいく。

礎柱船《ピラーボート》が衛星軌道上の氏族船を離れて惑星へ降下すると、自転によって日の出の方角へ連れ去られてしまう。その場で再び上昇しても氏族船には戻れない。だから自転と反対方向のベクトルを少し加えて、つまり夕日に近づく形で大気圏を飛び出せば、惑星を一周してきた氏族船と再会できるというわけだった。

礎柱船《ピラーボート》の腹はいくらか膨れている。網で獲った昏魚《ベッシュ》を格納したのだ。といっても六時間前に豪快な方法でごっそり捕らえたナミノリクチではない。そのあとで、別の漁場でごく無難にピラートロールを流して獲ったアマサバが五ハイ半、九万六千トンあまりだ。

平凡すぎるほど、平凡な漁獲だった。

ということは、不満な漁獲だった。

テラにしてみれば。

「なーんーでー、これだけなんですかぁ……」

後部ピットで膝を抱えて、テラはぶちぶち文句を言っている。

「あんなにたくさん獲れたのに」

三十一万五千トンの昏魚《ベッシュ》といったら、二ヵ月分の漁獲にあたる。それを直接食べることはできないが、AMC粘土に加工することで、サーキュラーズの暮らしを全面的に下支えする役に立つ。持ち帰ったらみんなに褒めちぎられて、氏族はとても潤っただろう。そういうことを成し遂げたツイスタとデコンパを、何度も見てきた。

ダイオードは取り合ってくれない。

「コンテナきちんと出してください。違う、推測じゃなくて実測。フルエレメントで！」

あの全量投棄のすぐあとで、帰ったら説明しますからと言われて、それっきりだ。アマサバ漁のあいだも、それが終わって帰る段になっても、ひたすら操縦に集中している。

彼女に要求されて、テラは天空に目を走らせる。そこにはずっと後方から追いついてくる氏族船の予測未来軌道が投影されているが、それではダメだとダイオードは言っている。

仕方なく、航法衛星からちゃんと実信号を取って、軌道要素を並べてターゲットコンテナとして投影した。

「はい。これでいいですか」

「待って、乗せます」

ドッ、と後ろから濁流にぶつかられたかのような大加速が始まった。二十万トン以上が軌道速度を目指す。同時に側方へゴッ、ゴッ、と蹴りつけるような衝撃が響く。進路修正インパルスと加速度と重力が、緩衝用体液性ジェルに浮かぶ二人の体を揺さぶる。

「いいかな……よし。ランデブー軌道取れました。ふう！」

鋭く尖らされた船首ノーズコーンが高空を切り裂いていく。前部ピットのダイオードが、バックレストにもたれてコポリと息を吐くのを、テラは後ろから頬杖を突いて見ていた。

「帰還まで手動でやるんですね。あ、再突入もだったか」

「ええ」

「……それも、やりたいから、なの？」

うちへ帰るだけなら船が勝手にやってくれるはずだ。だがダイオードは首を横に振った。

「いろいろ派手にやったから、もうあまり推進剤の余裕がないですよね。オートより精度出したくて、手でやりました」

「そうなの――」

「逆に聞きますけど」ダイオードが振り向いた。「手動リエントリとランデブーのできないツイスタって、どう思います？」

「それはちょっと――頼りない、かな。でも、そんな人いるの？」

「いますよ」

呆れ顔で言われてしまった。

なんとなくにらみ合いのようになる。息苦しい。いやだなと目を逸《そ》らすと、ダイオードが言い募った。

「テラさん。いろいろ納得できないのはわかります。でも、私はツイスタです。ツイスタにしかわからないことがあるんです。しばらく待ってもらえませんか」

「それは聞きましたけど……」

待たなきゃいけない理由が知りたい。話してもわからない相手だと思われているのだとしたら、寂しい。

だけど訊くのが得意ではない。

するとダイオードの口調が変わった。

「テラさん」

ピットごとぐるりと回転してこちらを向く。正面、同じ高さで顔を寄せる。眼差《まなざ》しよりも、首元の素肌に直接巻かれた、剣型の凜々しいネイキッドタイにテラは目を奪われた。

「私、下手でしたか」

「えっ」

「テラさんから見て、どうでしたか。その、気力というか覇気というか、やるぞって感じは、あったと思いますか。自分で言うのもなんだけど、それなりの水準には達していたと思います。私だったら合格でしたか？」

訴えるようにそう言ってから、ツイスタとして、と少し語気を緩めた。

「え、えーっと……」勢いに驚いた。「それって私がボードで飲んでた時に言ったことですよね。聞いてました？」

「あっ、すみません」ダイオードの背がピンと伸びる。「立ち聞きするつもりじゃなかったんですが、つい見てて。結果的には」

「いいけど。水準、水準ね」考えることなんかあるわけがない。ハメット家の三男坊はテラの網に面食らって、直進もできずにぐるぐる回るだけだった。「達してた、と思いますよ。ていうかあなたってそんなレベルじゃ――」

「ですか」ほっ、と軽く胸を押さえて、「でしたら、それに免じてお願いします」

言うだけ言って、ふんすと口を閉ざした。ペアを申しこんだときと同じ、押しの一手という感じだった。

テラはあることに気づいて、不思議な気持ちになる。

――この子、中身は違う。

見た目はものすごくクールなのに。そうじゃない、ひどく張り詰めてる。なんだろう。何かを望んでいるのはわかるんだけど。

これまではツイスタになってくださいと、自分が頼む側だったので、逆にやらせてほしいと頼む人の気持ちは、ちょっとわからなかった。ただ、不満の気持ちはだいぶ薄れた。

――私もこれぐらいのときには、大人に話しても通じないと思ってたな。

「うふ」

「はい？」

「いいえ、わかりました。あなたにお任せします、ダイオードさん」

言ってから小首をかしげて、言い直した。

「ダイさんって呼んで、いいです？　長いので」

「ＤＩＥ？」たちまち少女の片眉が跳ね上がる。「それだと、ただ死ぬんですけど」

「そのダイなの？　ダイアナとかダイヤモンドみたいでいいと思ったんですけど……」

何気なく言ってみる。と、ふわっとダイオードの鼻の頭が温まった。

ぐるりとピットをむこうに向けて、とげとげしい言葉を投げてくる。

「そんなに呼びたければどうぞ。所詮はただの呼び名ですし」

「はい、ダイさん」

もう返事はなく、代わりにガツンと船が一段、加速した。

二十分で周回軌道に出る。巨大な円盤型のエンデヴァ氏氏族船「アイダホ」が、後方から悠然と近づいてきた。最接近距離は五〇〇メートルが理想であるのに対して、ダイオードが取った進路では五四五メートルの予想がはじき出され、おおおとテラは感嘆する。全行程消費推進剤は九万二千五百トン。漁獲が九万六千トンなので差し引き利得は三千五百トン。ささやかながら確かに黒字である。

初回にしては上出来じゃん、とテラは気持ちを切り換えていた。

遠点噴射後、「アイダホ」中心にそびえる漁獲検収塔にアプローチして、映像通信で係官と対面するまでは。

「え？　得分返上？　いやそういうことはできませんが、あなたはどちらの……あれ、デコンパさん？」

「ツイスタです」

「どこに？　あれ？　インターコンチネンタル家の船だよね。テラちゃんは？」

「私、一緒に乗ってますけど……」

「だから、私がツイスタです」

同氏族の顔見知りの係官に向かって手を上げたテラの横から、ダイオードが硬い無表情で言った。流れ作業的に仕事をこなそうとしていた係官の顔が、険しくなる。

「女同士はダメだよ。テラちゃん、こういうのはやらないことになってるんだよ。何、この子と下へ降りたの？　わっ、獲ってきちゃった？　ああー、これはねえー」

「あのあの、五ハイ半です。ちょっぴりだけど、ちゃんと黒字で――」

「いや黒字とかね、そういうことじゃなくて。黒字なのはいいけど、いや、それもあまりよくないんだよね。つまり……知らない？　中航生の時に習ったでしょ？」

「えーっと、習ったかな、習ってないかも……」

それに、親代わりのモラ夫妻も何も言わなかった。もっともモラたちは礎柱船《ピラーボート》乗りではないので、漁の法規に詳しい理由もない。

「習ったよ、忘れてるね。これは互酬系違反になるんだよ」

顔をしかめながら係官が話してくれたのは、こういうことだった。

ツイスタとデコンパは夫婦であるのが常だ。夫婦の仲は、たいていの場合、嫁入りか婿入りによって、二つの氏族の男女が築き上げるものである。これは二つの要請があるために、このように営まれている。

第一の要請は血の混ぜ合い。いわゆる遺伝的多様性の確保だ。二年のあいだひとつの船で暮らす一氏族、二万人のあいだでもし同族婚姻を続けると、血統が偏《かたよ》ってしまう。だから、大会議《バウ・アウア》を催して、十六氏族三十万人の中から、できるだけ広く新たな血を求めることになっている。

第二の要請は暮らしの安定。いわゆる互酬による所得の再分配だ。十六の氏族が分散して独立採算で暮らしていると、二年のあいだには富めるところと貧しいところが出てくる。漁獲は一様ではないからどうしてもそうなる。それでは対立が起きてしまうから、できるだけ獲物を分配することになっている。礎柱船《ピラーボート》の男女が漁獲を半分ずつ得るのはこのためだ。

漁獲を半分得るといっても、嫁入り婿入りしてきた側は、遠くの実家へ昏魚《ベッシュ》を送りつける方法がない。だからその分は相当する貨幣の形で積み立てることになる。礎柱船《ピラーボート》の稼ぎの半分は、常に外貨の形で蓄積される。そして大会議《バウ・アウア》の年に各種取引の決済に使われる。十六氏族すべてがそのように助け合うことで、全体としての安定が保たれる仕組みになっているのだ。

「そういうことになってるのは知ってますけど……」

「テラちゃん、何度も出戻ってるもんね」

「うっわ、それ言う人なんですか。ひっど」

テラが係官にドン引きしてみせていると、ダイオードが割りこんだ。

「今の場合は、私が自発的に得分返上を申し出ています。あなた方エンデヴァ氏の漁獲が増えるだけ。問題はないはずです」

「うん、あのね、あなたはまだ仕組みがよくわかってないのね。ていうのは、あなたにはそういうことをする権利はないんです」係官が、無知な子供に言い聞かせる口調で話す。「うちだって自分たちが全取り出来たらいいと思うけど、でもそうすると、あなたの所属する氏族の取り分がなくなる。つまり、うちがそちらから奪っちゃうことになるのね。これはあなたがどう言ってるかに関係なく、そう見なされるということです。そういう規則になっている。なぜかというと、そこで個人の裁量を許していると、必ず結託して溜めこんだり、よそから巻き上げたりする者が出てくるからね。サーキュラーズの社会が不安定になってしまう。だから、漁をしてきたら、必ず二人で平等に分配しなければならない。これは大会議《バウ・アウア》で厳しく決まっていることです」

そもそも大会議《バウ・アウア》が開催される最大の目的が、氏族間の利益分配だった。最も貧しかった氏族に、次の二年で最も豊かだと見こまれる軌道に入る権利が与えられる。この相談が機能しているから、サーキュラーズは三〇三年やって来られたのだ。

「だからまず、得分返上ってのが認められません。ダイオードさんは、自分の氏族の収入のために、漁獲を半分得る義務があるんです。はい、本名をどうぞ」

「本名……」

「言わないと受け取れませんよ」

譲歩の余地なし、という澄まし顔で係官は顎《あご》を上げる。ダイオードはうつむいて歯噛みしている。

その様子をはらはらしながら見ていたテラは、意を決して、彼女の横にピットを寄せた。

「いいですよ」

「――え？」

「どうしても言いたくなかったら、言わなくても。何か理由があるんでしょ？」

ダイオードがぽかんと口を開け、「でも」と言い返した。

「言わないと、持ち帰った分も投棄……」

「まーいいですって」テラは片手でパタパタ仰ぐ。「だって、今回は利益のことは考えませんでしたから。これまでうまくいった試しがないですもん。漁の形が取れればいいなと思ってたぐらいで」

「……そうなんですか」

「そうなんです。でもね、今回は実際、すごくうまく行きましたし、何より……あなたのこと、ちょっといいなと思いましたから」

にやっと笑いかける。

「あなたがしたいようにして、いいですよ。ペア漁はダメみたいだけど、お友達になりましょ？」

ダイオードの瞳が揺れたように見えた。

少女は係官に向き直ると、一息に述べた。

「通名ダイオード、本名カンナ・イシドーロ・ゲンドー、ゲンドー氏イシドーロ家の人間ですが『フヨー』には伝えないでください。それでも差し支えないはずです」

「はい、ゲンドー氏ね」手元をつついて、そっけなく係官が言う。「でもゲンドー氏への入金情報はすぐ氏族船へ行きますよ」

「名前は隠せるでしょ」

「そういうのはできます。調べればすぐわかるから、たいして意味はありませんがね」

「ダイさんはゲンドー氏の人だったんですね」

テラは少しだけ驚く。それは、現存十六氏族のうちでももっとも他との交流が少ない、謎めいた氏族の名だった。

「これでテラさんと漁ができますか」

ダイオードは係官を睨みつけている。係官はこめかみを指で掻いて、「夫婦でなきゃダメですし、私がどうこうできる問題じゃないんですよ」とぶつぶつ言っていたが、やがて面倒くさそうに顔を上げた。

「まあ、漁じゃないって言うなら、船で昇り降りできるんじゃないですか。航管のほうの管轄だけど」

「漁じゃない？」

「私用。つまり遊びってことね。もちろん漁じゃなければ、氏族の衛星とかドックとかの使用に料金かかってくるし、剤類も一般価格で購入となるけど――」

「それで構いま！」

言い終える前にダイオードが心配そうに振り向いた。テラはそっとうなずいた。

「いいですよ？」

「せん！」

「該当部署で頼んでください。はい、アマサバ九万六千トン検収！」

付き合いきれん、という顔で係官がぐるりとＶＵＩにサインした。

4

予感がしたので、下船後のシャワーは大急ぎで浴びた。フィッシャーマンズ・ワーフの到着棟から気密油の匂いが漂う港湾環路へ飛び出すと、思った通り、行き交う船乗りたちのあいだにばかでかいトランクが見えた。いや、トランクを背負った少女の後姿が。一人で微重力通路を飛んでいこうとしている。

「ダイさん、待って！」

呼びかけると、小柄な人影がはっと振り向いた。その拍子に背中のトランクがガンと壁に跳ね返り、反動で空中に跳ね出してしまう。くるくる回っていったかと思うと、重いトランクを手でさっと体から離して、自転速度を殺したのはさすがツイスタだった。角運動量保存則が脊髄に書いてある。しかし、手間取っているあいだにテラが追いついた。

「待ってください」

ダイオードを壁の手すりに引き戻す。微重力下の体さばきは苦手だが、手すりがあればなんとかなる。体の大きなテラに捕まったダイオードは、罠にかかった小動物みたいに、首をすくめて見上げる。

「……早かったですね」

「急ぎましたから。ダイさんこそちょっぱやですね？」

「……」

少女は目を逸らす。大胆極まりなかったデッキドレスから街服に着替えているが、髪はまだ湿っている。ピット内で身を包んでいた体液性ジェルをシャワーで流してから、乾かす間も惜しんで飛び出して来たのだろう。

いやがって逃げようとしているなら、引き留めるつもりはなかった。

でも多分、そうじゃない、とテラは感じていた。

「お話ししませんか、ごはんでも食べながら」片手を差し出す。「今日のことと、明日からのこと。話さなきゃいけないですよね、私たち。ていうか、一人でどこ行くつもりだったの？」

「別に……ホテルへ帰って寝ようかと」

「あれれ。さすがにそれはなくないです？　普通は漁が終わったらご馳走ですよ、ツイスタとデコンパは」

「でもそういう空気じゃないでしょう」

「じゃあどういう空気なんですか？」

「やらかしまくった最悪の空気」

お、とテラは変化を見てとる。うつむいたままのダイオードの口調が、じわり、と湿った。

「偉ぶって昏魚《ベッシュ》捨てたのに剤類切れかけて、任せろって言ったのに揉めて、通名出してたのに不様《ぶざま》に本名バレて、おまけに役人にテラさんいじられて。あんなのひ、ひどくて、どのツラ、下げ」

「わわー、ととと」

嗚咽《おえつ》し始めてしまったので、あわててハンカチを顔に近づけて、肩を抱いた。

「ごはんに行きましょう！　静かなとこありますから、ね？」

こくりと頭が動いた。

円盤船放射軸を「ワールド・エンド・ボード」まで降りて、顔見知りのウェイターにチップをはずんだ。二歩先がガラス越しの宇宙になった、文字通り世界の終わりの飛びこみ台みたいな離れ席にダイオードを座らせて、自分は向かいでなく隣に陣取った。テーブルのサプラーから適当にいろいろ取り出して勧める。

「ほらダイさん、シャンパン。サーモン！　甘いほうがいい？　コーヒー？」

「無理です無理、あの！」

ダイオードが片手で押し戻し、顔を隠したまま言う。

「私、今わりと頭ぐしゃぐしゃで！　食べるどころじゃないです！」

「って感じですよね」あっさり皿とグラスを引っこめて、テラはテンションを落とす。

「糸、切れちゃいました？　もう三日、いや四日目だし」

「糸って」

「気持ちの糸。――トランクひとつで氏族船乗り換えて他人の船に無理やり押しかけて、あり得ない漁をしてカリッカリの手動操船して、お役人に全部ダメにされかけてなんとか凌《しの》ぎましたよね。これ、十八歳で一気に全部やり抜いたのって、ずいぶんすごいし大変なことですよ」

ハンカチが下がってダイオードのぽかんとした顔が現れると、テラは年上の余裕で微笑んだ。

「切れていいですよ。がんばったですね」

「ふ……ううううう」

長い睫毛が震え出し、陶器細工のような整った顔が、赤く染まってくしゅくしゅつぶれた。

「はい、おつかれさま」

テラが背中をぽんと叩くと、少女は今度こそ本格的に声を上げ——る寸前。がきっと歯を食いしばって耐えた。

「んぐううううう……！」

「お？」

ダイオードは片手で強固に両目を隠して、その下でやたらと目を拭う。ハンカチはべしょべしょだが頑《かたく》なに口を開けようとしない。すごい意地だ、とテラは感心した。

その背は本当に細くて震えている。髪が冷たいので、頭から肩の下までゆっくりとくり返し撫でた。テラに姉はいたが妹はいない。こんな感じなんだろうな、と思う。

「まあね、いろいろありましたけど。成功でしたよ、今日は。獲れたし事故もケンカもなかったし。むしろ大成功。逃げたりすることありません。ね？」

「……ううぐん」

背中を撫でるうちに、小さな頭が鼻先に来た。頭髪からあの甘い植物性の煙香がする。すい、と脳髄をそちらへ引かれて、何も考えずに肩を抱き寄せた。それに応じてダイオードが安らいだ様子で胸にもたれ、ふーっと深く息を吐く。

溶けたように互いの重みを支え合う数十秒。――の後に、ふとダイオードがまた背筋を伸ばしたので、二人の間に空気が入った。

「あ、すみません、くっついて……」

「え？　いえ、全然」

テラは笑い流してみせたが、むしろ自分に驚いていた。彼女と寄り添うのがひどく温かくて心地よかったから。ほとんど会ったばかりの相手をそんなふうに感じたことは、今までなかった。何が起こったのか、少し混乱した。

大きく息を吸って頭をはっきりさせた。そう、相談だ。今日のことを、振り返る。

「うん、落ち着いたかな。大丈夫です？」

「は、はい……」

ダイオードはぎくしゃくとうなずく。顔には赤みが残っている。氏族によって平均的パーソナルスペースの大きさは違う。さわって悪かったかなと思いつつ、テラは尋ね始めた。

「ダイさんはどうしてそんなにがんばってるのか、聞いてもいいですか？　今日のいろいろをやろうとした理由は」

「はい――そろそろ話さなきゃですよね。きちんと」

ようやく座り直したダイオードが、テーブルの品々にもちらりと目をやったので、食べましょうかとテラが誘って、酒食に手を付け始めた。

「氏族のことから話します。うちは、さっきバレたみたいにゲンドーなんですけど、あそこ、女はD転させられることになったんです」

「D転？」

「デコンパへの配置転換です。船乗りの女そのものがほとんどいなくなってて、乗るならデコンパやれって。私、母が普通に舵取りしてたので、自分も当然舵取りをやるつもりだったんですけど、そういうのはなくなった、ツイスタになれないことになったって。それで愕然として」

「まあ、うちのエンデヴァでも女ツイスタはないですけどね」

「ないとしても、強制的にデコンパやらされたりってします？」

「それは……ないかな。なっても精神脱圧《デコンプレッション》ができなきゃ、網作れないから、無理やりはないです。女が船を飛ばしたければ、連絡艇とか観測艇とか乗れって感じですかね」

「でしょう。でも、ゲンドーはD転させるんです。最悪、航法だけできればいい、定型の袋網ならオートで作れるからって……」

「それはちょっとひどいですね」

フォークを止めて顔をしかめた。

テラはデコンプが大好きだ。網を作れない人の気持ちはわからない。でも何かが苦手だという人の気持ちはわかる。テラは運動が苦手だからだ。

五十万トンを手足のように振り回すツイスタには、なれないし、なりたくない。それを無理にやらされたら、とても困るし、いやだろう。

「……だから、家出してきたんですね？　名前も変えて？」

「そういうアレです。無断脱船者です」それでなくても前菜しかついていなかったダイオードが、いっそう申し訳なさそうに肩を縮めた。「そのあとで、大会議中《バウ・アウア》にヌエル氏とブリット氏にも寄りました。どこかで飛べないかと」

「おお？」テラは興味を抱く。「どうなりました？　そこでは」

「詐欺扱いと、お腹《なか》扱いでした」

「——あおー……」

最初の氏族では後部オートでの漁を一度許されたものの、正規のペアよりも多量の漁獲を得たのでトリックの疑いをかけられた。二度目の氏族では逆にツイスタもデコンパも足りていたので、船に乗らずに子を作れと言われた。

「どちらもちょっと、耐えられませんでした」

「そりゃいやんなりますよう。私でもきっとなります。私よりひどいですね、私の場合は変な網作っちゃうから破談になったわけで、言ってみれば自業自得だ」

「自業自得ではないと思います」

いやに冴えた瞳でテラを見つめたものの、すぐ、弱々しい微笑みになった。だいぶ泡が抜けてしまったシャンパンライクをぐっと飲み干す。

「そういう、いわくが三つも四つもついてる人間なんですけど、続きも話していいですか」

「続きって、ああ」付き合ってワインライクをかぱんと一杯空け、テラはうなずく。「三十一万トンを投げ捨てたり、手動にこだわったり、ですか。あれもそういうのせい？」

「です。やり過ぎると疎《うと》まれる。手落ちがあるとつけこまれる。だから手柄は捨てるし、ミスは防ぐ。そうしなければならないって学びました」

「え、待って、じゃあ任せろって言ったのもそれですよね。どうなる予定だったの？」

「取り分渡すって言えば通るかなと。ブリット氏の役人、どうも賄賂《わいろ》をせびってたくさいんですよね。気づくのが遅すぎたけど」

「ふがあ！」

二杯目のワインライクを噴き出しそうになった。口に入れる寸前でよかった。

「賄賂を要求？　裁断会ものじゃないですか！」

「証拠はないですよ、勘です。それで今度こそ乗り切ろうと思って、ここでは払うつもりだったんですけど。ここはまた別の意味でダメでしたね……」

「そうですね、さすがに汚職はないですけどね」口をゆがめた。苦笑するしかないような話だった。「ツイスタが女の子だとああなるんですねえ。知らなかったな」

苦笑しながら二杯目をやっつけ、サプラーが時間をかけて刷《す》った、上等なロブスターライクボイルを取り出してぼっきり折ったりしていると、隣がまたうつむいているのに気づいた。

「すみません……そんなこんなの厄介者で」

彼女は彼女で二杯目を空にしている。酔うとへこむタイプのようだ。

「ダイさんダイさん」トトトと肘をつつく。「落ちこまない。事情は大体わかりましたけど、大丈夫ですよ」

「大丈夫って、話聞いてました？　私、無断脱船者ですよ!?」ダイオードが立ち上がる。

「奪還隊が来るかもしれないし、戻ったらきっと制限級に――」

「奪還隊？　ゲンドー氏ってそういうの出すんですか、えっぐ」白いエビ肉をタルタルライクソースにベタ漬けしてもぐもぐ食べながら、テラはことさらに軽く笑ってみせる。

「まあエンデヴァにいれば心配はないと思いますけど」

「そんな、どこに行っても必ず見つけ出すって——！」

「うちではよその奪還隊に人間をさらわれたなんて聞いたこともないです。ダイさんその隊、見たことあります？」

ぽかんと口を開けたダイオードが、すとんと椅子にへたりこんだ。

「……嘘？」

「ゲンドー氏が嘘ついてるかどうかはわかりませんけど、氏族船から氏族船へ飛ぶのってものすごく推進剤食いますよね。それに他の氏族船に押し入るのは族域不可侵原則に反してますし。ないんじゃないかなー」

呆然としているダイオードに、エビの分け前を押して寄越しながら、テラはやにわにきっぱりと言った。「ダイさん！」

「はい？」

「明日からのことを決めましょう。私のほうはだんだんダイさんのことがわかってきました。二人組の許可の件も、さっきビットさんのところで、あっ検収さんのことですけど、一応片付きました。割り増しになるって言われましたけど、そんなもんがっぽり獲ればいいだけの話です。そして私たち、がっぽり獲れたはずでした。これはけっこう、やってけるんじゃありません？」

「でも、獲り過ぎたら、また」

「だったら、少なめにがっぽり獲りましょう」

いたずらっぽく笑ってそう言ってから、まだ聞いていないことを思い出した。

「ダイさんは私に何か不満、あります？　いえ、変な網しか作れませんけど」

「不満？」弱気そうだったダイオードの顔が、皮肉を言うみたいに歪んだ。「今のところひとっつもないですね」

「え、え？」

一瞬戸惑ったものの、肯定だと受け取って続ける。

「あと、なんかホテル泊まってるって言いませんでした？　それ大会議《バウ・アウア》終わったからメチャ高ですよね？　よかったらうちへ来ませんか。部屋あるので」

ダイオードがさらに眉をひそめた。苦いものでも食べたかのような顔で「部屋？」とつぶやく。

「部屋です」

「本気ですか」

「ですけど？」

「死んでも入ります」

「はい。え、え？」

先ほどから微妙に反応がおかしい。顔と言葉がズレている。テラが見つめ直すと、ダイオードは唐突にもりもり食べ始めた。ようやく食欲が戻ったようだった。

不意に少女がまっすぐ見つめ返した。

「聞きますけど──なにがなんでも漁をしなきゃいけないから、ですよね？」

「はい？」テラは瞬《まばた》きする。「そう、ですけど？」

「わかりました、畜生」

うなずくと少女はサプラーから三杯目のシャンパンライクを引っこ抜いて一息で飲んだ。

「んんん？」

テラは彼女の横顔を見つめる。

ダイオードは酒に頬を染めて無視している。


船持ちのテラの家は一人暮らしにしては広く、その一部屋をあてがわれたダイオードは一二〇パーセントの礼儀正しさで家賃を支払う旨を宣言し、引き換えにプライバシーの厳守を要求した。その防御線をテラは笑顔を盾に踏み越えて漁の前後の会食を提案し、例のいやそうな顔と引き換えに承諾の返事を引き出した。それにより、漁のある日は一緒に、そうでない日は別々に行動するという基本パターンが確立した。

本格的にペア漁を始めると成績は急カーブで上昇し、九十日間で二二九万五〇〇〇トンも獲って三〇四年度第一クォータリ優良漁師の三位に並んでしまったので、各界に物議を醸した。漁業界は非漁業者である二人組の乱脈な操業に苦言を呈し、経済界はバランスシートの変動を警戒しつつ新式漁法の可能性を探り始め、科学界はいまだ謎の多い昏魚《ベッシュ》の生態系を解き明かす機会に沸き立ち、長老会は二人を称《たた》えて配偶者を斡旋した。

「称えてこれなんですよねえ、長老会は」

夕食後のひと時、自宅の暖炉前で憩いながら、テラは長老会が送って寄越した釣書《つりがき》を空中に展開して、面白そうに笑う。

「アイス氏、ヘラス氏、ザンダス氏。すごい、有名どころの顔のいい男の人がメニュー状態。獲れるとわかると、こっちから出向かなくても長老会が旦那さん探してくれるんですねー。……しかしこれ次の大会議《バウ・アウア》がある再来年までキープしてもらえるってことなのかな。あ、これがいわゆる婚約ってやつ？」

「楽しそうですね」

「楽しくないですか？」

テラは隣を見る。ダイオードがソファの端に膝を抱えて座っている。彼女にも釣書は届いているはずだが、テラと違って一通も開いていていない。メタン炉の青い光だけが退屈そうな顔を照らしている。

「……楽しくないみたいですね」

「もうちょっと逆方向に強い気分ですね」ぼそぼそとダイオードが言う。「つまり、早く死んでほしいという」

「言いますねー。ダイさんてめちゃくちゃ男の人嫌いですよね」

「まあ」うなずいてから、申し訳程度に首を横に振る。「すみません。テラさんが楽しんでるのに」

「んー、楽しんでいるというより、皆さん、あっちゅまに手の平返すんだなーという乾いた笑いですね。どっちかというと引いてるみたいな」

ダイオードがこちらに顔を向けた。

「引いてるんですか。テラさん、お見合いしてましたよね。それもかなり熱心に」

「ええ、あのころは早く片付きたかったもんですから。回数こなせば理想の旦那さんに出会えるかなと」

「……あのころは？　今は？」

「今は、ちょっと変わりまして」

そう言うとテラは、手を伸ばしてダイオードの二の腕を引く。ころんと転がってきた体を、胸に引き寄せる。

「旦那さんよりこっちのほうがいいかなーと」

引っぱられてぽふんと斜めに頭をもたせかけたダイオードは、きょとんとしてからテラをにらむ。

「おちょくってるならやめてもらえますか。これ比較の軸が全然違いますよね」

「比較というか、小さくて可愛くてなんか変ないい匂いがするので？」

「変て。変て！　これ母の燻香《くんこう》なんですが⁉」

あらそうなんですかと頭を撫で始めたテラを、やめてくださいやめろと邪険に押し戻して、ダイオードは立ち上がりずかずかと部屋を出ていく。あーすみません、とテラは情けない声を上げる。

しかし二分も経たないうちにキッチンから酒精入り紅茶類の香りがして、笑みを取り戻す。

「――避けても仕方ないのでマジな話をしますが、漁業界その他のうるさいゴタゴタは私がここにいるから全部起こってるって自覚はあります。わずらわしくなったらすっぱり出ていくので、いついかなる時でもためらわずに言ってくださいね」

持ってきたトレイのカップから立ち昇る湯気越しに、ダイオードが冷たい目を向ける。

氏族船がガス惑星の夜側を通過しているときの寒気の中で、温かい飲料はいいものだ。そういうものを用意して来ながら、こういうことを全部口に出すダイオードに向かって、テラは変わらぬ笑顔を向ける。

「だいじょぶ、わずらわしくないです。安心して。そしてそれを渡して？」

無表情にテラをじっと見つめてから、ダイオードがカップを差し出す。

「わかりました。どうぞ」

「ありがと」

並んで腰を下ろしてカップを手で包みながら、テラはほんわりと考える。三ヵ月のあいだ繰り返してきたこの種のやり取りは、結局ああいう意味なんだろうか。以前は考えたことのなかった、そういう意味なんだろうか。

六つ年下の少女と本音を、まだ交《か》わせそうで交わせない。それをやり取りするのが楽しみでもあり怖くもあって、つまるところ今とても関係がいい。なんならずっとこのままでもいい。

そんな日々がいつまで続くんだろうと思いながら漁に出た九十三日目に事故が起きた。

網にクロスジイカがかかって、テラは遭難した。

5

「テラさ」フスッ、という感じでダイオードの姿と声が途絶えた。

「えっ」

全周が青黒い雨だ。その暗い景色がひゅるひゅると上に流れ始め、体感重力が大きく弱まったので、テラは落下が始まったのを理解した。

大型の昏魚《ベッシュ》、クロスジイカを狙って操業中だ。礎柱船《ピラーボート》で飛んでいる時にペアが消えたということは、二つの可能性があった。

一、なんらかの理由でペアが瞬間的に死亡した。

二、なんらかの理由で礎柱船《ピラーボート》が物理的に二分割された。

一を考え始めたとたん、頭の中に不吉なエグい想像がどっとあふれ返って、テラは吐いたり泣いたりしそうになった。実例はある。昏魚《ベッシュ》が密集しすぎた群れに反航で突っこんでしまってピットが潰れたとか、大気深層からまれに上昇してくる巨大な噴出物《イジェクタ》が運悪く直撃して、礎柱船《ピラーボート》がこなごなになったとかだ。ガス惑星の大気圏は、可住固体惑星のそよ風の吹く空ではない。

ダイオードがすでに一センチ角以上の大きさで存在していない、あるいはダイオードが三十八リットルのジュースになってAMC粘土に混ざりこんでいる等の恐ろしい想像に襲われて、テラは頭が真っ白になりかけた。

――っと待った、その前に！

すんでのところで理性を保って、船体外周に各波長のアンテナを作り直し、無線で識別波を打った。通常なら絶対使わない信号書式、自船から自船への呼び出し信号だ。

インターコンチネンタルより、インターコンチネンタル。応答せよ。

二秒もかけずVUIに小さな星のマークが回転した。音声パケット受信。

『テラさん、テラさん！』

テラは心からほっとした。

ここで返事があったということは、可能性二に当たる事故が起きたということだ。礎柱《ピラー》船《ボート》はテラとダイオードのあいだのどこかで、まっぷたつになったのだ。まさにそういうときのために、礎柱船《ピラーボート》の操縦槽は最初から物理的に二分割されている。一人がやられても、もう一人が生き延びて、飛行を維持できるようにだ。それが役に立ったらしかった。

なぜ、どの部分でまっぷたつになったのかは、まだわからない。

『テラさん、生きてますか』

「生きてまーす。泣く寸前でしたけど。負傷はなし、落下中。何が起きたかわかる？」

『泣いてたら怒りますよ。イカパンチです』

「え？」

『ちょっと、説明は後にしましょう。こっちは無事で落下もしてないので、救助に入ります。今すぐ開傘《かいさん》してください。すでにメイデイは打ちました』

緊張を冷静に抑えこんでいる口調で、ダイオードが言った。あっはい、とテラも平静に応じる。ガス惑星の大気圏は底なし穴だが、一分や二分で人間を殺すほどせっかちでもない。上層だけでも厚さ百キロある――大気抵抗を存分に利用すれば、底まで一時間、二時間という時間を稼げる。しかもその下には分厚い中層が続く。

テラは礎柱船《ピラーボート》に滑空形状への変形を命じた。これはプリセットがあって、乗員がわずかでもその意思を示せば実行されることになっている。

ばさりと翼が開き、ぐっと体重が増したが、事故前と同じほどではなかった。状況を読み取ったテラは顔をしかめる。揚力が足りていない。沈降が続いている。

「あんまり止まらないです」

『はい、レーダーに出ました――が、小っさ！　お風呂か！』

「ですね。これってピットだけになってますね、私」

昏魚《ベッシュ》の鱗と同じ、黒っぽい超塩基性岩粉が溶けこんだ雨が、前後左右の全周に降り続く、限りなく真っ暗に近い雲の谷間。そこを時速八十キロでゆっくりと落ちていく、たかだかバスルームていどの操縦槽が、テラのいる場所だった。

『そうでなければいいと思ってました』ダイオードが打ち明ける口調で言った。『実は、網の中のクロスジイカの触腕が、ちょうどテラさんのピットを打撃して、はじき出しちゃったみたいです』

「は？」テラは間の抜けた声を上げる。「なんですかそれ。そんなことあります？」

『イカパンチで礎柱船《ピラーボート》が損傷を受けることは全然普通でしょう。よくエンジンとかやられるじゃないですか』

「エンジンやボードがやられたってのは聞くけど、ピットを正確に狙うなんて……」

クロスジイカは大型の昏魚《ベッシュ》だ。小さくても十五メートル、成長した個体では六十メートルにもなる紡錘形の生物で、先端の眼球をぎょろつかせ、筋肉質の触手を何本も引きずりながら、十頭ほどの群れを作って浮沈子のように上下動している。

そいつをさっき、テラの網で捕まえたところだった。知能はないとされている。

『偶然かそれとも狙ったのかは、わかりませんしどうでもいいです。大事なのはあなたに粘土があるかどうかです』

「粘土ねえ」

AMC粘土は、礎柱船《ピラーボート》の燃料でありエンジンであり、電池であり電線であるほかに、翼と耐圧装甲にもなるという素敵な材料だ。

テラが船機に尋ねると、VUIが警告混じりに報告した。

「あとバケツ三杯分ぐらいかなあ」

ピットの周囲にこびりついている分だけ、ということだ。

『――急ぎます』

ダイオードが少し早口になった。

状況は悪かった。

この時点で彼我の距離は五キロメートルほどだが、岩屑を含む真っ黒な雨が視界を妨げており、すでに目視とライダーでは互いを捉《とら》えられなくなっていた。のみならず、ミリ波や赤外等の長波長探査手段も通じづらく、位置確認が困難になりつつあった。

十七万五千トンの初期質量の八割をいまだに保持する、礎柱船《ピラーボート》本体のダイオードが旋回して降下に入っていた。しかし間の悪いことに、二人は礎柱船《ピラーボート》の形を、アースエイジのイのように極めて扁平に変形させていた。漁の獲物のクロスジイカが非常に大きく上下動する生物なので、それが上がってくるのを上空で待ち構えるために平たくなったのだが、誰でも容易に想像できるように、この形は急降下にはまったく向いていない。

ダイオードは船体を左右へ交互に傾け、大昔の空戦技術でいう木の葉落としをやって高度を削っていったが、それではほぼ垂直に落下するピットになかなか追いつけなかった。ではと空気抵抗の少ない形状に変形しようにも、それをやれるデコンパのほうが下方の雲中にいるのだ。

テラはテラで、さまざまな減速手段を試みてはいた。グライダー形状から始めて、クラゲ型になってみたり、二重反転翼を形成して回したり。ノズルを作って噴射するというのもやろうとした。というか、それは一番最初に考えた。しかしノズルで質量を噴いてしまったら後がないし、それでも一応試してみたら、外部気圧がどんどん高まっているせいで噴射効率がかなり落ちており——反動推進の原理は真空中で最高効率を得るので——無駄以外の何物でもないという結論になって、取りやめた。

　最終的には、粘土を布と紐へ変形させて、最も軽い滑空手段、パラフォイルを作り出したが、これでも時速五十キロまで落とすのがせいぜいだった。しかも下へ降りるほど風は強まっており、パラフォイルはしばしば型崩れし、なんとか立て直しても、どちらともわからない水平方向へとどんどん流されていった。

「ふーむん、これはちょっとアレですね、難しいことになってきましたね」

　テラは舌を巻いて言う。草色と山吹色のふんわりしたビクトリアンスタイルのデッキドレスに包んだ身を、二立方メートルの生存空間に満たした体液性ジェルにゆったりと浮かべている。その外には、絵具箱の暗いほうの十色をごちゃまぜにぶちまけたような数十気圧の濁流が渦を巻き、絶え間なくピットを揺さぶっている。

『テラさん、アーム出せます？　十ミリの棒材ぐらいでいいので』

　ダイオードのアルトが届く。事故発生からずっと変わらない、落ち着いた声だ。

「何するんです？」

『網を撃ちます。着弾予測でネットを開くので、なんでもいいから振り回して引っかかってください』

「一本釣りですね、おっけー」

発射キューが来た。極細ケーブルを引きずった二百発の高密度シンカーが真上から落ちてくる。それはピットの百メートル上まで来たら破裂して網を開く予定のおもりである、とテラのVUIには表示されたが、到達時刻になっても実際に届くことはなかった。テラのずっと上空で暴風に流されて散らばってしまったらしかった。

それとも、ダイオードがまるで見当違いのところへ撃っているのか。

『フェイル。もう一度いきます』

「はーい、お願い」

発射キュー、数分の待ち時間、そして表示されないHITの文字。

不協和音のチャイムが鳴って、外部百気圧が知らされた。ピットは五百気圧まで、礎柱《ピラー》船《ボート》は二千気圧まで耐えられるので、圧壊の危険はまだ全くない。時間はたっぷりある。

そう、テラはずっと自分に言い聞かせていた。

ダイオードが言った。

『テラさん、何か次の方法は思いつきますか』

「他の船はまだなんですよね？」

『衛星経由で返事はもらってます。六時間後にビジャヤ氏の礎柱船《ピラーボート》が来てくれるそうです』

「再浮上さえできれば拾ってもらえそうですね」

そしてピットさえ拾ってもらえれば、大部分がＡＭＣ粘土である礎柱船《ピラーボート》は容易に復元できるから、それをあてにして思い切った手を打つことも考えられた。

「うん、じゃあ……一応言ってみるけど、ダイさんは精神脱圧《デコンプ》できます？」

『うまくないです。一般妄想具現試験、八点でした』テラは百点満点を取ったことがある。

『もちろん、選択肢に入れてます。でも、船がうまく変形せずに割れちゃう可能性が大きいです』

「割れたらまずいですねー。じゃあ、扁平形状のままで強めに動力降下」

『実はもうやってます』

ＶＵＩに転送された推進出力は四ギガニュートンだった。

テラはここで初めてどっと冷や汗を流した。大気圏内降下で出していい数字じゃない。何をやっているかというと、強度比が近い比喩を用いるなら、もろい発泡スチロールの薄板を足で蹴って、無理やり水中へ沈めているような行為だ。

『こいつの制御がなかなかアレで。集中しなくちゃで。ちょっと精神脱圧《デコンプ》とは正反対のことやってますね』

「ダイさん、それだめ、それはストップ！　推力落として！」

『なんでそんなこと言うんです？』

「船主だからです！」テラは強く言い渡した。「一ギガまでにしてください！　舵取りの

ないんです』

『代替案が出るまではいやです』ダイオードも即答した。『こうしてないと追いかけられ

ないんです』

二人とも一度も口に出していないことがあった。

彼我の距離だ。それは通信ラグの計測で明白なのだが、すでに二十キロメートルを越え

ていた。縮まらず引き離されているのだ。

息詰まるような沈黙に続いて、とうとう二人がきっぱりと宣言した。

『先に言っておきますけど、一人では絶対帰りません』

「それはダメです、二人とも死んだら最悪なのであなた一人でも帰ってください」

そして地獄の縁の罵倒大会が幕を開けた。

『なんで最悪なんですか、心中いいじゃないですか、心中しますよ私。テラさん抜きで帰

るぐらいなら無理でも下まで追っかけますよ。アカウント止めたらどんな手を使っても爆

破しますからねこの船』

「馬鹿言うんじゃないですよダイさんは生きて帰るの、その船をエンデヴァに持って帰っ

ていろんなことをするの！　モラ伯母さんたちやピットさんによろしくって伝えて、長老

会とか求婚者の人とかに挨拶して、それからその船を最高にうまく飛ばしてエンデヴァに

魚を水揚げしまくらなきゃいけないの！」

『はー何言ってんですかもうすでにブレブレじゃないですか。アカウント止めるのかくれるのかはっきりしてくださいよ、というよりそれもう本心のほうがブレてますよね。綺麗ごと並べて私を生きて返さなきゃいけないってただの義務感で言ってますよね。本心はどうなんだ本心は！』

「本心とかやめてくださいよ、今そんなのぶちまけたらパニクッて救助も何もなくなるでしょ!? 本心、本心とか知るか、この状況でそんなん言えるかばーか！　帰れ帰れ！」

『あのですね、これあなたに期待してもいいと思ってるから言うんですけど、私があなた見捨てて一人で帰ったら、死ぬほどつらいし後悔します。ドラマなんかじゃ立ち直りますけど、私は無理ですね絶対立ち直れない自信がある。下手すりゃ後追い自殺しますよ。それぐらいは私アレですよ。そんなのいやですよね？　私をつらい目に遭わせたくないですよね？　そう思ってると思っていいですよね？』

「くっ……わかる、それわかる、逆なら絶対私もつらい……ずるいですよ、ダイさんそんなのずーるーい！」

『ほらわかってる、わかってるテラさん最高ですし絶対見捨てるとかできないですよ、できるわけないでしょばか！　ふかふかおっぱい！　いいからそこで泣きながら待っててくださいよ絶対助けに行くから！』

「今おっぱいって言いましたね!?」

『おっ——待って。待っくだしゃ』

「いえ本音でしょ。一番欲しいもの出ましたよね」驚きすぎて冷静になった。「ですよね、うん。いやだってこれダイさんずっと我慢してましたよね。私がぎゅーしてすりすりするたびに。ガーッてなって知らんぷーいして、耐えてましたよね。これは相当手ごわいぞーって思ってました。それで、いつか本音引っぱり出そうと思ってましたけど」深々とうなずく。「出ましたねー今ここで出るとはね」

『待ってほんっと待ってください！』一度も聞いたことのない、悲鳴のような声が飛び出した。『そうじゃなくて！　ほんとそうじゃないです、私その胸とかじゃなくてテラさんの全部が——！　はあ』

観念したのかなんなのか、いきなり声のトーンが落ちた。

『いつ。バレてたの』

「えっはあ、ボードでダイさんが泣いた夜ですかね」

『……ほぼほぼ、最初からですね』

なんだか打ちのめされた様子でダイオードが黙ってしまった。テラも黙り、予想もしなかった成り行きで口論が途切れた。

数十秒の沈黙の後、ダイオードが『えーっと……』と、普段のように物憂げな、わずらわしげな口調で言った。

『代替案、湧きましたけど』

「あ、はい」テラは緊張して詰めていた息を、ほっと吐く。「なんですか」

『イカを放ちます』

「は？」

『クロスジイカ、まだ積んでるんですけど、リリースしてみます。どうもこいつやっぱり、テラさんのピットを狙ったと思うんですよね。放したら追いかけていくかも。それで位置の特定ができる』

「イカ、沈降速度はものすごく速いですよね？　追い付けるんですか？」

『デコンプします。落下形態に』

　テラはごくりと唾を呑んだ。一か八かの賭けだった。

『精密な成形は無理でも、落ちるだけの形ならやれると思います。うまく追い付いたら、テラさんにまともな形に戻してもらいます』

「うまくいかなかったらダイさん真っ逆さまですよ。船がばきばきのコチコチに割れて、私より先に深層へ落っこっちゃいますよ？　四千気圧に圧《お》し潰されて……ううう」

『怖がらせないでください、リラックスしなきゃデコンプできないでしょう！』

「よく知ってます。怖いですよね？」

『――怖く、ないです』

すうっ、とジェルを深く吸いこむ音が聞こえた。

『テラさん助かるかもしれないのに、怖いなんて一ミリも思わないです』

笑みが浮かんでしまった。笑みというよりも、緩みだった。

「ダイさん」

『はい』

「嬉しいです、すごく。——私の負け」

『やった』

「来てくださいな、ごほうびあげます」

『了解、全部もらいます。精神脱圧《デコンプレッション》開始、アンテナいったん溶けます』

ＶＵＩの星のマークが暗転した。

テラは、ほーっと胸の底から息を吐いて体を伸ばした。その途端にザアッ！　と強烈な豪雨がピットを薙《な》ぎ、耐え切れなくなったパラフォイルが音もなく吹きちぎられた。

浮遊感。自由落下に近い終端速度での降下が始まった。

くるくる回って落下するちっぽけなピットの中で、横へ流れ下へ流れときには逆巻く激しい嵐を、テラは静穏に眺める。過去、この荒々しい大気の奥の光景を、これほど落ち着いて眺めた者はいない、というほどゆったりと。

この嵐の奥に、もうひとつの星がある。

サーキュラーズがこの惑星に到着した三百年前の観測によれば、分厚い気体でできたFBBの深層では、およそ三千五百万年前に衝突した別の固体惑星が、ずっと回遊し続けている。アイアンボールと名付けられたその惑星が多種の元素を供給し、深層をかき乱し続けているために、FBBにはさまざまな構造や生命が生まれ、上層まで吹き上げられるようになったという。

おかげで昏魚《ベッシュ》がたくさん獲れる。だから自分たちはこの星で暮らせる。すてきですね、ありがたいことですね、というのが、巡航国民《サーキュラーズ》の誰もが初等巡航生で習うことだ。

でもテラは不満だった。この世界が狭かった。

広域文明からかけ離れた、人口たかだか三十万の小さな世界。因習に縛られた古い氏族社会。お見合いし、結婚し、子供を産まされる人生。——それ以外にないと信じこみつつ、それ以外のことをしたいと思ってきた。礎柱船《ピラーボート》を意地でも持ち続けたのもそのためだ。どこか別の星へ行けるかもしれないという漠然とした希望。実際には礎柱船《ピラーボート》にそこまでの性能はないのだけれど。

性能がないどころか、生まれた星の底へと沈みつつある。これほど無意味な最期もないはずだった。

新しい別の星が、そばに来てくれるのでなければ。

とても不思議な気持ちだった。究極のどん詰まりなのに無窮に開けている。喉に刃《やいば》を当てられているよりも恐ろしい事態なのに、感じたこともないほど嬉しい。

心が、いまだかつてないほど安らかに開いた。

精神脱圧《デコンプレッション》。テラのピットの外殻がざわめく。ほんの一リットルほど残っていただけのAMC粘土が、細く長く伸びて広がる。ミクロン単位の太さで、キロメートル単位の長繊維として。

嵐の中へ流され捲《まく》られはためいた、ほんの差し渡し五百メートルほどのその網が、二人の運命を左右した。

チッ、と網の端に何かが接触した。かと思うとズシンとピットが突き上げられる。二人用のテーブルぐらいある鉱物質の眼球がぐりぐりと中を覗きこむ。テラは悲鳴を上げかけて、気づく。

——クロスジイカ！

次の瞬間には暴風の上から転がり落ちてきた巨大で不格好な粘土塊が、イカを跳ね飛ばしてピットを呑みこんだ。

「ダイさん！」

「着い、た？」

瞬時に情報系統が同期。真隣に前部ピットが投影されるが、濁っている。映像ではなく体液性ジェルが粘濁物に汚染されており、その中に透けて見えるダイオードは顔が真っ青で吐瀉物まみれだ。

「ごめ、さ、頭痛す、て」

こちらを目にすると同時に、頭を抱えてうずくまってしまった。テラは他の何よりも先に船体内で自分の後部ピットを物理移動、前部ピットに密着させて隔壁を開放する。

「ダイさん！」

どっと入り混じったジェルの中で彼女を手元へ引き入れた。

ＶＵＩの操船ログを読む。ダイオードの狙いは大外れだった。想像構築の不完全さによって、ＡＭＣ粘土が一貫性のある構造を実現することに失敗。船体は前半と後半と中央の三つに破断。船体が自己像を失ったために、ダイオードは体性感覚喪失から空間識失調へとつながる、一連のデコンプ失敗症状に襲われた。

結果として、ほぼガラクタと化した一番小さな二千トンの破片の中で、イカに引きずられて転がり落ちてきた。そのまま深淵に墜落しなかったのは、偶然の幸運が働いたからにすぎない。

ある一点でイカがいきなり曲がった——広がっていた繊維を触知したのだ。そのおかげで、テラのピットにたどりつけた。

「テラさ、いいです」ダイオードが身をもがいて、押し離そうとする。「汚れ、ジェル」

「うーるーさーいー、ばか！」

ぎゅうっと思い切り年下の少女を抱きしめると、自分のシートに座らせて、テラはくるりと宙に指を回す。ザッとピット内の体液性ジェルが更新されて、溺れかけていた少女に冷たく涼しい酸素を与えた。その顔を手で拭ってから、テラはピットに正立する。

ＶＵＩを四段も展開。構造も成分もぐちゃぐちゃになった礎柱船《ピラーボート》の現状を把握し、残骸の形をそのまま正確に思い浮かべる。

「ダイさん！」

「はい……？」

「こう、やるんです、精神脱圧《デコンプレッション》は！」

二千トンを柔らかく溶かした。流して滑らかに組み替える。全質量を縦一本に連ねて、底面に巨大なノズルを開き、ノーズコーンを鋭く尖らせて、天頂のかすかな青みを狙う。

固体ロケットブースター。それ一本では軌道まで上がれないが、長大な弾道軌道に乗ることはできる。やがて来る救助船と、十分ランデブーできるはずだった。

はず、だ。テラは作れるが、飛ばせない。

「ね？」

振り向いて微笑むと、ダイオードがシートで顔を覆って丸まっていた。

「ダイさん？」

「……った」

「え？」

「うまく、いった。ほんとに追いついた」

しゃくりあげる。顔をくしゃくしゃにして、子供のように目をこすって。

テラは息を吸い、深く吐いた。笑い出したくなるのをこらえて、寄り添って腰かけた。

「ほら、まだ早いですよダイさん。点火して、飛ばしてくれないと」

「だって、だって」

「全部もらうのはどうなったんです？」

ぱちっと音を立ててまぶたを開き、ダイオードがテラを見つめた。

「そうでした」

「ええ」

「もらっていいんですよね？」

「ええ──たぶん」頬は、少し熱くなった。「一応、大人ですし」

少女が一瞬息を詰めた。

かと思うと両腕をテラの首に巻いてキスをした。小さく熱い唇の感触に、え、とテラが棒立ちになった次の瞬間には、顔を離して立ち上がっている。

「起動します」

「あっ……はい」

ダイオードは手を振って自分のＶＵＩを開き、動翼を風に当てて飛行特性をつかむ。初めて目にする獣を躾《しつ》けるようなものなのに、二千トンの機首を軽く撫でつけただけで、いともあっさりと正しい方角へ向ける。

いつものように大きな才能の一端を見せたツイスタが、ふともう一度、肩越しに暗い青の瞳を向けた。

「そういう、ことですけど、本当にいいですか」

ささやきかける唇を見て、ぞくっ、とテラは背筋を震わせる。きっとこの子は、よくないと言われたことがある。

であれば自分は、これから何度もこう言わなければいけないんだろう。

「いいですよ。ほんとのほんとに」

あは、ダイオードの顔が泣き笑いに崩れかけた。

コッコッと爪先が床に鳴り、流星の軌跡を描くように片手が振られる。

爆光が深淵を蹴る。

宮澤伊織「キミノスケープ」
森田季節「四十九日恋文」
今井哲也「ピロウトーク」
草野原々「幽世《かくりよ》知能」
伴名 練「彼岸花」
……〈ＳＦマガジン〉二〇一九年二月号

南木義隆「月と怪物」
……pixiv（https://www.pixiv.net/）二〇一九年

櫻木みわ＋麦原 遼「海の双翼」
陸 秋槎「色のない緑」
小川一水「ツインスター・サイクロン・ランナウェイ」
……本書書き下ろし

最後にして最初のアイドル

草野原々

〝バイバイ、地球——ここでアイドル活動できて楽しかったよ。〟SFコンテスト史上初の特別賞&四十二年ぶりにデビュー作で星雲賞を受賞した実存主義的ワイドスクリーン百合バロックプロレタリアートアイドルハードSFの表題作をはじめ、ソシャゲ中毒者が宇宙創世の真理へ驀進する「エヴォリューションがーるず」、声優スペースオペラ「暗黒声優」の三篇を収録する、驚天動地の作品集！

HM=Hayakawa Mystery
SF=Science Fiction
JA=Japanese Author
NV=Novel
NF=Nonfiction
FT=Fantasy

アステリズムに花束《はなたば》を
百合《ゆり》ＳＦアンソロジー

〈JA1383〉

二〇一九年六月二十五日　発行
二〇二五年七月二十五日　六刷

（定価はカバーに表示してあります）

編者　ＳＦマガジン編集部
発行者　早川　浩
印刷者　入鹿山智也
発行所　株式会社　早川書房
郵便番号　一〇一－〇〇四六
東京都千代田区神田多町二ノ二
電話　〇三－三二五二－三一一一
振替　〇〇一六〇－三－四七七九九
https://www.hayakawa-online.co.jp

乱丁・落丁本は小社制作部宛お送り下さい。
送料小社負担にてお取りかえいたします。

印刷・製本　株式会社 DNP 出版プロダクツ
Printed and bound in Japan
ISBN978-4-15-031383-8 C0193

本書は活字が大きく読みやすい〈トールサイズ〉です。